MELISSA

人間不信の捨てられ聖女は恋する心を見ないふり

杜来リノ

Illustrator
サマミヤアカザ

この作品はフィクションです。
実際の人物・団体・事件などに一切関係ありません。

人間不信の捨てられ聖女は恋する心を見ないふり

MELISSA

序章・いわれなき罪

炎に包まれる、黒く艶《つや》のある美しいピアノ。

これまで幾度も共に美しい旋律を奏でてきたその黒い体は、今や深紅の炎に全身を蹂躙《じゅうりん》されている。

ピアノはパチパチと音を立てながら、周囲に火の粉を舞い散らせていた。

「……ひどいわ」

燃えゆくピアノを見つめているうちに、頬《ほお》に涙が伝ってくる。

時折、ポーンポーンというか弱い音が断続的に聞こえる。熱で鍵盤が跳ね上がっているのだ。

それとわかっていても、健気《けなげ》に音を鳴らす様には胸を痛めずにはいられない。

やがて、ピアノは炎に握り潰され崩れ落ちていく。まるで絶望に膝を折り、泣き伏しているかのようだ。そんな哀れな姿を見ても、唇を強く噛《か》み締める事しか出来ない。

「ごめんなさい、私のせいで……！」

出来る事なら、駆け寄って炎を払ってやりたい。だがそれは叶《かな》わない。なぜならば、両手は後ろ手に縄がかけられているからだ。

「行くぞ。来い」

憲兵が乱暴に縄を引っ張る。ピアノが灰になるまで見守ってやりたいと思うのに、それすらも許されない。よろめきながらもなんとか歩き出した途端、遠巻きにピアノの『火刑』を見つめていた群衆から容赦のない声が浴びせられた。

「なんでこの女も燃やさないのよ！　魔法を使って人の男を奪う女なんて、焼き殺しちゃえば良いのに！」

「〝銀音《ぎんおん》の聖女〟だのなんだの、もてはやされて調子に乗ったんだろうな。親が有名人だからって、本人は絶世の美女ってわけでもないのに。あれは甘やかした親が悪いな」

「本当だよねー。よく見たら頭も悪そう。寝取った後の事、絶対考えてなかった顔だよ、あれ」

群衆は好き放題な事を言っている。自分だけならともかく、親の事まで言うなんて。

――大体、〝人の男〟なんて奪っていない。一体どこからそんな下品な噂《うわさ》が流れたのだろう。両親に愛されているのは間違いないが、意味なくちやほやと甘やかされていたわけではない。

『銀音の聖女』なんて勝手な通り名をつけてきたのも周囲の人々だ。決して自分ではないし、自分からそう名乗った事もない。

それに寝取るもなにも、あの時は唐突に事件が起こり、あっという間に罪人にされた。そもそも普段から、婚約者以外の異性に不用意に触れた事もない。

仕事柄、調律師や荷運びの男性と接する機会が多いが、節度は完璧に保っていた。婚約者にだって、手の甲と額に軽い口づけをして貰った事があるくらいなのに。

（……大した顔じゃないのと、頭が悪い事だけは認めるけれど）

まさか自分がこんな目に遭うとは思ってもいなかったせいで、事が発覚した時にはただただ怯《おび》え、狼狽《うろた》える事しか出来なかった。

とはいえ、仮に冷静だったとしても自分ごときに何かが出来たとは思えない。こんな風に、わざわざピアノを広場に持ち出して火を点《つ》け、『処刑』をするくらいなのだ。これほどの徹底した措置を行ってきた相手に対して、一介の響鳴奏士《きょうめいそうし》に何が出来たというのだろう。

「……ミュレ」

憲兵に引かれ、とぼとぼと歩く。と、少し離れたところから重苦しく沈んだ声が聞こえた。あまり良い〝音〟ではないのが気にかかったが、それは今一番聞きたいと思っていた声だった。

「ルーヴ……！」

——ルーヴ・シトロン。騎士団所属の、幼馴染《おさななじみ》でもあり婚約者でもある大切な人。

ルーヴはひどくやつれた顔をしていた。絵本に出てくる天使のようにクルクルと巻いた銀色の巻き毛はひどく乱れ、いつも澄みきっている青の瞳《ひとみ》は心なしか濁ったように見える。

けれど、こうして来てくれた。ルーヴが婚約破棄を申請したというのは、やはり嘘《うそ》だったのだ。

「ルーヴ、私は何もしていないわ！　どうか信じて……！　周りの皆様にも、そのように伝えて！」

今すぐにでも、婚約者の元に駆け寄りたい。だが、憲兵に邪魔をされその場から動く事が出来ない。

「……ミュレ、僕は君と婚約をしてからずっと、毎日が本当に幸せだった。僕にこんな幸せを与えてくれた君を絶対に幸せにしたい。そう思っていた。でも、君は違ったんだな」

「ル、ルーヴ……？」

婚約者は見た事もない暗い目で、端正な顔を歪《ゆが》めている。思わず息を呑《の》むほどの憎々しげな表情に、知らず背筋が寒くなる。いまだかつて、婚約者にそんな顔を向けられた事などなかった。

「……やっぱり、僕では物足りなかったんだな。でも、だからといって魅了の魔法を乗せた曲を祝いの場で弾くなんて、君は自分が何をしたかわかっているのか⁉　そこまでして王妃になりたかったのか⁉　卑怯《ひきょう》なやり方で王子殿下を奪って、幸せになれるわけがないだろう！」

婚約者は信じられない言葉を矢継ぎ早に浴びせてくる。その鋭さに、思わず体が震えた。

なぜ、どうして。ルーヴだけは信じてくれると、守ってくれると思っていたのに。

「……ま、まさか私を、信じてくれていないの？」

「信じるもなにも、君が殿下を魅了で誘惑したのは確かだろう。殿下は婚約者であるデファンデュ公爵家のご令嬢を心から愛しておられた。そのお気持ちを無理やり捻《ね》じ曲げられ、君に恋をするように仕向けられた。今はもう魅了から覚めていらっしゃるが、お心には深い傷を負われているんだぞ？」

――無理やり捻じ曲げられた、恋心。

そうなってしまう事がそもそもおかしいのだと、なぜ殿下の周囲は気づかないのだろう。殿下の側近には、確か高名な魔術師の令息がいたはずだ。

――いや、気づいていないわけがない。おそらく、その部分から意図的に目を逸《そ》らしているのだ。

けれど、この場でそれを口にするよりも優先すべき事がある。まずは、この身にかけられた嫌疑を晴らす事が先決だ。

「だから私は本当に身に覚えがないの！　ルーヴは、私がそんな事をする女だと本気で思っているの⁉」

ルーヴは苦しそうな顔で目を伏せた。やっぱり、彼はこの不当な扱いに疑問を持ってくれている。

そう期待した次の瞬間、愛するルーヴの口から放たれたのは絶望的な言葉だった。

「……君は忙しい合間を縫ってよくあちこちの貴族家に顔を出していたな。君をこき使う貴族達に腹立たしい思いを抱いていたものだが、今回の事でよくわかった。平民上がりで、まだ碌《ろく》に結果も出していない僕では裕福な生活が出来ないからな、そこで令息達を物色していたんだろう」

向けられた予想外の言葉に絶句した。あまりの言われように、言葉が何一つ出てこない。

「……図星か」

ルーヴは見た事もない侮蔑の表情を浮かべながら、右手で銀の巻き毛をぐしゃりと掴《つか》んだ。その手首には、夜煌鹿《やこうじか》の角に繊細な細工を施した腕輪がはまっている。手先の器用なルーヴが自ら彫り上げた腕輪。

違う。優しい彼がこんな顔をするはずがない。愛するルーヴは、絶対に、こんな——。

「……謝罪の言葉もないのか。もういい。さようなら、銀音の聖女。君の事を愛していたよ。これからは夢の王国で好きなだけ王妃として振る舞えば良い。ではどうぞ、お幸せに」

ルーヴは残酷な捨て台詞《ゼリフ》を吐いた後、足早にその場を去っていく。軍靴が砂利を踏みしめる音が遠ざかっていくにつれ、喉の奥から嗚咽《おえつ》が込み上げてくる。

「どうして、どうして信じてくれないの……！」

溢《あふ》れる涙と共に、幸せも一緒に溶け出していく気がした。涙《しあわせ》がすべて流れ落ちたあとには、一体何が残るというのだろう。そこには、絶望以外の何かが存在するのだろうか。

——心はすでに、限界へと達していた。

今日はピアノだったが、昨日は両親への『処罰』を見せられていたのだ。

『処刑』ではないだけ良かったと言えるかもしれない。だが父は両肩に、母は瞼《まぶた》の上にそれぞれ〝封紋〟を施され、それにより二人は大きな代償を背負う事になってしまった。

(私が何をしたというの……?　どうしてこんな事になってしまったの……?)

彼の役に立ちたかった。自慢の婚約者だと、誇って欲しかった。望む事は、ただその程度の事だったのに。

(……普通のピアノ奏者になれば良かった。響鳴奏士になんか、なろうと思わなければ良かった)

込み上げる感情のままに、しゃくりあげながらよろよろと歩く。次第に、周囲の音が段々と聞こえなくなってきた。

その代わり、己の心が折れる音だけが、はっきりと聞こえた。

第一章・銀音《ぎんおん》の聖女

「……っ⁉」

ミュレはベッドの中で、両目を大きく見開いた。

全身に、冷たい汗が流れている。

軽く頭を振りながら起き上がり、窓の外を見る。外はまだ薄暗い。時計を見ると、現在時刻は午前三時を指していた。

「はぁ、なんでこんな中途半端な時間に……」

――最初より頻度は減ってきたものの、いまだに時々、『あの時』の夢をこうやって見てしまう。

「……お湯でも浴びようかな」

すぐに二度寝をすると体が重くなる。いつもよりかなり早い目覚めではあるが、シャワーを浴びて汗を流せばそれなりにすっきりとするだろう。昼過ぎに、軽く仮眠でも取れば良い。

タオルを片手に浴室に向かうミュレの目に、壁にかかったカレンダーが目に入った。今日の日付に、小さな印がつけてある。

「あ、今日は王都から買い付け人が来る日だ……」

前回はひと月前だからすっかり忘れてしまっていた。買い付け人が来る日は、日中絶対に外へ出ないよう気を張っている。だからあの時の夢なんか見たのかもしれない。

ミュレは汗を含んだ寝間着を脱ぎながら、ふと鏡を見た。

金茶の髪に、茄子《なす》色の瞳《ひとみ》をした覇気のない女が映っている。

「私って、こんな顔をしていたかしら……」

そう呟《つぶや》いたあと、すぐに興味を失《な》くした。現在の自分がどんな顔をしていようが、そんな事はどうでも良い。こんな運命を背負ってしまった自分なんか、どうでも。

『響鳴奏士《きょうめいそうし》である事を利用し、魅了の旋律をもって王太子ルリジオン殿下を惑わし、未来の王妃フィデール嬢との不和を招いた罪』

――ミュレがいわれのない罪で裁かれ、華やかな王都アンジェから過酷な辺境の地ディアーブルに追放されてから、約一年半の月日が経《た》っていた。


奏でる音楽に乗せて魔法を発動する『響鳴奏士』。

ミュレがその職業を目指すようになったのは十三歳の時。母の一言がきっかけだった。

生家オベルジーヌ家は、代々続く音楽一家である。

父のエフォールは王立楽団の指揮者を務めており、母のアルエットは作曲家。父も母も非常に多忙な日々を送っていた。

けれど、ミュレは寂しい思いなど一度もした事はない。二人とも一人娘であるミュレに惜しみなく愛情を注いでくれていたし、ミュレ自身も音楽学校での学生生活が忙しかったからだ。

ミュレは母と同じ作曲家を目指していた。母のような作曲家になり、いつか自分の書いた曲で父に指揮棒を振って貰いたいという夢を持っていた。だが気持ちとは裏腹に、音楽学校での作曲の成績は芳《かんば》しくはなかった。

「ミュレ、貴女《あなた》の指は細くて長いし、ピアノ奏者を目指すのはどうかしら。母さまが貴女の為に曲を書いてあげるから」

ある時、曲作りに行き詰まりピアノの前で頭を抱えていたミュレを見た母が、思いもかけない言葉をかけてきた。

「ピアノ奏者……?」

「えぇ。貴女は作曲よりも演奏者の方が合っていると思うの」

人気作曲家である母の言葉に、ミュレはしょんぼりと肩を落とした。要は、才能がないという事なのだ。もちろん、作曲家を目指す者の中で成功出来るのは一握りもいない事は知っている。その中で成功を収めた母の言葉には、十分すぎるほどの重みがあった。

「最後まで聞きなさい、ミュレ。己の才能がどの場所にあるのか、見極めるのも大切な事なの。貴女が曲作りの為に弾いているピアノの音色は本当に素晴らしいわ。この音色で私の作った曲を弾いて貰いたい。はっきりと、そう思ったの」

「作曲ではなく、演奏者に……」

――夢はいまだに胸の中にある。けれど〝本物の音楽家〟は決してお世辞を言わない。だから自分にはおそらく、いや確実にピアノの才能がある。そして夢を叶《かな》える方法は、一つしかないわけではない。ミュレは悩み考えた末、心を決めた。

「お母さま。私、ピアノ奏者を目指してみる。でも、どうせなら響鳴奏士を目指してみるわ」

「え!? 待って、響鳴奏士だなんて、母さまは別にそんなつもりじゃ……！」

母が慌てるのにはわけがあった。

楽器を用いて『音魔法』を操る響鳴奏士は、その特性から戦地に赴《おもむ》く事が多い。

音楽が盛んな隣国レーヴェンツァーンでは、様々な楽器を持つ響鳴奏士を集めた『武装楽団』という集団までいる。

「ね、ねぇミュレ、母さまは普通のピアノ奏者で良いと思うわ。響鳴奏士なんておやめなさいな」

「いいえお母さま。だって響鳴奏士になったらルーヴの役に立てるかもしれないもの。さっそく明日、学校で魔力検査を受けてみるわ」

幼馴染《おさななじみ》のルーヴとは、昨年正式に婚約をした。張り切るミュレを、母は困ったような顔で見つめている。

「母さま、そんな顔をなさらないで」

「……ミュレ。私は別に、反対をしているわけではないのよ。ただ、貴女の事が心配なだけなの」

二つ年上のルーヴの実家は、ワイン醸造業を営んでいる。ミュレが生まれた時、周囲に配る記念のワインを発注した事がきっかけで両家の交流が始まった。

ミュレは物心ついた時からルーヴに好意を抱き、常に後からついて回っていた。キラキラと光る彼の銀の巻き毛が大好きで、ルーヴもまたミュレをとても可愛《かわい》がってくれた。

そんなルーヴが実家の仕事を継ぐのではなく騎士になりたいと、全寮制の騎士大学校に入学した時は一晩中泣き明かしたものだ。

『いくら将来結婚するといっても、その立場に甘えるだけの男になりたくないんだ。ミュレに相応《ふさわ》しい男になりたいんだよ』

相応しいも何も、お互いが好き合っていればそれで良いのに、とミュレは思う。だがルーヴのその気持ちは本当に嬉《うれ》しく、だからこそミュレもその想いに応《こた》えたくなったのだ。

「安心して、お母さま。それに、私が選ぶ楽器はピアノよ？　我が国ダンドリオンではレーヴェンツァーンの武装楽団のように専用の戦艦を持っているわけではないから、ピアノの響鳴奏士はそうそう危険な場所に出向く事はないと思うわ」

「わかったわ。まったく貴女という娘は、子供の頃《ころ》から頑固なのだから」

母アルエットは苦笑を浮かべながらも、最後には応援すると優しく言ってくれた。


そして二年後。

十五歳になると同時に、ミュレは晴れて響鳴奏士になった。

母が見抜いた通りミュレにはピアノの才能があった。だが持っていたのは才能だけではなかった。

それはある意味、誤算というべきだったかもしれない。

事前の魔力検査で、ミュレは高い魔力値を叩《たた》き出した。さらに、ごく稀《まれ》にしか現れない貴重な『銀魔力』を持っている事も判明した。

『銀魔力』とは癒《いや》しの力に特化した魔力の事を指す。攻撃魔法に特化した『金魔力』と並んで、魔力波形が通常の魔力と異なるのだ。

この『銀魔力』を持つ者。女性の場合は「聖女」と呼ばれ、男性の場合は「賢者」と呼ばれる。『金魔力』の場合、男女共に呼び名は『魔術師』になる。

——癒しの力、と言っても、現代の治癒魔法は古代魔法のように傷や病を瞬《また》く間に治す、といった類のものではない。軽い鎮痛や血止め、後は毒物や薬物による麻痺《まひ》状態から回復する力を増幅する、といった程度の魔法《もの》になる。

けれど、ミュレは違った。

奏でる旋律は古代治癒魔法の力を秘めており、切り傷や擦り傷、火傷《やけど》や骨折などはまるで何事もなかったかのように治す事が出来た。

こうなってくると当然というか、ミュレは国中あちこちに駆り出されるようになる。専用のピアノを与えられ、専属の調律師に運搬用の飛空艇まで特別に用意された。

そんなミュレはいつしか『銀音の聖女』と呼ばれるようになり、国民の尊敬を一身に集めていた。

そしてミュレが十九歳になってすぐ、国内随一の有力貴族であるデファンデュ公爵家から驚くべき依頼が舞い込んできた。

「王子殿下のご婚約を祝う音楽を作曲!?　それも二週間以内に？」

デファンデュ公爵の長女フィデールは王太子ルリジオンの婚約者だ。その実家が依頼をしてくる事自体は不思議ではないが、演奏のみならず作曲まで含めた依頼をしてくるとは思ってもみなかった。

「……あの、なぜ母ではなく、私に？」

ミュレは困惑の目を使いの男に向けた。

「我が主《あるじ》も最初はアルエット・オベルジーヌ様に依頼をなさるおつもりだったようです。しかし当家の令嬢フィデール様が〝銀音の聖女〟に曲を作って欲しいとお望みですので」

それは非常に光栄な事だが、そう簡単には頷《うなず》けない事情がミュレにはある。

「……正直に申し上げますと、私は作曲が得意ではありません。王太子殿下と公爵家ご令嬢のお祝い、その席に相応しい曲を作る事が出来るかどうか、自信がないのですが」

使いの男は何でもない事のように首を振った。

「すべてを聖女様が手がけた。この事実が何よりも大事なのだとお嬢様はおっしゃっていました。どうぞよろしくお願いいたします」

「……そこまでおっしゃるなら、承知いたしました」

――聖女だのなんだの言われていてもミュレはまだ年若い。両親ほどの実績があれば多少は物申せたかもしれないが、現時点では頷く以外の選択肢は存在しない。

使者が満足そうに帰っていったあと、ミュレは慌ててピアノに向かった。

それから碌《ろく》に食事も取らず、作曲に励む事二週間。ようやく、曲が完成した。

「どうでしょうか、グルナディエ先生」

——ミュレの専属調律師イデアル・グルナディエ。彼は今でこそ調律師という仕事に就いているが、昔は天才ピアノ奏者として名を馳《は》せていた。ミュレも、幼い頃にイデアルの演奏を聴いた事がある。

だが腕を痛めてしまい、ピアノ奏者から引退をした。それでもピアノに関わっていたいと、優れた音感を利用し調律師に転向した。

ミュレの中では、イデアルは調律師というよりも尊敬するピアノ奏者という印象が強い。

その為、イデアルを呼ぶ時にはつい「先生」と呼んでしまう。

「えぇ、とても愛らしい曲です。素晴らしいですよ。……ですが」

イデアルはいつも浮かべている穏やかな笑みを消し、真剣な顔で、ミュレを見つめた。

「……ですが、気になる点があります。曲自体は本当に素晴らしい。ただ、少々個人的な思いが入りすぎでは、と感じました。王太子殿下とご令嬢に捧《ささ》げる祝福の曲にしては、個人的な甘さを感じます」

「こ、個人的な甘さですか？」

信頼するイデアルの言葉に、ミュレは困惑する。甘さとは、一体どういう意味なのだろう。

「はい。曲を通して未来の我が国を担うお二人へ、祝福を届けるのならば良い。ですが貴女の奏でる旋律は、曲自体がまるで砂糖菓子のような甘さを含んでいる。結果、聴衆《ちょうしゅう》はただ肥大していく恋の甘味を無理やり味わう事になってしまう。そのような印象を受けました」

「う、そ、それは……」

——確かにこの曲を書いている時、頭に浮かんでいたのは王太子《ルリジオン》と公爵令嬢《フィデール》ではなく自分と婚約者ルーヴの未来だった。

「や、やり直します……」

イデアルはミュレの専属になった後もなお、デファンデュ公爵家をはじめとする一部の貴族家には時折ピアノの調律に赴いている。貴族の好む音や好まない音には詳しいだろう。そのイデアルの指摘に、ミュレはがっくりと項垂《うなだ》れる。

「まぁ、大幅に変える必要はないと思いますよ。いくつかの小節を直すだけで雰囲気はがらりと変わるでしょう。とはいえ上書きするのはよろしくないですから、新しい楽譜に書き直しましょうか。部分盗作をされてはいけませんので、この楽譜はきっちりと処分をしておいてくださいね」

「はい、わかりました先生」

ミュレは肩を落としながらも素直に頷く。そんなミュレを慰めるかのように、イデアルは湯気の立つ紅茶のカップを、そっと目の前に置いてくれた。

そして訪れた婚約披露パーティーは、滞りなく進行していた。

パーティーの終わりは、王国の未来を担う若い二人のダンスで締めくくられる。

ミュレの弾くピアノに合わせ、王太子ルリジオンとその婚約者フィデールが優雅に踊っている。その姿は、まるで絵画のように美しい。

そして曲が最も盛り上がる部分に差しかかったその時。

「フィデール！」

突如として、会場内に王太子ルリジオンの大声が響いた。思わぬ事態に会場は静まり返り、ミュレも思わず手を止める。

「殿下？　どうなさいましたの？」

「フィデール、お前との婚約は破棄する！」

「で、殿下!?　いきなり何を!?」

誰《だれ》も予想だにしていなかった事態に、場は騒然とする。

「ともかく、婚約は破棄だ！　代わりに、ここにいるミュレ・オベルジーヌを新たな婚約者とする！」

「え!?　ど、どういう事ですか!?」

――ミュレはひどく驚いた。王太子が突然わけのわからない事を言い出した事も驚きだが、なぜここで自分の名前が出てくるのか意味がわからない。大体、王太子と個人的な接点などないのだ。

だが、この雰囲気はなにかまずい。そう判断したミュレは、急いでピアノから離れた。

「僕の聖女、どこに行くんだ？　ほらおいで、婚約パーティーの続きをしよう」

「な、何をおっしゃっているのですか⁉」

王太子ルリジオンはうっとりとした顔をミュレに向けている。その表情の異常さに、ミュレは全身に鳥肌を立てた。

「殿下を聖女に、その女に近づけるな！」

怒声と同時に、数人の近衛《このえ》騎士がミュレの周囲を取り囲んだ。招待客として出席をしていた両親もまた、騎士達に取り押さえられている。

「ちょっ……！　どういう事ですか⁉」

——いつの間にか、あれほど騒がしかった周囲は嘘《うそ》のように静まり返っている。

ミュレは騎士達の険悪な眼差《まなざ》しに胸騒ぎを覚え、彼らの肩越しにピアノを見つめた。この日の為に、万全の状態で弾きたいと自宅からわざわざ運んで貰った愛用のピアノ。

そのピアノの前には、蒼白《そうはく》な顔をした調律師イデアルが立っていた。なぜか、手には楽譜を持っている。

「銀音の聖女、なぜこんな事を……？」

「え……？」

調律師が発した謎の言葉に、ミュレは騎士達を押しのけ駆け寄った。そして握られていた楽譜をひったくるようにして奪い取る。

「そんな……！　どうしてこれがここにあるの⁉」

——それは、書き直す前の古い楽譜。

『曲に甘さを含ませすぎる』と言われた楽譜《それ》は、確かにメイドに命じて焼き捨てさせたはずだった。

「楽譜は処分しておくように言ったでしょう！　それなのに、まさかこの婚約祝いの場で個人的な想いを込めた曲を弾くなんて……」

「違います！　違います、グルナディエ先生！　私は書き直した新しい楽譜で弾いていました！　それに曲そのものを楽しんでいただきたいと、音魔法も一切使ってはいません！」

確かに曲の出だしはほとんど変わらない。けれど、古い楽譜は即日処分を命じている。新しく書き直した楽譜以外のものが存在するわけがないのだ。それがなぜ、いきなり入れ替わっているのだろう。

イデアルは悲しげな顔のまま、ゆっくりと首を左右に振った。

「嘘ではありません！　私は本当に――！」

「……えぇ、貴女自身は魔法を使ってはいませんでした。その代わり、これを使ったのですね」

「こ、これ……？　なんの事ですか……？」

それには答えないまま、イデアルの目線が譜面台に向いた。譜面台には何も載っていない。ミュレはぎこちない足取りで近寄り、譜面台の後ろを震えながら覗《のぞ》き込んだ。

「あ……」

――そこには、禍々《まがまが》しく輝く漆黒の石があった。ピアノの黒鍵盤のようにも見えるそれは、呪石《じゅせき》と呼ばれるもの。その表面には、小さく魔法文言が象嵌《ぞうがん》されていた。

「なに、これ、どういう事……？　こんなもの、練習の時にはなかった……」

呆然《ぼうぜん》としたまま動けないミュレの手が、乱暴に掴《つか》まれ後ろ手に捻《ひね》り上げられた。

「痛い……！　やだ、ちょっと待って！　待ってください！　お父さま！　お母さま！」

悲鳴を上げるミュレの目の前で、捕縛された両親が引きずられるように連行されていく。

その姿を見つめながら、ミュレは心の中でこの場にいない婚約者ルーヴの名をひたすら呼び続けていた。


『銀音の聖女』ことミュレ・オベルジーヌは弁明をする機会を与えられる事もなく、即日投獄された。

どんなに泣いても喚《わめ》いても話を聞いて貰えず、やがて涙も涸《か》れ果てたミュレは檻《おり》の中で気絶するように眠っては、悪夢に目覚めるという事を繰り返していた。

「おい、面会だぞ」

投獄されて何日経ったのだろう。わからないまま、ある日牢番《ろうばん》に面会人がいると告げられた。

「……ルーヴ？　ルーヴなの？」

牢番は小馬鹿にするように鼻で笑いながら、牢の前から離れた。代わりに現れたのは、愛するルーヴではなかった。

「……聖女殿」

「グルナディエ、先生……」

「来るのが遅くなり申し訳ございませんでした。私も取り調べをずっと受けていたものですから」

イデアルの眼鏡《めがね》の向こうに見える目は、どんよりと暗く濁っていた。あの時イデアルは捕縛こそされていなかったが、この様子を見るにミュレ専属の調律師としてさぞかし厳しい取り調べを受けたであろう事がうかがわれた。

「先生、この度は本当にご迷惑をおかけいたしました。でも、私は何もしていません……！　あの呪石だって、一体どこから……！　そうだ、先生、あの呪石には魔法文言が刻まれていました。あれは、もしかして――」

イデアルは重々しく頷く。

「……えぇ、魅了です。それも、殿下だけにかかるよう調整してありました」

――ミュレは目を伏せ考えた。今回の事件、誰かがミュレを、オベルジーヌ家を陥《おとしい》れようとしたのは間違いない。その目的はなんだろう。そして、なぜ呪石にこめる魔法が〝魅了〟でなくてはならなかったのか。仮に周囲を騙《だま》し切ったとしても、ミュレと王太子は立場が違いすぎる。ミュレが王太子妃になれる可能性など、万に一つもないというのに。

「殿下は二日ほどお気持ちが不安定なご様子だったそうですが、現在は落ち着いていらっしゃるようです。婚約者のデファンデュ公爵令嬢が、つきっきりでお世話をなさっていると聞きました」

「……そうですか」

適当に相槌《あいづち》を打ちながら、ミュレはどこか冷めた気持ちになっていた。

公爵令嬢がつきっきりで世話をする。仲睦《なかむつ》まじくて良い事だ。それならばなぜ、あの時王太子は魅了にかかってしまったのだろう。

「魅了にかからなければ、殿下も頭痛程度で済んだはずなのに。まさか、ここまでの事になるとは

「……」

イデアルは溜息《ためいき》をつきながら小さな声で呟いている。

「先生、両親は？　私の父と母はどうなったのですか？」

「オベルジーヌ夫妻は、貴女の〝謀《はかりごと》〟に直接関与した証拠はないとして投獄は免《まぬが》れました。ですが、監督不行き届きとして〝相応の処罰〟の後に、郊外の小さな家に移り住み、そこで謹慎するよう命じられたと」

「そんな……！　私は無実ですし、当然両親にはなんの関係もありません！　それに、相応の処罰とはなんですか!?」

涸れたと思っていた涙が、再び溢《あふ》れ出してくる。そんなミュレを痛ましげに見つめながら、イデアルはゆっくりと口を開いた。

――そこでミュレは、両親に対する『処罰』の内容と、それをすでに自分がこの身に受けている事を知った。

音楽で生きてきた音楽一家に対して、これほど惨《むご》い罰が他にあるだろうか。

だがミュレをなによりも打ちのめしたのは、事件を知ったルーヴが婚約破棄の手続きを申請した、というあまりにも辛《つら》い事実だった。

熱い湯を頭から浴びながら、ミュレは大きく溜息をついた。

今さら記憶を遡《さかのぼ》ったところで、なんになるというのだろう。何も解決する事はなく、ただ無駄な痛みを感じるだけだ。

ミュレは全裸で部屋を歩きながら、古びた冷蔵庫を開けた。扉を開けても、特有の冷気をほとんど感じない。

「あ、氷凍石《ひょうとう》が小さくなってる……」

冷蔵庫の内部にはめ込まれている半透明の石。握りこぶし大だったそれが、今は葡萄《ぶどう》一粒くらいの大きさになっている。

「……まぁ、どうでも良いか」

これ以上小さくなると食材を冷やせなくなる。だが傷んだ食べ物を食べて自分がどうなろうと知った事ではない。

ミュレはこの一年半で、周囲は元より自分自身に対する労《いたわ》りの気持ちを、すっかり失くしてしまっていた。


ミュレが一人暮らすこの町、ディアーブルは〝国境の町〟になる。国境付近にある町、ではなく町そのものが国境なのだ。ダンドリオン王国とレーヴェンツァーン王国を隔てる壁の役割を果たしているため両国の軍人が頻繁に出入りをし、住民の国籍も入り混じっている。

そのせいか、小さな町にもかかわらず娼館《しょうかん》は四軒もあるし賭博《とばく》店もある。酒が飲める店は数店あるが、ごちゃごちゃとした小さな店が多い。

軍人達の小競り合いも多く、つまるところ、この『どちらでもない町』は、治安が非常に悪い。

いつものように職場に向かって歩いていると、ふとピアノの音が聞こえた。

「あ、まただわ……」

ミュレの職場は宝石採掘場の横にひっそりと建っている管理事務所になる。ここで宝石採掘に関する事務仕事や雑用をやっているのだ。

宝石の採掘は朝早くから始まり、昼前には終わる部署と夕方から深夜にかけて作業をする部署と二つに分かれている。それは採掘する宝石の特性によるものだ。暗くなると魔獣が出てくる危険が増すため、夜間の作業員は高給だがしょっちゅう入れ替わる。

ミュレはこの夕方以降の勤務を自ら希望した。

夕暮れ時、賑《にぎ》わい始めた町の中を空気のようにすり抜けひっそりと歩く感覚は嫌いではなかった。

だがここ最近、ミュレの心をざわつかせる変化が起きている。

それが、この出勤時に時折聞こえてくるピアノの音だった。

二ヵ月前から聞こえるようになったピアノは、聴いた事もない曲ばかりだった。

だが、その音色は驚くほど洗練されていて、ミュレの心を大いにかき乱してくれた。

(気にしない、気にしない……)

ミュレはふと、両手を持ち上げてみた。音に合わせて指を動かそうにも、指はびくともしない。

簡素な銀の指輪で隠しているが、両手の小指には両親と同じ〝封紋〟が与えられている。日常生活にはかろうじて差し支えはないものの、ミュレの両小指はぴくりとも動かす事が出来ない。

おまけに他の指も、〝ピアノを弾く動き〟をしようものならまったく動かなくなってしまう。以前と同じように、流れるような旋律を奏でる事はもう出来ないのだ。

「……何をやっているのかしら、私。馬鹿みたい」

ミュレは音を振り払うように首を振り、職場に向かう足を速めた。

美しいピアノ曲に心乱されると同時に、強く惹《ひ》かれてもいる。

そんな自分に、腹が立って仕方がなかった。


十九時過ぎ。

岩を砕く音を遠くに聞きながら、ミュレは持参した夕食の包みを広げていた。

「ちょっと、アンタって娘《こ》は、またそれだけしか食べないの？」

声をかけてきたのは、事務所で最も古株のシレーヌという中年の女性。シレーヌは眉間《みけん》に皺《しわ》を寄せたまま、ミュレの夕食を見下ろしている。

「ゆで卵に塩漬け肉、薄っぺらい黒パンが一枚。そんなんじゃ栄養取れないよ？」

「……料理は、得意ではないので」

「せめて黒パンをもう一枚。それに千切《ちぎ》った生野菜でも用意して全部挟んじゃえば良いんだよ」

溜息交じりで肩を竦《すく》めるシレーヌに、ミュレは愛想笑いで応える。

シレーヌは面倒見の良い女性だ。

なんといっても着の身着のまま、ゴミを投棄するかのように採掘場である洞窟近くに放り出されていたミュレを拾って、仕事を与えてくれた張本人なのだから。

その時、シレーヌは洞窟内の電球交換を終えて出てきたところだった。ミュレを連れてきた兵士は洞窟には気づかず、シレーヌの足音を魔獣と勘違いし転がるようにして逃げていった。

明らかにワケありな様子のミュレを詮索する事もなく、体の心配をしてくれたシレーヌには感謝しかない。ただし、そのまま放っておいてくれれば魔獣の餌になれたのに、という思いは胸の奥底にこびりついたままだ。

「……冷蔵庫の調子が良くなくて。生のお野菜は、ちょっと」

ミュレの言葉に、シレーヌは何やら考え込んでいる。やがてポンと両手を叩き、ミュレの夕食を素早く元通り蜜蝋《みつろう》紙に包み直した。

「あの、シレーヌさん……？」

「これは持って帰って朝ごはんにでもしな。今夜はアタシが食事を御馳走《ごちそう》するよ」

シレーヌは包みを事務所内の冷蔵庫に放り込み、ミュレに向かって手招きをした。

「いえ、あの、お構いなく」

「若い娘が遠慮なんかしないの。好き嫌いは？」

「え、あ、ない、ですけど……」

答えた直後、ミュレは好き嫌いを主張すれば良かった、と歯噛《はが》みした。なんだか、拾われた時と同じ状況な気がする。あの時も、共に行く事を固辞するミュレにシレーヌがぐいぐいと迫り、つい首を縦に振ってしまったのだ。

「良かった。小鳩《こばと》のパリパリ焼きが絶品の店に連れていってあげる」

「はい、ありがとうございます……」

ミュレは心の中で溜息を吐きながら、観念して頷いた。

シレーヌに連れられて来たのは、事務所から歩いて五分ほどのところにある大衆食堂《ビストロ》だった。店内は小綺麗な作りで、中央には大きなピアノが置いてある。

「あ、この店……」

「なに、来た事あるの？　ここ、二ヵ月前に出来たばかりなんだよ。店主がレーヴェンツァーン人だから料理も向こうのものが多いんだけど、味は保証するから」

「来た事は、ないんですけど……」

——おそらく、いつも聞こえるピアノの音はここのピアノに違いない。けれど、奏者の姿はどこにも見当たらない。

「どうしたの？」

「いえ、なんでもありません」

「そう？　あ、良かった、あんな良い席が空いてる」

食事時だからか、他の席はほとんど埋まっている。ミュレとシレーヌはピアノ横の席に座った。

「少し待つかと思ったけど、運が良かったわ。えーっと、好き嫌いはないんだよね。料理、適当に頼んじゃって良い？」

「あ、はい、お願いします」

シレーヌはメニューを見ながら、寄ってきた店員にあれこれ頼んでいる。ミュレはピアノからそっと目を離した。

と、店の入り口からなにやら騒がしい話し声が聞こえた。低い男の声と、その合間に聞こえる甲高《かんだか》い女の声。

「あー！　いつもの席が取られちゃってるー」

こちらに向かって無遠慮に指をさし、あからさまな媚《こ》びを含んだ声を発する女にミュレは不快感を隠す事なく眉《まゆ》をひそめた。女の見た目は非常に美しいが、中身はそうでもないらしい。

「こらこら、下品な真似《まね》をするんじゃないっての」

軽々しい声と共に女の後ろから現れたのは、レーヴェンツァーンの軍服を着た若い男だった。その腕の紋章を見たミュレは、驚愕《きょうがく》に目を見開く。

（竪琴《アルプ》とヤマアラシ……！　まさか、武装楽団!?）

――レーヴェンツァーンの誇る武装楽団。国王ミルヒヴァイスの弟、王弟クラールハイトが率いる響鳴奏士の集団。団員は全員、高い魔力を持ち武術、体術にも優れているという。

ミュレはさりげなく男を観察した。長身で体格は非常に良い。緩くうねった黒髪に、縁の部分に小さな歯車がついた灰色の色つき眼鏡をかけている。腰の右側には銃、左側には細長い筒状の袋がぶら下がっていた。黒管《クラリネット》や横笛《フリュート》を使う響鳴奏士だろうか。

「だって、あの席だとナハトのピアノがすっごくよく聞こえるんだもん。うん、代わって貰っちゃおうっと」

派手なドレスを着た女が、真っ直ぐにこちらへ向かって来る。それを見たシレーヌが、遠慮のない舌打ちをした。

「ねぇ、そこのオバさんと地味なお姉さん、席を譲ってくれない？　まだ料理も何も来てないみたいだから良いでしょ？」

「いいや、先に来たのはアタシらだよ。他に空いてる席に座りなよ」

シレーヌも負けじと言い返す。

「だからぁ、ここの席はいつもわたし達が座ってるの。店内が混んでるのに、ここだけ空いてたでしょ？　それはナハトがあの武装楽団の一員だからなの。知ってる？　武装楽団。だからお店も空気を読んでんのよ」

武装楽団、と聞きシレーヌは迷うような素振りを見せた。怒らせるのは良くない、と思っているのは明らかだった。

「ほら、だから――」

「……いいえ、知りませんでした。武装楽団の団員が女性を使って他人の席を強奪させるなんて」

「ちょ、ミュレ……！」

ミュレは言葉を遮るようにゆらりと立ち上がり、美女と真っ向から対峙《たいじ》した。踵《かかと》の高い靴を履いている女は、百六十六センチのミュレよりわずかに身長が高い。

「は？　なんなの、この地味女！」

「席を真剣に譲って欲しいなら、頼み方というものがあると思います。そちらの団員様がどの程度の階級の御方か存じ上げませんが、氏名を教えていただけますでしょうか。レーヴェンツァーン軍に抗議文を送らせていただきますので」

「な、なに言ってんの⁉　そんな事が出来るわけがないじゃない！」

女の顔色が段々と悪くなってくる。どうやら、底抜けに愚か、というわけではないらしい。

「ここは国境の町ですから、両国の法が適用されます。国民が軍や政治家に意見書や抗議文を送付する事が出来る〝国民争議法〟はご存じありませんか？」

「国民、争議法……」

ミュレは頷きながら、女の背後に立つ男に視線を移した。

男は口の端を歪《ゆが》めて笑いながら、ミュレを真っ直ぐに見つめていた。

「ごめんね、お嬢さん方の食事の邪魔をするつもりはないし席を奪うつもりもないんだよ。だから軍に抗議文を送るのはやめてくれないかなぁ」

男はヘラヘラと笑いながら、大袈裟《おおげさ》に肩を竦めている。シレーヌは安堵《あんど》したような顔になっていたが、ミュレは一層顔を強張《こわば》らせた。

（……この人の声、すごく尖《とが》った音がする）

——男の物言いは軽々しく、声音は低いが柔らかい。けれど今の言葉には鋭さが秘められている。

おまけに、サングラスの奥に見える目は、まったく笑っていない。

これは間違いなく脅しだ。ミュレはそっと溜息をついた。自分一人ならともかく、シレーヌを巻き込むわけにはいかない。

「……わかりました。では、席を譲らなくても良いという事ですね？」

「うんうん、良いよ。ごめんね、本当に」

ミュレは無言で座り直した。途端に、それまで黙っていた女が耳障《みみざわ》りな声で喚き始める。

「待ってよ、ナハト！　こんな地味女になめられたままで良いの⁉　武装楽団の名折れじゃない！」

女はもはや意地になっているのだろう。ナハトという軍人男の腕にしがみつき、ミュレを憎々しげに睨《にら》みつけている。

「はぁ、どこにでもいるんだね、旦那とか彼氏の地位と自分の立ち位置を混同させる女《ヤツ》って。子供の同級生に、そんな感じの母親がいるわ」

シレーヌが軽蔑を含めた声で言う。

「……そうなんですか。あ、飲み物が来ましたよ」

ミュレは受け取ったワインをシレーヌの前に置き、葡萄ジュースを自分の前に置いた。ミュレがジュースに手を伸ばしたその時、横から伸びてきた手にグラスが攫《さら》われた。

「なんなのよ、その生意気な態度は……！」

女は躊躇《ためら》う事なく、グラスの中身をミュレの胸元に勢いよくひっかけた。突然の暴挙に、向かいに座るシレーヌが息を呑《の》み周囲の客も静まり返っている。

「すみません。葡萄ジュースの新しいものをください」

そんな中、ミュレは顔色一つ変えず再び同じものを頼み、濡《ぬ》れた胸元を淡々とハンカチで拭いている。灰色の事務服の胸元に大きく広がる、葡萄色のしみ。ここに来ていきなり我に返ったのか、女は空のグラスを持ったまま、ただ呆然と立ち竦んでいた。

「……お前、いい加減にしろよ」

――その時、ミュレは研ぎ澄まされた冷気を感じた。体の芯まで凍りつくような冷たい声音にジュースを拭く手が止まり、全身から冷たい汗が噴き出してくる。

「ナ、ナハト、わたしは、その、だって――」

怯《おび》える女に、男は凍りついた眼差しを向けている。

「んー、ここんとこずっと思ってたんだけど、お前は俺のなんなの？　いや違うな、なんだと思ってんの？　まさか恋人とか思ってないよね？　だって俺、一回も抱いてないしキスすらしてないもんな？」

「そんな、わたしは……！」

女は悔しそうに唇を噛んだ。猫のように吊《つ》り上がった大きな目に、涙が浮かんでいる。

「想像力豊かな女だなぁ。俺は好きだの愛してるだの、一度も言った事はないよ？　ただ見た目がそこそこ良い野良猫を構ってるだけのつもりだったんだけどなぁ。まさか俺の飼い猫になったつもりで、他人に牙を剥《む》くなんて思いもしなかった」

「ご、ごめ、ごめんなさい……！」

床に、女の手から離れたグラスが落ちて砕け散った。ほっそりとした手足は、気の毒になるくらいガタガタと震えている。

「……知ってるか？　レーヴェンツァーンでは人を傷つけた犬猫は、手足を切られて嬲《なぶ》り殺しにされるんだぜ？」

――その言葉を聞いた瞬間、掠《かす》れた悲鳴を上げながら女が転がるように店の外へ駆け出していく。あまりに慌てたせいか、片方のヒールが脱げた事にも気づいていないようだった。

男は呆《あき》れたように呟きながら、残されたヒールを見下ろしている。国境の町では共通語であるハイドランジア語を使うのが暗黙の決まりだが、思わず母国の言葉が出たのだろう。なかなか良い例えをする、とミュレは密《ひそ》かに感心をしていた。

「灰被姫《アッシェンプレーデル》かよ」

「ちょっと待ってなよ。料理が来るまで少し時間あるから、事務所に戻って着替えを取ってきてあげる」

シレーヌの申し出に、ミュレは首を横に振った。

「いえ、お構いなく。休憩時間はそう長くはないですから」

濡れた胸元をそれ以上気にする事もなく、新しく運ばれてきたグラスを手に取る。シレーヌは何か言いたげにしていたが、諦めたのか結局ワイングラスを手に取った。

「あー、お嬢さん方。俺はナハト・リューグナー。さっきの女が言っていたように、武装楽団の一団員だよ。階級はそんなに高くないから勘弁してね、洋服は弁償するから」

ナハトは軽薄な笑みを崩さないまま、サングラス越しにミュレを見つめている。ミュレは小さく溜息をついた。先ほどのような脅しではないようだが、言葉にはまったく心が籠っていない。

「……抗議文の事をおっしゃっているのでしたらご安心を。元々、そんなつもりではありませんでしたから」

「へぇ、意外。嘘だったんだ。傷つくなぁ、人間不信になりそう」

「貴方《あなた》だって嘘をついたでしょう。さっきおっしゃっていた事は逆です。手足を切り落とされるのは、犬や猫、その他鳥獣類を故意に傷つけた人間の方ですよね」

ナハトは声を上げて笑った。

「あ、バレてた？　まぁいいや、お詫《わ》びに一曲弾いてあげるよ。何が良い？」

「……貴方は、管楽器の響鳴奏士ではないのですか？」

「ん、なんでそう思った？」

ミュレは無言でナハトの左腰を指さした。

「あぁ、これは楽器じゃないんだよね。で？　曲は決まった？」

「……いえ、お気持ちだけで結構です」

——胸の奥がじくじくと痛む。忘れる事が出来たと思っていたのに、いざ同じピアノを使う響鳴奏士を目の当たりにすると焦げつくような嫉妬《しっと》心が込み上げて来る。

「冷たいなぁ。じゃあいつもみたいに好きに弾かせて貰おうかな」

わざとらしく悲しげな顔をしながら、ナハトは軍服の上着を脱いでミュレの座る椅子《いす》に引っかけ、そのままピアノに向かった。軍服からは、ほのかな香水の香りがする。

「あの色男、ムカつくけど良い体してるわー」

「武装楽団も軍人ですからね、鍛えていらっしゃるんでしょう」

素っ気ないミュレの言葉に気を悪くした様子もなく、シレーヌはワインを一気に飲み干した。

「女の子の椅子にわざわざ上着を置いていくなんて、あれは相当遊び慣れてるね。この香りに包まれて眠りたい、とか思ったりしたら駄目だよ、色男の思うつぼだからね。両国の軍人達がうろうろしているこのディアーブルじゃ、父親のいない子なんて珍しくないいんだから。……ウチみたいにね」

シレーヌは遠くを見つめながら苦い顔で笑っている。そういえば子供の話はよく聞くが夫の話は聞いた事がない、と今さらながら気づいた。

「……私は、大丈夫です」

――そう。絶対に大丈夫。確かに魅力的な男だとは思うが、それだけだ。見た目に対しての感想にすぎない。シレーヌはミュレが男に弄《もてあそ》ばれて傷つく事を心配してくれているようだが、仮にそうなったところで傷つく事なんて何一つない。

そもそも自分は、誰の事も信じてはいないのだから。

「あ、曲が始まるよ。せっかくだから聴いてやろうよ」

「……はい、そうですね」

――ナハト・リューグナーが鍵盤の上に両手を置いた。そして長い指がゆっくりと動き出す。

その瞬間、ミュレの耳からピアノの音以外、一切の音が消えた。

身も心もほぐしてくれるような優しい旋律。譜面台には楽譜の一枚も存在しないのに、ナハトの指はまるで踊るように動いている。

「……上手《うま》く言えないけど、すごく良い曲。嫌な事とか全部吹っ飛んじゃいそうな気分。これ、なんていう曲なんだろう」

ついさっきまで、ナハトに悪態をついていたはずのシレーヌの目には、うっすらと涙が浮かんでいる。

見ると、客の中にも感極まった様子で目元にハンカチを押し当てている者が何人かいた。

「……おそらく、即興で弾いているのだと思います」

だからいつ聞いても、聞いた事のない曲ばかりだったのだ。

ただ、今日はいつもと違う。流れる旋律には、心身を癒すような音魔法が込められている。だから聴く者の心をこうも揺さぶっているのだ。

「私だって、このくらい……」

「え？　なんか言った？」

「あ、す、すみません。なんでもないです」

――この期《ご》に及んでまだ音楽への想いを捨てられない自分が憎らしくて仕方がない。音楽のせいで自分は裏切られ、何もかも失ったというのに。

立ち上がって今すぐ店を出るべきだ。気分が悪くなったとでも言えば、面倒見の良いシレーヌは心配こそすれ不快に思ったりはしないだろう。

そう思っているのに、両足がどうしても動かない。

ミュレはナハトの奏でる旋律に囚《とら》われる自分を、拒絶する事が出来ないでいた。


午前二時。

まだ真っ暗な町の中を、ミュレは一人自宅に向かって歩いていた。

歩きながら、ふと胸元を見下ろす。そこには、変わらず葡萄色のしみがついていた。

結局、ミュレは服を着替えなかった。面倒だったというのもあるが、単純に事務服を二枚しか持っていないというのが主な理由だ。ミュレの住んでいる小さなアパートメントにも洗濯機はあるが、乾燥用の温熱石がついていない古い型になる。一日で乾くかどうかわからないのに、たかだか三、四時間の為に着替えるなんて贅沢《ぜいたく》は出来ない。

シレーヌはミュレのずぼらさにブツブツと文句を言っていたが、最後には室長に制服の支給をもう一枚増やすよう進言してくれていた。

やがて、数時間前にシレーヌと夕食を共にしたあの食堂が見えてきた。近づくにつれ、足取りがなんとなく重くなっていく。原因はわかっている。ナハト・リューグナー。あの男だ。

あの男はピアノを一曲だけ弾いて帰っていった。驚いたのは、帰りに会計をしようとした時。

『あ、もうお支払いいただいているので大丈夫です』

店員にそう言われ、ミュレとシレーヌは思わず顔を見合わせた。あの男が支払ったのだとすぐにわかったが、なにぶんにも本人がいない。礼を言う事も金を突き返す事も出来ず、なんとも言えない気分のまま、シレーヌと共に職場へ戻るしかなかった。

「……気にする事ないわ。あのお店にはもう行かないし」

食堂の横を通り抜けた時、体からどっと力が抜けた。あの男がいないのはわかっている。だがまた心をかき乱す旋律が聞こえてくるのではないかと、全身で警戒をしていたのだ。

「お帰り、お嬢さん」

「きゃあっ!?」

いきなりかけられた声に、ミュレは驚き飛び上がった。その勢いのまま、きょろきょろと周囲を見渡す。この時間帯にこの場所を通る、という生活をもう一年以上続けているが、誰かに声をかけられたのは初めての事だ。

「へぇ、鉄面皮だと思ったけど意外と可愛い顔をするね」

「え、あ、貴方は……」

――暗がりから現れたのは、ナハト・リューグナーだった。上着を脱いで肩に引っ掛け、相変わらず口元に笑みを浮かべている。ナハトは夜も遅いというのに、変わらずサングラスをかけていた。

「ずいぶん遅い時間まで働いてるんだなぁ。なんの仕事してんの?」

「……宝石採掘場の、管理事務所で働いています。夜にならないと発光してくれない宝石もありますので、夜間も事務作業が必要なんですよ」

「へぇ、そうなんだ」

ナハトは感心したように頷いているが、興味など一ミリも抱いていない事は丸わかりだった。音を聞くまでもない。温度の一切こもっていない眼差しが、それを物語っている。

――この男は常に『笑顔の仮面』をかぶっているのだ。

「……あの、食事をご馳走していただきありがとうございました」

一瞬、食事代は支払います、と言いかけた。だが考えた末、素直に礼を伝える事にした。こういった胡散臭《うさんくさ》い男を正面から相手にする気持ちの余裕は、今のミュレにはない。

「どういたしまして。ま、迷惑料ってとこかな。それよりもその服、着替えなかったんだね」

「……家に帰るまで、そう時間はありませんでしたから。それに、私の持っている洗濯機には温熱石がついていません。事務服は二着しかありませんので、乾かなかったら困ります」

「あらら、そういう事」

ナハトは何がおかしいのか、声を上げて笑っている。何を考えているのかまったくわからない男だが、少なくとも人生を楽しんではいるらしい。

「では、これで失礼します」

「あー、待って待って。もうこれから帰るだけ？　だったら俺の部屋で洗濯していけば？」

ミュレはまじまじと男の顔を見上げた。

事務服は二着しかないから着替えなかった。帰宅をしたらすぐに洗濯をする。だから今日の夕方から出勤する時は新しい事務服を着る。仮にその時服が乾いていなくても、ミュレには何の問題もない。

サングラスの下に見える目は、揶揄《からか》うような光を宿している。見つめ返しながら、ミュレはある種の期待を抱いた。その期待の衝動のままに、ナハトに向かって返答を口にする。

「ありがとうございます。ではそうさせていただきます」

「……判断早いね。俺の部屋には女物なんてないから、洗濯をしている間は裸になって貰う事になるけど、良い？」

「ええ、構いません」

「……じゃあ、俺とベッドで時間潰しでもする？」

ナハトの笑みは変わらない。けれどその双眸《そうぼう》から面白《おもしろ》がっている色は消え失せ、代わりに明確な軽蔑と嘲《あざけ》りが浮かんでいる。

その瞬間、ミュレの心に歓喜が渦巻いた。やはり、この男はミュレが断ると思っていたのだ。

いや、期待していたと言っても良いかもしれない。それに乗じて投げかけるつもりだった意地の悪い台詞《セリフ》を、きっといくつも用意していたのだろう。

だが、ミュレが喜んだのはそこではない。

この男はミュレが誘いを受けた事により、ミュレを自宅に連れて行かざるを得なくなってしまった。

もちろん、うやむやにする事も出来るだろう。だがミュレには確信があった。

この男は自身のプライドの為に、仕方なくミュレを抱くに違いない。

——この一年半、ミュレはただ生きているだけだった。夢も希望も奪われたのになぜか命だけは助かり、採掘場で働く鉱夫達も言葉遣いや態度は荒いが気の良い者しかいない。

絶望の中、そんな中途半端な運に恵まれた自分がもどかしくて憎くて、仕方がなかった。

けれど、やっと見つかった。生きる価値などない自分を貶《おとし》め、蔑《さげす》み、さらなる傷を与えてくれる人間が、やっと。


清潔なベッドの上。一糸まとわぬ姿でベッドに横たわるミュレの上に、上着を脱ぎ、諸々の装備品を外しただけのナハトが覆いかぶさってきた。

ミュレはナハトの部屋に通されてすぐ、衣服を剥《は》がされ浴室に放り込まれた。

だがナハトは湯を浴びる事もなく、そのままの状態でミュレを組み敷いている。

サングラスも外さず、酒と煙草《たばこ》、そして一日過ごした汗の匂いを全身にまとわりつかせたままで。

その程度の扱いで良い女だと、思われているのだ。

(……これで良いの。これで私は、もっと汚れる事が出来るもの)

ミュレは両手を伸ばし、薄く笑んでみせた。ナハトは一瞬驚いたように両目を見開いたが、すぐにいつもの軽薄な笑いを浮かべている。

「もしかして、こういうのに慣れてる?」

「さぁ、どうでしょう。ですが、慣れてみたいとは思っています」

「これはまた、変わったお嬢さんだなぁ」

ナハトは伸ばされたミュレの両手首を掴み、ベッドに強く押しつけた。

「俺、あんまり触られるのは得意じゃないんだよね。だからしがみついてこないでくれるかな」

「……わかりました」

ミュレは大人《おとな》しく頷いた。元より『抱き合いたい』などとは欠片《かけら》も思っていない。むしろ雑に扱って貰わないと困る。

「……理解が早くて良かったよ」

そう言うと、ナハトはミュレの首筋に顔を埋めた。黒髪が首と頬《ほお》を掠め、くすぐったさに思わず身を捩《よじ》る。続いて、舌が肌をなぞるように滑った。未知の感覚と熱さに、全身に熱がこもり始める。

「あ、ん、んんっ……」

両の首を舐《な》められ吸われながら、両胸は大きな手で包み込まれやわやわと揉《も》まれていく。ルーヴにすら触れさせた事のない場所を、初対面の男に好き放題されている。この事実が、ミュレに暗い喜びを与えていた。

「は、あっ、あぅ、あ、ひっ……！」

左胸を弄《いじ》っていた手が体の中心をなぞりながら、するすると下へ滑り落ちていく。そしてそのまま指は止まる事なく、緩く開かれたミュレの足の間へと潜り込んでくる。

「……痛かったら言って。すぐにやめるから」

そう言いながら、ナハトは指を性急に割れ目に潜り込ませてきた。ぬるぬると指を往復される感触。ミュレはそこで初めて、自分が驚くほど濡れていた事を知った。

「あっ、あっ、んぁ、あっ」

「痛い？」

「痛く、は、ないです……」

まるで「痛い」と答える事を望んでいたような声音に、ほんの少しだけ申し訳ない気持ちになった。

けれど今、ここでやめて貰っては困るのだ。

「無理しなくて良いよ、お嬢さん。えーと、ミュレだっけ？」

ミュレはじんわりとした気持ち良さに浸りながら、ゆっくりと首を縦に振った。

食堂の中で、シレーヌがミュレの名前を呼んだのは一回だけ。にもかかわらず、名前を正確に憶えていた事に少しだけ驚く。

「本名？　愛称？」

「はう、んぁ、あ、あっ、あっ……」

「……気は強そうなのに、体は激弱だなぁ。ま、興味ないからどうでも良いけどね」

口の端から涎《よだれ》をこぼし、ただ喘《あえ》ぐミュレの相手が面倒になったのだろう。ナハトの指がいきなり体の奥深くに突き込まれた。水音が立つくらい激しく抜き差しされる度に、堪《こら》えようのない喘ぎが口をついて出る。

――ミュレはシレーヌに拾われ名前を聞かれた時、オベルジーヌの名前こそ出さなかったが「ミュレ」と本名を名乗った。後から少々焦ったが、シレーヌも周囲も『王都で処刑された銀音の聖女』と『王都の方からやって来た素性の知れない女《ミュレ》』を関連づけて考える者は誰一人としていなかった。

そして今、音楽の先進国であるレーヴェンツァーン出身の響鳴奏士であるナハトも、ミュレの名前を聞いても何の反応も示していない。

底の底に落ちてきた今、ようやくわかった。

ミュレは「オベルジーヌ家の一人娘」にして「銀音の聖女」だった。

今までずっと、「ただのミュレ」として存在していた事はなかったのだ、と。

体内を指で激しくかき回され、胸を強く揉まれてもほとんど痛みを感じない。それどころか、ミュレは性行為の経験などないのに、我を忘れてしまいそうなほどの快楽に溺れていた。

ナハトはミュレを軽蔑しながらも、明らかに手加減をしている。

「ん、もっと指、奥に……」

「だーめ。そんな事したら、痛いって」

そうではない。痛くして欲しい、もっと乱暴にして欲しいのだ。気づいてくれない男に、ミュレはほんの少し失望をする。しかし色男としては、相手がどんな女であれ痛みを与えて「性技術の劣った男」と思われるのが嫌なのだろう。

「ん、まぁこれだけほぐせば良いだろ。それにしてもナカがずいぶんキツかったけど、ここんとこご無沙汰だったのかな」

ナハトの独り言《ひとりごと》を耳にしたミュレは、息も絶え絶えの中で思わずくすりと笑った。ご無沙汰も何も、ミュレはまったくの初めてなのだ。

「……余裕だね」

「い、いいえ、今、すごく一生懸命、です」

荒い息の下、ミュレは懸命に応えた。ナハトはすでに、嫌悪の表情を隠しもしない。けれど、蔑まれれば蔑まれるほどミュレの心が喜びに満たされている事など、目の前の男は知りもしないだろう。

「……洗濯も終わる時間だし、そろそろ挿《い》れるよ。後ろ向いて」

「わかりまし、た……」

ミュレは気怠《けだる》い体をなんとか起こし、四つん這《ば》いの姿勢になった。背後から、ベルトを緩めているのであろうカチャカチャという音が聞こえる。それを耳にしながら、こんな獣のような格好で及ぶ行為もあるのだと、どこか冷静に感心をしていた。

「はぁ……」

怠そうな溜息と共に、ナハトがミュレの腰を強く掴む。次の瞬間、割れ目の中に太くて硬く、熱いものが勢いよく押し入ってきた。

「あ、んんっ、うっ……！」

想像以上の圧迫感に、ミュレは思わず片手で口元を押さえた。気のせいだとわかっているが、押し上げられた内臓が口から飛び出してきそうな恐怖に襲われたのだ。

「きっついな、クソッ……！」

低く掠れたナハトの声。いつ見た時もヘラヘラと笑っている男が発した苦しげな声に、顔を見てみたかったたな、となんとなく思う。

「……根元まで入った。少し待って、馴染《なじ》むまでこのままにしとくから」

「はぅ、は、はい……っ」

貫かれたまま深呼吸を繰り返すうちに、押し込まれた男性器が馴染んできたらしい。どこか痺《しび》れる感覚にも似た快楽が、じわじわと全身に浸透していく。

「はぁ、あぁん、んっ」

「あー、ナカが痙攣《けいれん》してきた。そろそろ動かしても大丈夫かな。少し激しくするよ？」

「は、い……あ、あっ！」

いきなり激しく突き上げられ、指や舌で責められていた時とは比べ物にならない快楽が押し寄せる。

いつの間にか、ミュレは髪を振り乱しはしたなく叫んでいた。

傷つく事を望んでいるはずなのに、気持ち良さには抗《あらが》えない。

「あぁっ、あっ、気持ち、い、そこ、もっと……！」

「わかってて、るって、焦んなよ！」

肉を打つ音と、完全に余裕を失くした男の声。下腹部がずきずきと疼《うず》き、吐き気がするほど甘えた悲鳴が口をついて出てくる。ミュレは動かす事の出来る八本の指で、シーツを強く握った。

「ん、どうした？　もうイキそう？」

〝イキそう〟の意味がよくわからなかったが、ミュレはうんうん、と首を縦に振った。途端に、打ちつけられる腰の動きが、どんどん速くなっていく。

「ひあぁっ！　あぁぁっ！　あぅ、あっ！」

「う、イキそ……！　出すから動くなよ……っ」

二度三度とがつがつ奥を突かれ、最後にひと際激しく抉《えぐ》るように突き上げられた後、粘ついた音を立てながら素早く性器が引き抜かれた。その直後、背中へ熱い液体が飛び散っていく。

「はぅ、う……」

背中に吐精された気持ち悪さを感じる余裕もなく、ミュレはぐったりと力を抜いた。想像以上に体力を奪われ、すぐに体を動かす事が出来ない。ナハトはさっさとミュレから離れ、再びベルトを締め直している音が聞こえた。

「ちょっと待っててね、今拭いてあげるから」

そう言うと、ナハトは一度立ち上がり寝室から出ていった。わざわざそんな事をしなくて良いのに、と思ったが、今立ち上がったら背中の精液がこぼれてしまう。仕方なく、うつ伏せのままナハトが戻ってくるのを大人しく待った。

「熱かったら言って」

ナハトはお湯を含ませた柔らかな布のようなもので、ミュレの背中を丁寧《ていねい》に拭いてくれた。

「我ながら引くほど出たな。ま、最近色々と忙しくて溜《た》まってたからなぁ。お互い良い時間潰しになって良かったよ、ミュレちゃんとの体の相性も悪くなかっ――」

そこで、ナハトの声がピタリと止まった。

「……？」

ミュレはのろのろと体を起こし、男の顔を見上げた。ナハトは布を握ったまま、強張った顔でミュレを見下ろしている。

「……え、処女？」

「はい？　あぁ、はい、そうですけど、それが何か……？」

「うわ、最悪。いやいや、うん、言ったと思うけど俺、そんな階級高くないからね？」

「えぇ、覚えていますけど……？」

ナハトの言葉に首を傾《かし》げながら、ベッドの上を見る。そこには、破瓜《はか》の出血が点々とついていた。

「あぁ、シーツ代金の事でしょうか。それでしたら――」

「いや、そうじゃなくて。えーと、今は外に出したけど実は俺、事情があって子供が出来ないようにしてるんだよね。だから嘘をついてそういう要求をされても困るし、そもそもバレるよって話」

「なるほど、そういう意味でしたか」

ミュレは得心したように頷いた。

階級云々《うんぬん》はともかく、他国にも名の知れた武装楽団の一員な上に長身で顔も良い。そしておまけに遊び好き。そういう男は、用心をしてもしすぎる事はないのだろう。

「そういうご心配は無用ですよ。あ、洗濯ありがとうございました」

頭を軽く下げ、ミュレは全裸のままベッドから降りた。そのまま裸足でペタペタと歩き、洗濯機から乾いた衣類一式を取り出す。

「すごい、完全に乾いてる。それに、お日さまで乾かしたみたいな良い香り」

「……そりゃ良かった」

家と職場の往復しかしないミュレは、それなりに貯金を持っている。ここまで完璧に乾いてくれるのなら、温熱石付きの洗濯機を買っても良いかもしれない。

「本当にありがとうございました。では、失礼いたします」

ほのかに温かい衣類を身に着け放り出されていた靴を履き、ミュレはすたすたと玄関先に向かう。

「……ミュレちゃん。今、朝の四時前だよ？　仕事は夕方からなんだろ、もう少し寝ていけば？」

背後から低い声が追いかけてきた。振り返ると、ナハトが壁にもたれて立っている。口元にいつもの笑みはない。ただ試すような目で、射抜くようにミュレを見つめている。

「いいえ、結構です」

ミュレは顔色一つ変える事なく素っ気なく返す。ナハトは両目を閉じ、微《かす》かに溜息をついた。そしておもむろにサングラスに手をかけ、ゆっくりと外す。

「ねぇミュレちゃん、なんで俺の誘いに乗った？」

再びこちらを見つめるナハト。その両目は、青になったり緑になったり、揺らめいては色を変える不思議な色をしていた。

「極光色《オーロラ》……素敵……」

見た事もない目の色に、思わず感嘆の呟きが漏れる。両目に封じ込められたオーロラは幻想的なまでに美しい。この掴みどころのない男の目には、ぴったりの色だ。

「……はは、オーロラか。初めてだな、そんな風に言われたのは。ほとんどの人間は、気味悪がるんだけど」

「気味が悪いだなんて不思議だわ。だってオーロラは、とても綺麗じゃないですか」

「……まぁ、そうだけど」

ナハトは口元を緩めて笑った。それはいつものように軽々しく薄っぺらな笑顔《もの》とは違って、どこか素直な笑顔に見える。なぜか胸がざわつき、ミュレはそっと目を逸《そ》らした。

「……えぇと、お誘いに乗った理由、ですよね。それは、都合が良かったからです」

「都合？　なんの？」

「……貴方は私を、汚してくれそうだったから」

ナハトはなぜか、ひどく驚いた顔をしている。頭のおかしい女だと思われたかもしれない。むろん、どう思われようが構わないが、意味不明な同情を受けるのだけは絶対に避けたい。

「もう良いですか？　これ以上の説明は面倒なんですが」

「……いや、もう良い。あのさ、俺も後腐れなく発散したいと思ってたし、ミュレちゃんさえ良ければまたつき合ってよ」

「そうですね、機会がありましたら」

ミュレはそれだけ言い、ナハトの部屋を後にした。


火照《ほて》った体に冷たい風が気持ち良い。体の奥は気怠さを訴えているが、気分はそれなりに良かった。

「……でも、もういらないかな、あの人は」

ナハトは期待していたほど乱暴な扱いをしてくれなかった。ある程度は雑に扱って貰えたが、ミュレが望んでいたのはこんなものではない。

「……ルーヴだったらきっと、私をお姫様みたいに甘やかしてくれた。優しい言葉もいっぱいくれて、顔を見つめて抱き締めてくれて、それから――」

――起こり得なかった、そして今後も起こる事のない幸せで穢《けが》れのない妄想。それを脳内に描く事で、かろうじて刻まれた〝汚れ〟を認識する事が出来た。

だが、足りない。過去の傷を上書き出来るほどの痛みには、まだまだ遠く及ばない。

今後は、もっと手酷く扱ってくれそうな別の男を探さなければ。

ミュレは動かない両の小指を見つめながら、暗闇の中を一人歩き続けた。


夜の二十時前。

少し遅めの夕食を取ろうと持参した包みを広げながら、ミュレは深い溜息をついた。

今、夜間の勤務はミュレ一人だけになっている。シレーヌの母親が体調を崩して入院しているらしく、当分の間は昼の勤務をする事になった。

だが、溜息の理由はそこではない。

――あれから、ナハト・リューグナーとは何度か夜を共にした。一回きりにするつもりだったのに、ミュレが夜道を帰っていると反対側からナハトがやってくる、という事が立て続いた。毎回誘われるわけではなかったが、誘われた時は特に断る事なくその逞《たくま》しい腕に大人しく抱かれた。

それは良い。〝別の相手〟を探そうにも、ミュレの周辺には残念ながら女を痛めつけて喜ぶ人間は存在しなかったからだ。

けれど『女好きの軍人に慰み者にされている』という風に思い込む事で、なんとかやり過ごせたのは二回目の時までだった。それも初回の時と異なり、先に湯を浴びたがったナハトを急《せ》かして半ば無理やり抱かせたのだ。だがそれ以降、ナハトはどれだけ言っても体を清潔にしない限りはミュレに手を出そうとしなくなった。

それならばどうぞゆっくりお風呂にお入りください、と放って帰ろうとしたら、どうでも良い話をいきなり振ってきたりする。

『ミュレちゃん、休みの日は何やってんの？』

『今度俺の友達が結婚するんだけど、どんなものを贈れば良いと思う？』

無視して強引に帰れば良かったのかもしれない。だが話かけられているのに無視をする、という行為が、ミュレにはどうしても出来ない。

『そうですね、洗濯をしたり掃除をしたりしています。料理はあまりしません。得意ではないので』

『本当に喜んで欲しいのなら、直接ご本人に聞かれてはいかがでしょうか』

だから仕方なく答える羽目になる。そうこうしているうちに言葉巧みに丸めこまれ、ナハトが風呂から出てくるまで待たされてしまうのだ。

おまけに先日抱かれた時などは、事後にお茶まで淹《い》れてくれた。その時は適当な理由をつけ、お茶を飲まずに自宅へ帰った。

「……これは絶対、同情されているんだわ。誘いに乗った理由、正直に言わなければ良かった」

「汚してくれそうだったから」と言った時、ナハトはひどく驚いていた。そこで軽蔑してくれれば良かったのに、彼は哀れな境遇と思《おぼ》しき女に同情する事を選んだ。

「……悪い人ではないのよね。むしろ、とっても良い人」

あの美しい女性を「そこそこ見目の良い野良猫」呼ばわりしていた彼の事だ。おそらく、ミュレという捨て犬を拾った感覚なのだとは思う。

——本来、かなり忙しいはずの武装楽団員がなぜディアーブルでうろうろしているのか、それを訊《き》いてみた事があった。

『あぁ、ディアーブルに到着してすぐ、機空戦艦の整備が必要な状況になったんだよね』

どうやら、それが終わるまではしばらくディアーブルに留《とど》まるらしい。

「早く戦艦の修理が終わって、さっさと国に帰ってくれれば良いのに……」

ミュレは塩漬け肉と野菜を挟んだパンを齧《かじ》りながら、再び大きな溜息をついた。


そして一ヵ月後、シレーヌがようやく夜の勤務に復帰してきた。手には大きな袋を持っている。

心なしか痩せたように見えるが、顔色は悪くない。

「お母さまの退院、おめでとうございます」

「ありがと。それよりごめんね、ずっと夜一人にしちゃって」

「いいえ、大丈夫です。一昨日から魔蟲《まちゅう》の産卵時期に入りましたから、採掘時間も三時間早く終わるようになりましたし」

シレーヌはミュレの肩をポンと叩き、持っていた袋から鍋を取り出した。

「今日は野菜スープを作ってきたの。今、温めるね」

「はい、ありがとうございます」

しばらくすると、事務所内の台所から良い香りが漂ってきた。よく煮込まれた野菜達の甘い香りに、ミュレはほんの少し、頬を綻ばせる。

「実はね、我が家は三人と一匹家族になったのよ」

「え、どういう事ですか？」

「仔犬。ウチの子が仔犬を拾ってきたの。子供の学費も母の入院費もあるし、ウチもそんなに余裕ないんだけどね、見捨てるわけにはいかないじゃない」

シレーヌは困ったように言いながら、肩を竦めている。そういえば自分もこの女性《ひと》に拾われたのだった、とふと思い出した。

「今ね、甘噛みをする時期なの。すっごく痛いわけじゃないけど、痛くないわけでもないの。でも、子供と一緒に頑張って耐えてるんだ。そこで〝痛い！〟とか言っちゃいけないんだって」

「どうしてですか？」

「人間の事を、噛んだら音が出る玩具だと思うんだって。面白いよね、人間が楽器にされちゃうんだから。もちろん、これから躾《しつけ》していかないと駄目なんだけどね」

シレーヌとの他愛《たわい》のない会話を続けながら、ミュレはふと王都に残された両親を思った。両親《ふたり》の事を思うと、いまだに悲しみと悔しさで胸が張り裂けそうになる。

生きている事をなんとかして伝えようと思った事は幾度もあった。けれど、あんな濡れ衣を着せられた理由も誰がミュレを陥《おとしい》れたのかも、すべてがわからないままだ。浅はかに動いたせいで両親が危険にさらされる可能性を考えると、どうしても実行に移す勇気が出なかった。

ただ今はもう、そんな気持ちは一切ない。

（……お父さまとお母さま。今の私を見たらきっと失望するでしょうね。私の事など、どうか忘れていて欲しい）

――大切に育てて貰ったのに、自らの体を傷つける暗い喜びに浸る、馬鹿な娘の事など、永遠に。


「ミュレちゃん、悪いんだけどさ、お湯を沸かしてお茶を淹れてくれない？　紅茶の缶はそこの棚に入ってるから」

シレーヌに言った通り、今は仕事終わりが三時間早く、帰りは夜の二十三時頃になる。だからナハトに遭遇する事はないと思っていたのに、なぜか出会ってしまった。断りの言葉を口にする間もなく半ば引きずるようにして家に連れてこられ、今こうしてお茶の準備を命じられている。

「……わかりました」

「牛乳と砂糖も入れといてね」

「……はい」

ナハトは頷き、鼻歌を歌いながら浴室に消えていった。これは先日、紅茶を飲まずに帰った意趣返しなのだろうか。

「お茶を飲んだら、今日は帰らせてくれるかしら……」

あの男と出会ってから、溜息が増えた気がする。ミュレは思わず出かけた溜息を寸前で堪えながら、紅茶缶を取るべく棚に手を伸ばした。


胡坐《あぐら》をかいた男の足の上に跨《また》がり、向かい合う形で繋《つな》がったまま、ビクビクと体が痙攣する。先ほどからもう何度も達しているのに、なかなか腕を緩めて貰えない。

「ミュレちゃん、こっち向いて」

「はぅ、ん、ん……」

両腕をだらりと投げ出したまま、ゆるゆると揺さぶられるミュレの意識は半ば朦朧《もうろう》としている。過ぎる快楽に支配され、ナハトの言葉が意味を成さない音として耳を滑り抜けていく。

「ほら、こっち。俺の顔見て」

同じ言葉を繰り返され、ようやく目の前の男に目を合わせた。揺れるオーロラ。汚れた女《ミュレ》が目にするには、あまりにも美しすぎる光景。

「あ、いや、いや……！」

突如として、吐き気がするほどの嫌悪感が込み上げてきた。ナハトにではない。自分自身に対してだ。

「どうした？　何が嫌？　ひょっとして痛い？」

「いや、やだ、離して……！」

「ミュレちゃん、落ち着いて。大丈夫だから。ほら、おいで」

――大きな手が、宥《なだ》めるように背中を撫《な》でている。そして胸に染み渡る、柔らかな低い声。ミュレは段々と落ち着きを取り戻し、溢れた涙を子供のように両手でごしごしと擦《こす》った。

「やめなって。そんなに擦ったら目が腫れるだろ？」

「……別に、いい。もう抜いて。帰りたい」

「ナカの痙攣すごいから、このままイッた方が楽だよ。俺に任せて。ね？」

「い、や、あっ、あうぅっ、あっ……！」

太い腕に強く抱き締められながら、腰が浮くほど突き上げられミュレは数秒も経たないうちに達した。ぐったりとベッドに倒れ込むと同時に、穿《うが》たれていた性器がずるりと引き抜かれる。

ミュレは霞《かす》む目で男を見上げた。ナハトは両手でシーツを掴み、荒い息を吐きながら目を閉じ歯を食い縛っている。ミュレの蜜で濡れた性器はその質量を失わないまま、時折ピクピクと蠢《うごめ》いていた。

そこで気づいた。ナハトは自らが達するよりも、ミュレを楽にさせる事を選択したのだ、と。

（……あぁ、もう駄目だわ）

自分はいくら汚れたって良い。むしろそれをずっと望んでいる。

けれど、この人はもう汚せない。澄んだオーロラを両目に抱く、彼を汚す事はもう、出来ない。

「ミュレちゃん、このまま少し寝てなよ。俺はちょっと、コレをアレしてくるから」

顔を歪めたまま、ナハトはベッドから降りた。おそらく浴室に向かうのだろう。少しだけ落ち着いたミュレも、ゆっくりと身を起こした。

「ん、ほら、寝てなって」

ナハトはシーツでミュレを包み込みながら、髪をそっと撫でてくれた。優しい指の感触が、ミュレの胸を刃《やいば》のように切り裂いていく。

「……髪、触らないで」

「ん、ごめんごめん」

まるでじゃれ合うかのような甘ったるいやり取りに、怒りにも似た感情が湧き起こってくる。

「……もう、帰ります」

「ミュレちゃん」

シーツを振りほどいたミュレの耳に、どこか抑えたようなナハトの声が聞こえた。聞こえないふりをしたいのに、やはり出来ないミュレは渋々顔を上げる。

「……なんでしょうか」

「もう少し、側《そば》にいてよ」

「ど、どうして、ですか」

なぜか声が震える。怖い。胸が痛い。この痛みは、望んでいる傷《もの》ではない。

「……そうだなぁ、上手く言えないけど」

ナハトは穏やかな目でミュレを見下ろし、言った。

「俺が、俺でいられる気がするから」


——ミュレは結局、ナハトの懇願を無視して自宅に逃げ帰った。

その後は、徹底的にナハトを避けた。帰る時は、周囲に気を配りながら外に出る。そして念を入れて三十分も遠回りをして帰るようにした。

おかげでここ二週間近く、一度もナハトに会っていない。

それなのに、心の安寧《あんねい》はなかなか戻ってこなかった。

第二章・聖女の名前と悪魔の瞳《ひとみ》

漆黒の戦艦の中、ナハトはイライラとした足取りで歩いていた。

「どうしたんですか？　めちゃくちゃ機嫌悪いじゃないっすか、珍しい」

横から聞こえる、揶揄《からか》うような声。ナハトは足を止め、声の方向に体を向けた。

「……別に怒ってないよ？」

「あ、来た来た。いつもの胡散臭《うさんくさ》い笑顔が」

視線の先には、さらさらとした銀髪の美しい男が立っていた。声音こそ楽しげだが、その顔にはわずかな不安が滲《にじ》んでいる。

「俺の事は心配しなくて良いから。で、どうだった？　ご夫妻は首を縦に振ったか？」

「あー、いいえ」

「そっか。まぁ、いきなり他国へ来いと言ってもそう簡単に頷《うなず》けるものじゃないよな」

銀髪の男は首を横に振る。

「いや、そこはちょっと違うんですよね。ご夫妻的には今さら国に未練はないようなんですけど、ただ一人娘の名誉を回復するまではどこにも行かない、と、まぁ、これが頑固でして」

「……なるほど」

「それにしても、世界的に有名な指揮者と作曲家をあんな辺鄙《へんぴ》な場所にあるあんな小さな屋敷に閉じ込めるなんて、ダンドリオンの連中は何を考えてるんすかね」

手の平を上に向け、呆《あき》れたように肩を竦《すく》める銀髪男を見やりながら、ナハトは微《かす》かに溜息《ためいき》をついた。

「だからこそ、アイツもこうして協力してくれてるんだろ。で、〝銀音《ぎんおん》の聖女〟を罠《わな》にはめたヤツに見当はついた？」

「まだですけど、糸口なら見つかりました。聖女が逮捕された直後、オベルジーヌ家でメイドが一人急に退職をしてるんですよね。その女がなにか知っているのは間違いないんじゃないかなーと。ただ、現在は行方不明になっていて」

「行方不明……？」

「はい。なんか暗い女で、他のメイド達ともそんな仲良くはなかったみたいです。ご夫妻も出身地までは知らないそうで」

——暗い女。

そう聞いてまず頭に思い浮かんだのは、金茶の髪を持つ女の顔だった。目に光がなく、誰《だれ》に対しても関心を持っていないように見える。冗談のつもりで声をかけ、流れでうっかり抱いてしまった女。

昔から頭の悪い人間は大嫌いで、彼女の事も最初は尻軽だと軽蔑をしていた。けれど、今はこんなにも心をかき乱してくれる。体の相性が良かったから、というだけではない。

『オーロラ色。素敵……』

子供の頃《ころ》から「悪魔の眼」と言われ、両親からも忌《い》み嫌われていた両目を、あんな風に言われたのは初めてだった。両目を真っ直ぐに見つめる彼女の頬《ほお》は紅潮し、茄子《なす》色の瞳はキラキラと、まるであどけない少女のようにも見えた。それにどうでも良い話をしても、態度こそ素っ気ないが彼女はいつもきちんと考えて返事をしてくれる。

彼女の素性は、いまだにわからない。だが、調べる必要があるのかもしれない。

「そのメイドの女――」

「はい、なんですか？」

「……いや、なんでもない」

――違う。彼女はきっと無関係だ。他人を寄せつけないのはそういう性格だからで、決して罪から逃れているわけではない。そもそも彼女の声には、卑劣な人間が奏でる特有の音が一切含まれていなかった。

「もう、ご夫妻は無理やり保護した方が良いんじゃないですかー？　〝銀音の聖女〟を魔獣の跋扈《ばっこ》する森近くに放り出して食い殺させた連中《クズ》っすよ？」

「やめろ、ツヴェルク。そうじゃない。本当は公開処刑されるところを、アイツがあえてそうしろと進言したんだ。少しでも聖女が生き残る可能性を考えてたんだよ」

とはいえ、現実はツヴェルクの言う通りだと思う。聖女を国境の町に連れていった兵士は彼女を夜間に放置したらしいし、すぐに発見されたのならともかく一晩を過ごす事は出来なかっただろう。

「夫妻を無理に連れ出す事は出来ないよ。下手《へた》な事をして自害でもされたら困る」

「……それはわかってるんですけど。僕が訪ねていった時、お茶を出してくださったんですよ。夫人は目が見えないから、ご当主が横から言葉で指示を出していて。で、両腕が動かないご当主の口元に、指示を受けながら夫人がお茶のカップを運んで飲ませてあげてたんです。なんていうか、すごく支え合ってて、あー、良いご夫婦だなー、って思うと、早くどうにかしてあげたいっていうか」

苛立《いらだ》たし気に引《ひ》っ掻《か》き回される銀髪を見つめながら、ナハトはそっと頬を緩めた。幼馴染《おさななじみ》でもあるこの男は、言動こそこんな風だが心根が非常に優しい。

「……ま、食堂でお茶でも飲もうか」

「あの砂糖と牛乳をドバドバ入れた〝紅茶風味の飲み物〟はお茶とは言わないっすよ」

顔をしかめる幼馴染の額に向かって指で弾《はじ》きながら、彼女の淹《い》れてくれた紅茶の甘い味を密《ひそ》かに思い出していた。


「で、不機嫌の理由は？」

食堂に腰かけると同時に、湯気の立つ甘い紅茶が運ばれてくる。ナハトは普段、この紅茶を飲む時しか食堂には来ない。

「だから、不機嫌じゃないっての」

「じゃあなんですか？　何か心配事？　言ってくれないと僕、上に報告しなきゃいけなくなるんですけど？」

「……脅しかよ」

仕方なくカップを置き、咳《せき》ばらいを一つする。ここで白状しないと間違いなく上へ報告される。

けれど「誰にも言うな」と一言だけ言いさえすれば、この男は絶対に口を割らない。

「……これは俺の友人の話なんだけど」

「え⁉　あぁ、そういう感じっすね、はい」

「そいつは今、ちょっと気になる女がいるらしい。好きかどうかで言うと正直わからない。でも笑って欲しいとか思う以上、限りなく好きに近いんだと思う。で、その女に今、めちゃくちゃ避けられてる」

「あー……。えっと、なんで……？」

――それはこっちが知りたい。

その言葉をぐっと呑《の》み込みながら、素知らぬ顔で甘い紅茶を口に含む。

「その、避けられてるっていうのは、被害妄想とかじゃなくて？」

「違うよ。ある程度時間をずらして帰っても全然会わないんだぜ？　職場は知ってるけど、押しかけるのもなんか違うっつーか」

「っていう事を言ってるんですね、〝友達〟が。うーん、女のそういう意味ありげな行動って大抵計算だからなぁ、気を引きたいんじゃないです？　もう忘れましょうよ、そんな女。うっかり寝たら粘着されてヤバいですって」

「……もう寝た。何回か」

「うん、その方が良い――って、はぁ⁉　マジですか⁉」

ナハトは人差し指を口元に当てながら、周囲を見渡す。幸い、食堂には人がほとんどいない。誰もツヴェルクの大声に気づいた様子はなかった。

「馬鹿か、お前。声がデカいよ」

「いや、馬鹿は貴方《あなた》でしょ⁉　一応聞くけど、寝たってただ一緒に寝たわけじゃないんですよね？」

「当たり前だろ。因《ちな》みに誰にも言うなよ」

「言うわけないじゃないですかー……。これ、バレたら絶対僕が怒られるヤツ……」

ツヴェルクは頭を抱えている。

「気にするなって。これはナハト・リューグナーとしての問題なんだから」

「……って事は、諸々が片づくまでの関係って事⁉　あー！　良かったぁ！　それならそうと言ってくださいよ。あ、でもその女を切り捨てる時は気をつけてくださいよ？　ゴミだって種類によって捨て方が変わるんですからね？　女も一緒で、適切な捨て方をしないと後で困るのは自分ですからね？」

ナハトは無言のまま、ただ片眉《かたまゆ》を上げた。

賢い幼馴染はこちらの考えている事がわかったらしい。顔色が、みるみるうちに悪くなっていく。

「……クラールハイト王弟殿下」

これまでとは打って変わった低い声に〝ナハト〟は可笑《おか》しそうに笑った。

「そんな怖い顔すんなって。それから、任務中はちゃんと偽名で呼べよ」

「……殿下。その女の事は近日中にどうにかしてください。他国の、それも平民でしょ？　まさか国に連れて帰ろうなんて思っていないですよね？」

「実は、ちょっとだけ思ってるんだよな」

「いやいやいや、駄目に決まってるじゃないですかー……。あ、そうだ、今あれでしょ？　避けられてんでしょ？　うん、無理です。嫌われてます。諦めましょう。ね？　はい、終わり！」

——彼女は自分を傷つけたがっている。だから初対面の男の誘いにもあっさり乗った。そしてその『傷つける行為』は上手《うま》くいっていたと思う。けれど避けられてしまった。おそらくなにか気に入らない事をしてしまったのだろう。それはともかく、今一番心配なのは彼女が別の男にその身を触れさせやしないかという事だ。

「……頼むから、少しだけ待ってくれよ。聖女はもう死んでる。捜索命令は何の意味もないし陛下《あにうえ》もそれは本当の目的じゃない。陛下の目的は高名な音楽家であるオベルジーヌ夫妻だ。夫妻を連れ帰る事が出来れば、恩赦でどうにかなるかもしれないだろ」

「そんな、また勝手に——」

また小言か、と肩を竦めた途端、幼馴染は言葉を止めた。何かを言いかけては口を閉じ、を何度も繰り返している。やがて、意を決したように顔を上げた。

「良いっすよ。陛下には適当に報告しとくし、なんなら協力だってしますよ」

「お、どうしたよ、急に」

幼馴染は遠くを見ながら後頭部を掻《か》いている。

「……ちょっとだけ、聖女について聞き込みしたんですよ。ダンドリオン王国は教養で咎人《とがびと》の名前を口にする事は出来ない。だから聖女の名前は不明でした。それはわかる。でも、町の人間のほとんどは本当に名前を覚えていない感じだった。聖女は〝銀音の聖女〟としてしか存在していなかったんです。で、僕の幼馴染に似たような境遇のヤツがいるんですよねー」

〝グラールハイト〟は苦笑を浮かべた。

「それは、可哀《かわい》そうなヤツだなぁ」

「はい。なんで、全力で幸せにしてやりますよ。任せておいてください」

幼馴染は胸に手を当て一礼をする、という芝居がかった仕草をしながらもその目はどこまでも真剣な光を宿していた。


久しぶりの休日の午後。

ミュレは珍しく昼間の外出の準備をしていた。

シレーヌに貰ったお下がりのワンピースを身に着け、靴はシレーヌに勧められるがまま買ったは良いが、洋服入れの奥にしまい込んでいた編み上げの短靴《ショートブーツ》を履く。

本当はいつも履いている踵《かかと》の低い靴の方が歩きやすいのだが、昨日はかなり雨が降っていた。平べったい靴では、雨上がりの道を歩くには少々心もとないと、奥から引っ張り出してきたのだ。

「えぇと、今日は――」

――滅多にする事のない日中の外出。カレンダーの確認はきちんとしないといけない。

「買い付け人が来るのは……あ、昨日だったのね。それなら大丈夫」

王都からやって来る宝石の買い付け人。来る時は多額の現金を持ち、帰る時は高価な宝石を大量に積んでいる。だから護衛騎士が二人ほどついているのだ。元婚約者のルーヴも、時折その任務に就いていた。ミュレはルーヴが嫌がったため、騎士団の詰め所に顔を出した事はない。ただ、その近くで待ち合わせは何度かした。だから他の騎士達に顔を知られている可能性はかなり高い。

万が一にも彼らに見つかり、ミュレが生きている事を知られるわけにはいかないのだ。

「……死ぬのは構わない。でも、国の思惑通りに殺されるのだけは絶対に嫌」

生きている事がバレて断頭台にかけられ一思いに処刑されるよりも、生きたまま魔獣に食われ、もがき苦しみながら死んでいく方が何倍も良い。そう思いながら、玄関へと向かう。

「娼館《しょうかん》かぁ……初めて訪ねる場所だから緊張するな……」

今日はこれから、昨日電話で約束を取りつけた娼館に向かう。そこでいわゆる『面接』というものを受け、首尾よく雇って貰えたらミュレは娼婦《しょうふ》として働く事になる。

「……最初から、こうしておけば良かった」

両の頬をバシバシと叩《たた》き、脳裏に過《よぎ》るオーロラ色と髪を撫《な》でる優しい感触を振り払う。

とっとと娼館に行っていれば、望むだけ汚れる事が出来たのだ。知りたくもなかった甘さも、胸をぎゅっと締めつけられるような切なさも、味わう事だってなかった。

ただ、事はそう簡単にはいかなかった。ミュレとしては、電話で採用が決まるくらいに思っていたのだ。面接をする、と言われた時にはひどく驚いたが、それよりもっと驚いたのがほとんどの娼館が雇って欲しいなら紹介状を持ってこいと言った事だ。

けれどミュレには紹介して貰えるほどの人脈はない。シレーヌは人望もあり知り合いも多いが、娼館へ推薦してくれるとは思えない。そんな中、今日行くところが唯一、紹介状を必要としていなかったのだ。

『紹介状？　いらないよ、そんなの。顔を見て話せば、どういう人間なのか大抵の事はわかるから』

ガサガサとした、しゃがれた声の女は豪快に笑いながら電話口で言い放っていた。その辺りの真偽は定かではないが、ある程度若くて健康な体さえ持っていれば雇って貰えるだろう。

そんな風に、どこか楽観的に考えていた。

ミュレは町中を歩きながら、観光客さながらに周囲をきょろきょろと見渡していた。

買い物籠を手に持つ主婦に、仲良く散歩をする老夫婦。遠くからは、学校のチャイムなども聞こえる。この辺りはほとんど歩いた事がない。それに加え、ミュレの普段の活動時間は夕方から深夜にかけてなのだ。初めて見る国境町《ディアーブル》の昼間の顔に、なんとなく新鮮な気分になる。

「あ、ここ……」

目的地に向かって歩いていると、一軒の宝石店の前に差し掛かった。この宝石店は卸先の一つである。三日に一度はここへの納品書を書いているが、実店舗を見たのは初めてになる。

「……綺麗《きれい》なお店。造りは王都の宝飾店にも引けを取らないかもしれないわ」

住所的には町の外れといっても良い場所なのに、そこだけが別空間のように華やかな空気を醸《かも》し出している。このような場所に店を構えた理由はすぐにわかった。

店の前には、何台もの蒸気車や魔導車が停まっている。

「軍関係者の御用達《ごようたし》になるように、駐車場が確保出来る場所に建てたのね。どうりで納品が多いはずだわ」

そう感心しながら、店の正面玄関を通り過ぎる。

と、玄関扉が大きく開け放たれた音がした。背後から聞こえてきた話し声に、ミュレの体がぎくりと強張《こわば》った。

「悪いな、ルーヴ。買い物につき合わせて」

「いえいえ。それにしても優しいですね、副長。婚約者だけじゃなくて、お姉様にまでお土産《みやげ》を買われるなんて」

――ミュレは素早く横にそびえ立つ巨木の陰に滑り込んだ。奇跡的に足が動いた事に感謝をしながら、うるさいほど鳴る心臓の上を両手で強く押さえつける。

「どうして、どうしてルーヴがここに……?」

衝撃と混乱で立っていられなくなり、木にもたれたままずるずるとしゃがみ込む。幸い、ルーヴももう一人の〝副長〟とやらもミュレの存在には気づいていなかった。

「違うよ、姉には頼まれたんだ。来月、嫁ぎ先の主催で夜会があるらしくてね。そこで身につける宝石を買って来て欲しい、でもただ綺麗なだけじゃ駄目、他に誰も持っていない唯一無二の宝石を、ってな。自分が準備で忙しいからって、俺に押しつけてきて、王都の宝石店も何軒回ったか……」

「結果的に良い物が見つかって良かったじゃないですか。しかも今朝方出来上がった新作なんて、運が良いですよ」

「あぁ、昨日の大雨で買い付けが一日遅れたおかげだよ。不幸中の幸いってやつだな」

ミュレはうずくまったまま、自らの浅はかさを悔いていた。

昨日は雨が降っていた。王都から来る買い付け人とその護衛は魔導車に乗って来る。魔導車は外部からの攻撃に対する防御力は高いが、動力源には炎熱石という炎の魔石が使われている。故に、雨の日は走行が出来ない。かといって蒸気車だと襲撃に対応出来ないため、買い付けを一日遅らせたのだろう。

靴を替える事には思い至ったくせに、なぜ肝心な部分を忘れてしまっていたのか。

(大丈夫、じっとしていれば大丈夫……)

幸い、店の正面玄関は通り過ぎている。

そしてこの先は細い路地で、車は入ってこられない。彼らの乗る車はこちら側には来ないはずだ。

買い物も済んだようだし、すぐに立ち去るだろう。それまで、ここに隠れて待っていれば良い。

「でもルーヴ、お前は婚約者殿に贈り物を買わなくて良かったのか？　取引先の商会のお嬢さんだろ？　新聞記事を見たけど、すごい美人だったよな」

――婚約者。

その言葉を聞いた途端、ミュレは頭を殴られたような衝撃に襲われた。この一年半、余計な情報を頭に入れたくなくて新聞にも一切目を通していなかったのだ。

「いいえ、彼女には先日の誕生日に宝石を贈りましたから。今はこれを作っているんです」

「これ？」

「夜煌鹿《やこう》の角の腕輪です。僕が十代の頃に作ったものですけど、同じ模様を彫り込んだものを彼女に贈ろうかと思いまして」

ミュレは唇を噛《か》み締め、胸を押さえていた手で口元を覆った。全身が小刻みに震え、吐き気と眩暈《めまい》が込み上げてくる。

新しい婚約者。改めて聞くと衝撃ではあるが、どこかでそうだろうな、と思ってはいた。

ルーヴは見た目も良いし、努力家で騎士としての実力もある。実家のワイン醸造所も、ミュレと婚約した後は数種類のワインを王宮に卸すようにもなり、次第に大きな会社になりつつあった。

そんな有望株を、世の女性が放っておくわけがない。

「へぇ、それ良いな。きっと喜んでくれるだろ。こういう言い方もアレだが、前の婚約者は宝石をどれだけ贈ってもあんまり喜んでくれなかったんだろ？」

「……えぇ。彼女に相応《ふさわ》しくあろうと、僕も頑張ったんですけどね」

――気づくと、ミュレの両目からは大粒の涙が溢《あふ》れていた。

違う。喜んでいなかったわけじゃない。嬉《うれ》しかった。

けれど、ルーヴからの贈り物はいつも高価な宝石類だった。ピアノを弾くミュレの為に指輪は避けられていたが、ネックレス、ブローチ、髪留めと、事あるごとに贈ってくれた。

それらはいずれも〝ルーヴがミュレの為に手に入れてくれた物〟なのだ。嬉しくないわけがない。

ただ、ミュレは高価な贈り物よりも欲しい物があった。

それは、ルーヴが常にはめている夜煌鹿の腕輪。

ルーヴとお揃《そろ》いの腕輪がしたい、ルーヴの手作りの腕輪を身につけたい。そう何度も訴えたのに、ルーヴはいつも笑ってこう言っていた。

『銀音の聖女に、こんな腕輪《もの》を贈れるわけがないだろう？　君には相応しい宝石を贈るから、次の誕生日は楽しみにしていてね』

――ミュレにとっての〝相応しい宝石〟とは、ルーヴ・シトロンその人だった。

大粒の蒼玉《サファイア》を贈られるより、ルーヴの青い目に見つめられている方が何倍も幸せだった。白銀《プラチナ》の腕輪を手首に通すよりも、くるくると巻いた銀の巻き毛に指を通す方が、何倍も心が躍った。

それなのに。

ルーヴは決して薄給ではないが、宝石を頻繁に買えるほど高給でもなかった。かなり無理をして買ってくれていたのがわかったから、ミュレは「こんなに高い物をくれなくても良い」と伝えていた。

彼の心遣いを無駄にして、傷つけた自分がいけなかったのだろうか。あの時、手放しで喜ばなかったから彼は、自分を信じてくれなかったのだろうか。

ルーヴと連れの男の会話はまだ続いているが、もうそれ以上は聞いていられない。

ミュレは声を殺して泣きながら、両耳を強く押さえつけた。


どれくらいの時間が経《た》ったのだろう。

そろそろと耳から手を離し、怯《おび》える心を叱咤《しった》しながら耳を澄ませて周囲の音を聞く。

ルーヴと連れの男の話声は聞こえない。意を決し木陰から身を覗《のぞ》かせ、先ほどまで声がしていた方向を見つめる。そこには、もう誰もいなかった。たくさん停まっていた車も、ほとんどいなくなっている。

「……良かった。バレなくて」

ミュレはぐすん、と鼻をすすりながら立ち上がった。眩暈も吐き気もすっかり治まっていたが、胸の奥底が凍りついたような冷たい感覚はいまだに残っている。

「あ、そうだ、時間……」

我に返り、慌てて鞄《かばん》の中から懐中時計を取り出した。この時計は、高齢を理由に引退する鉱夫から譲り受けた物だ。現在時刻は十四時前。このままでは急いで向かっても、約束の時間に十五分は優に遅れてしまう。

「大変、急がなくちゃ」

——大切な人を喜ばせる事も出来なかった上に、こうして時間もきちんと守れない。こんな自分に、生きている価値など本当にあるのだろうか。

「走れば、間に合うかしら……！」

ミュレはどん底にまで落ちた自己肯定感を取り戻すかのように、両足に力を込めて走り始めた。

そして、懸命に走る事十分弱。

ミュレは肩で大きく息をしながら、豪奢《ごうしゃ》な娼館の前に立っていた。ひたすら全力で走り続けたおかげで何とか十五分をきる事は出来たが、遅刻には変わりない。

疲れた両足に鞭打《むちう》ちながら、店の中へ入っていく。扉を開けたすぐ先には、まるで病院のような清潔で明るい受付があった。ミュレは思わず気圧《けお》され立ち止まる。ここは本当に娼館なのだろうか。

「いらっしゃいませぇ、お客様ですかぁ？」

戸惑うミュレに、可愛《かわい》らしい顔立ちをした緑髪の少女が声をかけてきた。服装は肌を露出したきわどいものではなく、どちらかと言えばミュレが着ている事務服に近い。欲望を放つ場所の受付にしては、実に禁欲的な出で立ち。

「え!?　い、いいえ、私は違います……！　わ、私は女性なので……」

少女は一瞬目を見張り、やがて小さく笑った。それは微笑《ほほえ》みではなく侮蔑の表情。隠す事のない感情を容赦なくぶつけられ、ミュレは顔を強張らせた。

「そんなの、見ればわかりますよぉ。そうじゃなくてぇ、娼館は男性しか利用しないとでもぉ？　ウチは娼婦も男娼《だんしょう》もいますけどぉ、同性を買う方も普通にいらっしゃいますよぉ？」

「……あ！　ご、ごめんなさい」

これは差別ととらえられても仕方がない発言だった。ミュレは素直に頭を下げる。あまりの情けなさに、再び涙が込み上げてきた。

「わぁ、お姉さん泣かないでくださいよぉ。悪気がなかったのはわかっていますのでぇ。えぇとぉ、もしかして面接予定の方ですかぁ？」

「は、はい。そうです……」

頷くミュレの前で、少女は銀の鈴を手に取りそれをチリンチリンと鳴らした。しばらくしてから、遠くの方で同じような鈴の音が鳴っているのが聞こえた。

「どうぞぉ、そのまま奥に進んでくださぁい。葡萄《ぶどう》色の天鵞絨《ビロード》が張ってある扉の中にぃ、ここの主人がいますのでぇ」

「あ、はい、ありがとうございます……」

ミュレはぺこりと頭を下げ、言われた通り奥に向かって歩く。

「あ、ここかな……」

〝ビロードが張られた扉〟は廊下を奥に進んだ先に三つほどあった。その中で葡萄色の扉は正面にあり、ひときわ大きく重厚だった。

ノックをしようと手を持ち上げた時、ある事に気づいた。この扉には全面に光沢のあるビロードが張ってある。一体、どこをノックすれば良いのだろう。

「えぇと……」

当然ながら、ドアノッカーもついていない。ミュレは溜息を一つつき、精一杯声を張り上げた。

「お時間に遅れまして申し訳ございません。入室してよろしいでしょうか」

数秒の後、電話口で聞いたのと同じ声で返答があった。

「どうぞ、入って」

扉をそっと押し開け、おそるおそる室内に入る。昼の光が差し込む窓辺の側、脚に細かな細工が施してある木製の机で、一人の女性が書類をパラパラと捲《めく》っていた。

――老女といっても良い。年の頃は亡くなったミュレの祖母と同じくらいの、七十代ほどに見える。女性は黄色がかった長い白髪を綺麗に結い上げ、飾りのついた棒のようなものを髪に挿《さ》していた。鋭い眼差《まなざ》しで書類を見つめるその瞳は薄い水色。右目には金の鎖がついた単眼鏡をかけている。書類だらけの机の端には煙管《きせる》入れが置かれ、そこから細い煙が立ち昇っていた。

「座って」

「あ、はい」

万年筆で指し示された先には、扉に使われているのと同じ葡萄色のソファーがあった。ミュレは促されるまま、そのソファーに腰かけた。

「あたしはソルシエール。ここの経営者。で、あなたの名前は？」

「あ、ミュ、ミュレ、です」

「うん。ミュレ、何？」

「え？」

何、とはどういう意味だろう。首を傾《かし》げるミュレに、女主人ソルシエールは再び万年筆を向けてきた。

「〝お時間に遅れまして申し訳ございません。入室してよろしいでしょうか〟。こんな物言いをする娘は高確率で名字持ち。違う？」

「い、いいえ、私は、違います……」

——基本的に、名字は貴族や代々続く旧家しか持っていない。後は、財を成した平民が名字を買ったりする。ルーヴのシトロン家も、曾祖父の代で名字を手に入れたと聞いた。

「あのね、あたしは嘘《うそ》が嫌いなんだよ。わかる？　じゃあもう一回聞く。ミュレ、何？」

ミュレは冷や汗をだらだらと流していた。ここで働くのは無理だ。娼館はミュレのように日の光の当たる場所に出られない、世の中のハズレ者が集まっている場所だと思っていたのに。まさかこんなに詮索されるとは思ってもみなかった。

「……言いたくありません」

だが、オベルジーヌの名前を口に出すわけにはいかない。ミュレは溜息と共にそう口にした。

「はい、わかった」

「……えっ!?」

「なにを驚く事が？　あたしは〝嘘をつくな〟と言っただけだよ。あなたは正直に〝言いたくない〟と言った。だからわかったと言った。ただそれだけ」

「あ、はい……」

ソルシエールは単眼鏡を手の甲で押しながら、一枚の紙切れを手に取った。

「年は？」

「二十歳です」

「持病」

「病気はありませんが、両の小指を動かす事が出来ません」

「客にされたくない事は？」

「特にありません」

ミュレの返答を書きつけていた万年筆が止まった。老女は鋭い眼差しをミュレに向けてくる。

「特にない？　あなた、客に何されても構わないって？」

「……はい」

「殴られても？　血が出るまで噛まれても？　首を絞められても？　アソコに色んな物突っ込まれても？」

「……はい。構いません」

わざわざ聞いてくるという事は、ここにはそんな趣向を好む客が数多く来るのだろう。ならば、願ったり叶《かな》ったりだ。今度こそ、無価値な自分に相応しい相手が見つかるかもしれない。

「ふぅん、なるほど。じゃあミュレ」

「はい」

「もう帰んなさい。あなたはウチで雇えない」

しゃがれた声で放たれた冷たい言葉に、ミュレはひどく驚いた。

雇えない？　どうして？　まだ碌《ろく》に話もしていないし、何でもやると言っているのに？

「ど、どうしてですか!?」

「あなたが娼婦をナメてるから」

「わ、私は、そんな……！」

老女は無言で煙管を手に取り、ゆっくりと口に咥《くわ》えた。そして、じろりとミュレを睨《にら》みつける。

「ウチには男女合わせて十七人の現場従業員がいる。雇う時に今あなたに訊《き》いたのと同じ質問をしたけど、客に何をされても良い、と答えたヤツは雇わなかった。皆、今のあなたと同じ目をしていたよ」

「……同じ目？」

ミュレは思わず目元に触れた。同じ目、とはどういう意味だろう。

「破滅願望をたっぷり含んだ目。傷つきたいと思っている割には、自傷する勇気もなく他人の手を借りようとしている卑怯《ひきょう》者の目」

老女の物言いにミュレは絶句した。言い返したいのに、言葉が何も出てこない。

「国境町《ここ》の客は軍人が多い。だからちょっとした機密をうっかり耳にする事もある。紹介状が必要なのはそのため。でも紹介状よりも大事なのは、来てくれたお客をいかに癒《いや》して差し上げるか、なんだよ。その客を自傷の道具にしようなんて最悪以外なんでもない。それに」

老女は途中で言葉を止め、白い煙を吐き出した。次は何を言われるのかと、ミュレはわずかに身構える。

「それに、自分を大事に出来ない人間が他人を癒せるわけがない。ウチの子達は皆、誇りを持って働いてる。でもあなたはただ破滅したくてここに来た。それは娼館で働くのは底辺だっていう考えが根本にあるから。あなたを雇わない一番の理由は、それ」

ミュレは両手を膝の上で強く握り締めた。この女主人の言う事は、正しい。

なぜならば、ミュレはずっとこう思っていたからだ。

『娼婦に身を落とせば汚れる事が出来るはず』

——体を売る仕事なんて、あり得ないと思っていた。こんな場所で働かざるを得ないなんて、皆どんな不幸な事情があるのだろうかと、そう考えていた。働く誇りというものから最もかけ離れた場所だと、そう決めつけていた。

「……おっしゃる通りです。本当に、失礼いたしました」

ミュレはのろのろと立ち上がり、扉に向かって歩き出した。自らを汚すどころか、この場所を穢《けが》したのは間違いなく自分の方だ。

「あなたはすでに傷だらけ。そしていまだにその傷は塞がっていない。無茶をして取り返しのつかない傷痕になる前に、まずはその血を止める事を考えるべきだね。冷静になって周りをよく見てごらん。傷を癒してくれる人が、すぐそこにいるはずだから」

立ち去るミュレの背にかかる声は、温かさを感じる音だった。先ほどの話からもわかる。このソルシエールという老女は、きっと従業員に信頼され、慕われているのだろう。

「……そんな人は、いません」

——そう。いるはずがない。だって、あの時だってそんな人はどこにもいなかった。守ろうとしてくれた両親には逆に傷を与えてしまったし、もう自分には信じられる人なんていない。

『俺が、俺でいられる気がするから』

不意に、ナハト・リューグナーの言葉が脳裏に過った。

彼はミュレに側《そば》にいて欲しいと言った。

それは彼の傷を、ミュレが癒せると思っていたからなのだろうか。

(ううん、そんなはずがない)

あの切なそうな声はきっと、ミュレを油断させるための罠だ。

これからも信じない。他人なんて、絶対に。


「あれれー? この前の地味なお姉さんじゃない。こんなところで何をしてるの?」

娼館を出た直後、聞き覚えのある甲高《かんだか》い声が辺りに響いた。

(この声……)

——楽しげな音程の中に、どこか暗い音《もの》を感じる。その不調律が気になり、ミュレは声の聞こえた方向を向いた。

「お久しぶり。なに、お姉さんここで働くの?」

やはり、ナハトと共にいたあの美女だった。以前出会った時よりもさらに派手なドレスを身に纏《まと》っている。

「……いいえ、こちらでは雇っていただけなかったので」

「でしょうね。ここの店は綺麗なコばっかりだもん、そんな地味な顔じゃ無理。なに、ナハトに相手して貰ってるからって、調子に乗っちゃった?」

女の言葉に、ミュレは目を見張った。なぜ、その事を知っているのだろう。

「ナハト、あれから全然店に飲みに来なくなっちゃったんだよね。上客を逃がしたって店長には怒られるし、どうにかしなきゃって、ご機嫌取りの機会をうかがってたら地味女と仲良くしてるなんてもう最悪」

女は顔を歪《ゆが》めて吐き捨てるように呟《つぶや》いた。ミュレはどう答えて良いのかわからず、無言のまま女の顔を見つめる。

「アンタ、もしかしてナハトと寝た?」

——どろりとした重たい声。こちらを見つめる目は、わかりやすい苛立ちに満ちている。ミュレは少しだけ考え、やがてゆっくりと頷いた。

「……えぇ」

「やっぱりねー。ナハトったら、食事に連れてってくれたり香水をプレゼントしてくれたりしたけど、わたしに指一本触れてこなかった。きっと地味好きなのね。あーあ、せっかく良い男だと思ったのに」

ミュレは首を横に振った。

「ですが、もう会っていません。彼は暇つぶしだと言っていました。もう十分、暇は潰せたのではないでしょうか」

「……へぇ、そうなんだ」

女は髪を指に巻きつけながら、何かをじっと考えている。やがて、整った顔に相応しい綺麗な笑みを浮かべた。

「アンタも捨てられちゃったんだ。でも良かったじゃない。アンタどうせ処女だったんでしょ? 初めてがあんな色っぽい男で本当に羨《うらや》ましいわ。……それで、今夜なんだけどアンタ暇？」

「いえ、暇ではありません。今日はこの後、十五時から出勤なので」

「何時に終わるの？」

「二十三時です」

ミュレの素っ気ない態度を気にする事もなく、女は両手をポンと叩いた。

「じゃあウチの店に来てよ、奢《おご》るからさ。ね、良いでしょ？　わたし達、仲間みたいなものじゃない」

ミュレは小さく溜息をついた。女の笑顔は親しみに満ちている。先ほどまでの澱《よど》みは一切見えない。けれど、声には隠し切れない不穏な音が混じっている。十中八九、何かを企《たくら》んでいるのだろう。

「……わかりました。お邪魔します。お店の場所はどこですか？」

女の口元が笑みの形に歪んだ。唇の端からこぼれ落ちる悪意が見える気がする。もう少し上手《じょうず》に感情を隠せば良いのに、と心の中で呆れつつ、ミュレはその誘いを受けた。

老女ソルシエールの言う通り、自分は臆病で卑怯な人間だ。自らの手で己を傷つける事が出来ない。そんな自分に、せっかくこうして悪意を向けて貰えたのだ。それに乗らない手はない。

「うん、そうこなくちゃ。お店の場所、ちょっと複雑だから店の黒服を迎えにやるわ。それで良い？」

「黒服……？」

「従業員の事。ちょっとぉ、いくら夜の店に縁がない地味顔だからって、それくらい知ってなさいよ」

小馬鹿にしたように鼻で笑われ、ミュレは密かに世間知らずな自分を恥じた。

「……すみません。待ち合わせ場所は初めてお会いしたお店の横で良いですか？」

「良いわよ、そう伝えておく。じゃあ、また後でねー」

女は機嫌良さそうに、その場から立ち去っていく。

「……元気な人」

あの豊満な胸の内にあるのが悪意だろうがなんだろうが、彼女からは漲《みなぎ》る力強さを感じる。

ミュレは去りゆく女の背を見つめながら、ある種の羨ましさのようなものを感じていた。


ミュレは時計を確認した。

時計の針は、二十三時ちょうどを指している。夜間の勤務は残業をする事は許されない。ミュレは机の上の書類を片づけ事務所を後にした。

「……今日、シレーヌさんが昼勤務で良かった」

シレーヌは妙に敏《さと》いところがある。娼館で己の醜さを突きつけられ動揺し、あえて罠に落ちようとしているミュレの自暴自棄に気づかれないとも限らない。

「傷を癒してくれる人、か」

夜道を歩きながら、思わず口をついて出た独《ひと》り言《ごと》に驚いた。そんな人間はいないし必要ない。わかっているのに、なぜわざわざ口にしてしまったのだろう。

「あぁ、もう！」

ミュレは目を閉じ立ち止まり、両のこぶしでこめかみをぐりぐりと押した。

「ミュレちゃん……？」

「……え」

——今日はつくづく不思議な日だ。久しぶりに聞く声を、一日で三度も耳にするとは。

ミュレはそろそろと両目を開けた。

「ミュレちゃん、ようやく会えた。……で、今の行動はなに？」

ミュレの目の前には、軍服を着たナハト・リューグナーが立っていた。だが、今夜はその横にもう一人若い男が立っている。長身のナハトよりもさらに背が高い、銀髪の美青年。肩の紋章はナハトと同じ竪琴《アルプ》とヤマアラシ。武装楽団の団員だ。

「あ、僕はツヴェルク・ヴィンターといいます。リューグナー先輩の後輩、ですね」

ミュレの不審を感じ取ったのか、銀髪が挨拶《あいさつ》をしてきた。

まさかここでナハトに会うとは。動揺のあまり、銀髪の自己紹介が一切耳に入ってこない。

「で、ミュレちゃん。何をしていたのかはまぁ良いとして、俺をずっと避けてるでしょ。なんで？」

「いきなり本題に入った……！」

なぜか驚いている銀髪を肩で押しのけながら、ナハトがずいっと詰め寄ってくる。

「さ、避けてなんかいません」

「嘘だろ、それ。だってどれだけ時間を変えながらこの道を通っても全然会わないんだぜ？　遠目に歩いている姿すら見かけないなんておかしいだろ」

ミュレはたじろぎ、後ずさる。

「別に、おかしくはないです。私だって色々、寄り道して帰る事だってありますから」

「寄り道？　どこに？」

「どこだって良いじゃないですか」

「どこだよ」

——この謎のしつこさは一体なんなのだ。ミュレは次第にイライラとし始めた。職場を出た時点で二十三時を少し過ぎていたのだ。美女の店の従業員が待ち合わせ場所に来ている可能性は十分にある。

ここで無駄に足止めを喰《く》らうわけにはいかない。

「あの、私はこれから約束があるので失礼します」

「約束？　誰と？」

「リューグナーさんの知らない人ですよ。では、失礼します」

ミュレはそれだけ言い、足早にナハトの横を駆け抜けた。走りながら、ついでに耳を塞ぐ。話しかけられてしまうと無視する事が出来ないからだ。

幸い、ナハトの声はそれ以上聞こえない。安堵《あんど》しつつも、用心の為にしばらく耳を塞いだまま、待ち合わせ場所まで急ぎ走った。

大衆食堂の前まで来た時、男が一人立っているのが見えた。彼が迎えの従業員だろうか。ミュレは念のため、周りをきょろきょろと見回した。その男の他に、それらしい人物はいない。

「……あの、すみません」

ミュレは恐るおそる男に声をかけてみた。こちらを振り返った男は、ほんの少しムッとした顔をしている。

「迎えに来てくださった方ですか？　遅くなって申し訳ございません」

「……こっちだ」

男は遅れた件には一切触れず、くるりと踵《きびす》を返しスタスタと歩き始める。

ミュレは急いで後を追った。

「かなり待たせてしまいましたか？」

「そうだな、三十分は待ってたよ」

「……ごめんなさい」

――ナハトのせいだ。

そう思いながらも、ミュレは素直に謝る。

男は特に何か言うでもなく、細い路地を抜けてすいすいと進んでいく。一年以上住んでいるにもかかわらず、ほとんど町中を歩く事のないミュレはすでに今どこを歩いているのかわからない。

ただ、店に向かっているわけではないのだろうという事だけはわかった。

ミュレは少し後ろをついて歩きながら、さりげなく男の全身を観察する。

大柄で筋肉質。月明かりに照らされた横顔は、色黒で武骨。そして作業着に似た黒い服を身にまとっている。

（だから、〝黒服〟っていうのね……）

感心しながら歩いている間に、いつの間にか森の中に入っている事に気づいた。遠くに、夜の採掘場を照らす橙《だいだい》色の灯《あか》りが見える。

「向こう側と繋《つな》がっているの……？」

「ディアーブルは円環状に広がる森に囲まれた町だからな」

ミュレの独り言に、男がぼそりと応《こた》える。

「そうですか。で、お店に行くわけではないのはもうわかっているのですが、まだ先に進みます？」

「……いいや、ここで終わりだ」

いきなり振り返った男の腕が、ミュレを思い切り突き飛ばした。その勢いのまま、丈の低い草が茂った地面に倒れ込む。

と、その地面がいきなり陥没した。

「きゃあぁっ！」

悲鳴と共に、ぽっかりと開いた穴に転がり落ちていくミュレ。穴はそれなりに深かったが、底に積もっていた泥や落ち葉のおかげで致命的なダメージは受けなかった。落下の衝撃に呻《うめ》くミュレの頭上に、甘い香りのする液体が降り注いできた。

「これ……なに……？」

灰色の事務服がベタベタとした薄桃色の液体を含み、生地の色を変えていく。甘さの中にほんのり青臭さも感じるそれは、花の蜜とはどこか違う感じがした。

「香蜜蝶《こうみっちょう》の幼虫から採取した体液。この蝶の幼虫は魔蟲《まちゅう》共の大好物だからな」

「……なるほど。私を魔蟲の餌にしようというわけですか」

「お前、妹の男を寝取ったんだってな。薄桃色の体液は雌の幼虫のものだから、雄の魔蟲が嬉々《きき》として群がってくるだろうよ、良かったたな」

――また、それか。

ミュレの胸に、突如として激しい怒りが渦巻いた。

王太子を寝取った。ナハト・リューグナーを寝取った。なぜ、いつもこうなのだ。

後者に関しては、体の接触は確かにある。だが、断じて寝取ってなどいない。

(本当に皆、勝手な事ばっかり……！)

「……私は！　あの時も今回も、誰にも迷惑なんかかけていない！　なんなのよ、ふざけないでよ馬鹿！」

穴の底で叫びながら、男に向かって全力の怒りを込めた眼差しを向ける。

「いや、でも、妹が……」

男は戸惑ったような顔をしている。

「私は何もしてない！　誰も信じてくれないけど、絶対に、私は無実なんだから！」

「わ、わかったよ……」

男は根負けしたように穴の縁《ふち》に跪《ひざまず》き、ミュレに向かって手を伸ばした。

次の瞬間、どこからともなく不気味な羽音とギチギチ……という何かが軋《きし》む音が聞こえてきた。音は、段々と大きくなっていく。

「……魔蟲が来たのね。今は産卵時期だから、お腹《なか》が空いているんでしょう。もう良いわ、貴方は早く逃げて」

男は迷う素振りを見せている。だが結局、舌打ちをしながらその場を離れていった。

ミュレは穴の底にうずくまり、両手を持ち上げてみた。カタカタと震える両手。

それが恐怖からくるものなのか、生きる苦しみから逃れられる期待からくるものなのか、ミュレにはよくわからなかった。


ツヴェルク・ヴィンターは横を歩く主《あるじ》を、横目でそっと見下ろした。

レーヴェンツァーンの王弟クラールハイトは、揺らめく両目に明確な嫉妬の色を宿している。

(まったく、何が〝好きかどうかわからない〟だよ。これ、普通に惚《ほ》れてるだろ)

ツヴェルクは主にバレないように注意を払いながら、苦笑を浮かべた。

——幼馴染でもあり仕える主でもあるクラールハイトは、初めて会った子供の頃から感情をあまり表に出さない。無表情というわけではないのだ。むしろ常に笑みを浮かべている。それも穏やかだったり他人をあざ笑うようなものだったりと、ある意味表情はころころと変わる。

でも、〝それだけ〟だ。

多種多様な笑顔を駆使する王の弟は、その素顔を絶対に他人には見せない。

稀有《けう》な瞳は特注のサングラスで隠し、昼間歩くときは細めの縁に付属している歯車を限界まで絞り、完全に真っ黒にして目を外からは見えないように隠している。

髪の毛もそうだ。

レーヴェンツァーンの直系王族は全員黒髪だが、一房だけ乳白色になるのが特徴だ。前国王は前髪が、現国王のミルヒヴァイスは左側頭部が、それぞれ乳白色になっている。

だがクラールハイトは違った。

乳白色の髪が、まるで一房を均等にしたかのように黒髪全体に混ざって生えているのだ。髪だけ見ればまるで老齢に差しかかった年齢のようにも見えるそれは、両の目と共に周囲から人を遠ざける要因になっていた。

だから今、クラールハイトは髪を漆黒に染めている。

正直、堂々と生きれば良いのに、と思わなくもない。だがこの王弟は他の王族と異なる容姿を隠す事で、国民が王家に不信を抱く事のないようにしている。それは彼が両親である前国王夫妻に容姿を疎《うと》まれていたからだ。彼は間違いなく前国王夫妻の子であり、現国王と両親を共にする血を分けた弟であるというのに。

ツヴェルクはふと、肩書のみが浸透していた隣国の「聖女」を思い返していた。その胸の内を知っていた者は、果たしてどれだけいたのだろう。クラールハイトも同じだ。「息子」の顔も「弟」の顔も、すべての自分を自ら封印し偽りの笑顔で「国に尽くす立派な王弟」を演じている。

――五年前、前国王が体調不良を理由に早い隠居を決めた時、クラールハイトの兄ミルヒヴァイスは二十五歳で国王に即位した。それまで第二王子として公務をこなしつつ、兄の率いる武装楽団用の作曲も行っていたクラールハイトは王弟として兄の後を引き継ぐ形になった。

国王ミルヒヴァイスは弟を常に気にかけ「ありのままのお前で良い」と半ば命令に近い形で何度も言っている。それなのに、クラールハイトはいつもの軽薄な笑みで煙に巻いてしまうのだ。

だがさっきは、〝不貞腐《ふてくさ》れた顔〟という素の表情を見せていた。おまけに嫉妬を滾《たぎ》らせた目で苛立ちを隠しもせずに歩いている。

ツヴェルクは微かに笑いながら、ことさら明るい口調で言った。

「殿下、追跡魔法までかけて尾行するとかヤバくないですか？　バレたら絶対に嫌われますよ？」

「……殿下はやめろ。それに、これは尾行じゃない。俺を避ける理由を聞いていないから聞きに行くだけだ」

「今じゃなくても良くないですか？」

「今じゃないと駄目なんだよ」

足早に歩く合間に、パチンパチンと音がする。ツヴェルクは目線を下げ溜息をついた。クラールハイトは苛立ちや不安が限界を突破すると、右手の親指の爪と中指の爪を弾き合わせる癖がある。

久しぶりに現れたこの悪癖は、金茶の髪の娘が大柄な男と連れ立って歩き始めた辺りから始まった。

「まぁまぁ、ちょっと落ち着いて。待ち合わせ相手の男、見た感じ恋人じゃなさそうでしたよ？　なんかあの子も他人行儀っぽかったっていうか」

「……だから余計心配なんだよ」

――心配だ、というところまでは吐露してくれるが〝なぜ心配なのか〟までは話してくれない。

おそらくその部分は、彼女がクラールハイトを避ける理由と関係があるのだろう。こうなってくると、ツヴェルクもどこまで口を出して良いのか大いに悩む。

「そんな顔すんなって。大丈夫だよ」

「え、何がですか？」

「俺だって、自分の立場はちゃんとわかってるっての」

「……まーた、そうやってカッコつける」

「あ？　なんだよ」

「いやいや、なんでもないでーす」

ツヴェルクはおどけたように肩を竦めてみせた。クラールハイトは訝《いぶか》しげな眼差しをしている。

だが、ふざけていられるのもそう長い時間ではなかった。放った追跡魔法に従い後を追ううちに、クラールハイトを取り巻く空気が次第に剣呑《けんのん》なものに変化していく。

「ねぇ殿下。あの二人、なんで森の中なんかに入ったんですかね？　今の時期は危険なのに……」

「ツヴェルク！」

突如響き渡る主の鋭い声。首を傾げていたツヴェルクが顔を上げた先には、駆ける男の姿があった。

大柄で短髪の、先ほど金茶の髪の娘と共に連れ立って歩いていたはずの男。その顔色は、夜目に見てもわかるほどはっきりと青褪《あおざ》めている。

ツヴェルクは素早く腰の銃を抜き、躊躇《ためら》いもなく男に向けて発砲した。銃弾は左ふくらはぎを貫通し、男は呻き声を上げながら地面に倒れ伏す。

「おい！　ミュレちゃんはどこだ⁉」

クラールハイトは男に駆け寄り、襟首を掴《つか》んで締め上げる。男は震える指で自らが駆けて来た方角を指さした。

「こ、この奥、槍目土竜《やりのめもぐら》が掘った、古い穴の底に……」

「まさか、そこに落としたのか⁉」

「助けようとは、した。でも、今頃もう喰われてる。香蜜蝶の、幼虫の体液を、かけたから」

「なっ……嘘だろ⁉」

悲鳴のような主の声。ツヴェルクは号令を待つ事なく男が指した方向に向かって駆け出した。もう一発響いた銃声と共に、即座に追って来る足音が聞こえる。足音はひどく乱れ、主の動揺が如実に表れていた。

「殿下、アイツを放っておいて良いんですか⁉」

「右の膝を砕いて逃げられないようにしておいた。ミュレちゃんにもしもの事があったら、すぐに戻ってぶっ殺す」

静かに抑えた声。けれど初めて直面した主の凍えるような怒りに、ツヴェルクはぶるりと身を震わせた。

「アイツ、何者なんですかね」

「……採集士だよ。奴《やつ》の左腕の筋肉は右より発達していたし、肩が少し下がっていた。普段から肩当てをしてロープや工具を引っかけているからだ。おまけに香蜜蝶の幼虫なんて一般人には手に入らない」

「なるほど。で、なんで採集士が彼女を？」

クラールハイトは途端に苦々しげな顔になった。

「……俺が暇つぶしに連れ回していた野良猫。アレが言っていた事がある、兄が採集士だと」

ツヴェルクはひっそりと溜息をついた。

聖女がディアーブルに捨てられたという情報を元に、捜索に乗り出したクラールハイトは早々に夜の世界に生きる女を引っかけていた。そこまでは良い。ツヴェルクだって別の店の女を引っかけ、夜の店や娼館に転がり込んできた女がいないか情報を集めていたからだ。

だが情報は一切入らず、聖女の生存は絶望的と早々に判断された。そこでクラールハイトはツヴェルクを王都に派遣し、オベルジーヌ夫妻をレーヴェンツァーンに連れ帰る算段が整うまで自身はディアーブルで待機すると言った。

多忙なクラールハイトが少しでも休めれば良い、とツヴェルクは側を離れ単身王都に向かったのだ。

だがまさか、ここにきて気まぐれが発動していたとは思ってもみなかった。

「……殿下！　見てください、あれ！」

丈の短い草が生えた広場。その一角が大きく窪《くぼ》んでいる。周辺には数種の魔蟲の亡骸《なきがら》が転がっていた。そして窪みの中央には黒光りする毛皮を持つ巨大な蜘蛛《クモ》が覆いかぶさり、その頭上では同じく黒光りをした芋虫のような魔蟲が透明な翅《はね》を羽ばたかせている。

「星眼蜘蛛《せいがんグモ》の番《つがい》……！」

星眼蜘蛛。その名の通り、煌《きら》めく星のような眼をした大型の魔蟲。縄張り意識が強く、雄は強靭《きょうじん》な顎《あご》と脚、硬い外皮に強毒の血液を持ち、雌は脆弱《ぜいじゃく》な体ながら非常に高い知能を持つ。この蜘蛛の夫婦の狩りは、飛行可能で賢い雌が空中から指示を出し、雄を手足のように動かして行う。

強力な星眼蜘蛛の討伐は骨が折れる。中でも厄介《やっかい》なのは、夫婦同時に倒さなければならないという事だ。雌を先に倒すと雄が激高し、外皮を二倍に硬くした体で襲いかかってくる。逆に雄を先に倒すと雌が悲しみの鳴き声と共に突進し、その身を爆散させ毒の血液をまき散らし周囲に甚大《じんだい》な被害を与える。

「殿下！　どうします⁉」

「雌がまだ空中に留《とど》まってる！　獲物の息がまだ止まっていないって事だ！」

クラールハイトは左腰に手をやり、細長い筒の中から己の『武器』を取り出した。

手にしたのは、細長い金属製の棒。持ち手の部分には大小様々な歯車が付き、さらに下には撃鉄と引き金がついている。その棒を上空に掲げ、右手に巨大な銃を構えた。

「ツヴェルク」

「はい」

ツヴェルクはすでに腰から横笛《フレーテ》を取り出していた。そして即座に口元に当て、曲を奏で始める。

流れる旋律は、深夜の森の中で奏でるには少々不釣り合いとも言える軽快なもの。

すると、クラールハイトの持つ金属棒の先端が淡く発光し始めた。

月明かりに照らされた深夜の森の中。突如始まった演奏会に不穏な気配を感じたのか、空中の妻《メス》が降下し夫《オス》の頭部に身を寄せる。

「ミュレちゃん！　今助けるから、両耳を塞いで伏せて！」

そう叫びながら、クラールハイトは金属棒と銃の引き金を同時に引いた。棒の先端から放たれた金色の光が銃弾を包み、鈍色《にびいろ》の弾は巨大な光の矢となって蜘蛛の夫婦に襲いかかる。

辺りを包み込む、爆風と閃光《せんこう》。

ツヴェルクがその長身をもってクラールハイトの前に立ち塞がる。

やがて光と風が消え失せ、ツヴェルクがそっと横に退く。クラールハイトは祈るような思いで、ミュレが落とされた窪みに向かって急ぎ駆け出した。


暗い穴の底。

ミュレは右肩から血を流しながら、その場から動く事が出来ないでいた。

最初に肩へ齧《かじ》りついてきたのは、馬のように長い顔と四重に並ぶ細かい歯、人間のような桃色の分厚い舌を持つ鶏《にわとり》ほどの大きさをした魔蟲『馬頭虫《ばとうちゅう》』だった。

生理的嫌悪感を呼び起こす見た目と噛まれた傷口の焼けるような痛みに、悲鳴をあげながら肩の虫を叩《はた》き落とした。ふと見上げると、穴の縁や壁にこの醜悪な虫が何匹も張りついている。

「い、嫌……」

――その姿を見た瞬間「死んでも良い」と思っていたはずの気持ちが、笑えるほど一気に失せていくのがわかった。彼らに集《たか》られ、食い殺されるのかと半ば絶望に囚《とら》われた時、なぜか馬頭虫が一斉に穴から這《は》い出し逃げていく。

「え、な、なに……？」

様子をうかがおうと立ち上がりかけたその時、体の真横を毛皮に覆われた腕のようなものが掠《かす》めた。髪が舞い上がるほどの風圧。細長い腕の先端には漆黒のカギ爪がついている。爪だけで、ミュレの手首から先ほどの大きさがあった。

「こ、今度はなんなの……!?」

裕福なオベルジーヌ家の一人娘として、そして銀音の聖女として生きてきたミュレは魔獣や魔蟲の種類にそう詳しいわけではない。ただ、見上げた先には真っ黒な毛に覆われた巨大な顔がこちらを覗き込んでいるのが見えた。額と思《おぼ》しき場所には、月明かりを受けて煌めく八つの球体が並んでいる。

「もしかして蜘蛛……？　やだ、気持ち悪い……」

ミュレはペタリとその場に座り込んだ。恐怖で全身の力が抜けてしまったのだ。頭上では、カギ爪が闇雲に動いている。どうやら巨大な体が邪魔をして、穴の底に手が届かないようだった。

肩からは止めどなく血が流れているが、痛みは一切感じない。

「あっ……」

その時、壁の一部が崩れた。蜘蛛のような魔蟲が強引に体を捻《ね》じ込んできたのだ。それに伴い、穴の中に侵入してくる腕も一本から三本に増えた。

――望んでいた瞬間がようやく訪れたはずなのに、心の中を占めていたのは歓喜でも安堵でもなく純粋な恐怖だった。自分の覚悟など、所詮この程度だったのだ。悲しむ為に悲しみ、絶望する為に絶望をして前を向こうとしなかった。

己の内面をようやく理解した時、ミュレの脳裏に過ったのはナハトの奏でるピアノの音だった。

魂に染み入るような、心安らぐ旋律。今この時にあの音を思い出せたという事は、多少は安らいだ気持ちで逝《い》けるのかもしれない。

そう思い込む事で心の安寧《あんねい》を保ちながら目を閉じた瞬間。この場に聞こえるはずのない声が聞こえた。

「ミュレちゃん！　今助けるから、両耳を塞いで伏せて！」

「え、リューグナーさん……？」

なぜ、ナハト・リューグナーがここにいるのだろう。

そう疑問に思いながらも、ミュレは急いで穴の底から土砂や落ち葉を取り除き始めた。なぜなのかわからないが、ナハトの声を聞いた瞬間、冷静さを取り戻した気がする。

「あ、あれは……」

血を流す肩を庇《かば》いながら、身を伏せる場所を作ろうとしていたミュレは壁に細い横穴が開いているのを見つけた。考える間もなく手を止め、素早くその横穴に体を滑り込ませる。

穴に飛び込むと同時に、轟音《ごうおん》が響いた。ミュレは横穴の中で耳を塞ぎ、両目をしっかりと閉じる。

数秒の後、何かが焼け焦げたような臭いがツンと鼻をついた。ミュレには外の状況がまったくわからない。動いて良いものかどうかと迷っていた時、穴の底に人が飛び降りてきたような音が聞こえた。

「ミュレちゃん！　ミュレちゃん、どこにいるんだよ！」

ナハトが飛び降りてきたという事は、あの不気味な蜘蛛型魔蟲はいなくなったのだろう。ミュレは穴の中で方向転換し、這いずりながら横穴から半身を出した。

「リュ、リューグナー、さん」

「ミュレ！」

ナハトが駆けつけ、腕を掴んでミュレを穴から引きずりだす。

「リューグナーさん、どうしてここに……？」

「それは後で説明するよ。クソッ、肩を怪我《けが》したのか。出血がひどいな。痛い？」

「少し……」

ナハトは大きく舌打ちをした。

「とりあえず地上《うえ》に上がるよ」

そう言うと、ナハトはミュレをひょいと抱き上げた。ミュレは驚き狼狽《うろた》える。穴に落とされた時点で砂や泥に塗《まみ》れている上に、蟲《むし》の体液や己の血も付着して全身ひどい有様になっているのだ。

「リュ、リューグナーさん、軍服が汚れてしまいますから下ろしてください」

「軍服は汚れるものだって。それに、この怪我じゃ壁を登るのは無理だと思うぜ？　ほら、そんな事は良いから早く俺に掴まって。両足に筋力強化をかけたから、このまま跳んで外に出る」

ミュレは手を伸ばしかけ、すぐに引っ込めた。ナハトの眉が寄せられ、どことなく不機嫌そうな顔になる。

「ミュレちゃん。早く上に戻って体液の染み込んだ服を脱がないと、また他の魔蟲が来るよ？　今はツヴェルクが音響結界を張っているけど、囲まれたら意味がない」

「音響結界……」

ミュレは耳を澄ませた。澄んだ音色の笛の音が、風に混じって聞こえてくる。さすがは音楽大国レーヴェンツァーンの響鳴奏士《きょうめいそうし》が奏でる音色だ、と、こんな時にもかかわらずミュレは笛の音の美しさに聴き入っていた。

それにしても、とミュレは内心で驚く。武装楽団とはここまでの実力を持つものなのか。合奏ではなく、独奏で音響結界を張る事が出来る響鳴奏士がダンドリオンには果たして何人いるだろう。

「ミュレちゃん、急いで」

ミュレはハッと我に返り、ふるふると首を横に振った。

「でも、リューグナーさんはしがみつかれるのは好きじゃないと、おっしゃっていたではないですか」

サングラス越しの両目が大きく見開かれ、やがて気まずげに伏せられた。

「あ、あー、アレね、うん。いや、アレはあの時だけだよ。気にしないで良いから、早く掴まって」

「は、はい」

ミュレは仕方なく、動く左手でしっかりとナハトの首元にしがみついた。

「行くよ」

返事をするより早く、ナハトが地を蹴り地上に飛び上がった。着地と同時に、ナハトはミュレの汚れた事務服をごく当たり前に脱がせてくる。

「ちょっ……！　リューグナーさん、いきなり何を……！」

「今、着ている服は全部この穴の中に捨てて貰う。そうしないと森を出るまで魔蟲共がつけ狙《ねら》ってくるからな。その後は、悪いけど全部燃やすよ」

ミュレは仰天した。

「ま、待ってください！　あの、こ、ここで裸になるの!?」

言いたい事はわかるし、それが正しいのもわかる。けれど、さすがに外で全裸になるのは抵抗があった。

「大丈夫だって、ツヴェルクは絶対にこっちを見ないから。俺は別に良いだろ？　ミュレちゃんの裸はもう何回も見てるし」

「そ、そういう問題では……きゃあっ！」

「はいはい、両手をあげて。こら、暴れないの。ね、良いコだから」

――決して高圧的ではないのに、有無を言わせない強さを持つ声。けれど、どこか甘さが含まれているように感じるのは気のせいだろうか。

「……寒いわ」

結局、下着までもナハトに脱がされてしまった。ミュレは恥ずかしさを誤魔化《ごまか》す為に、あえて文句を言ってみせる。

「ごめんね、ミュレちゃん、ほら、これを着て」

裸の体が、軍服の上着で包み込まれた。ナハトの体温が残る暖かい上着に包まれていると、危機感が去った安堵からか次第に睡魔が襲ってくる。

「やだ、眠くなってきちゃった……」

「ん、そっか。俺がいるから眠ってなよ。それと、ミュレちゃんの家はわからないから俺の家に連れて行くけど良い？」

本格的な眠気に、ミュレの意識が段々と呑み込まれていく。ナハトが何かを言っているのはわかるが、何を言っているのかはわからない。

「はい……」

「帰ったらまず風呂で体洗うからね。綺麗にしてから手当てしないと」

「は、い……」

最後の力を振り絞りとりあえずの返事をした後、ミュレは気絶するように眠りの世界へと旅立った。

「ツヴェルク、結界はもう良い。穴の底に体液の付着した衣類を全部放り込んだから、燃やしておいてくれ」

「了解でーす」

ツヴェルクは鼻歌を歌いながら横笛をしまい、代わりにポケットから深紅の小石を取り出した。それを穴の上に放り投げ、パチンと指を鳴らす。途端に赤い石が弾け、炎が蛇のように空中をうねり穴の中に飛び込んでいく。

「あれ、彼女、寝ちゃったんですか?」

燃えあがる炎の柱を背に、ツヴェルクが近づいてきた。

「安心して気が緩んだんだろ。今夜はこのまま俺の仮宿《へや》に連れて帰るからな」

「その方が良さそうですね。僕、女物の服買っとくんで昼過ぎには届けますよ」

「わかった。ありがとう」

クラールハイトは立ち上がり、腕の中で眠るミュレの顔を見つめた。埃《ほこり》と泥に塗れた顔。顔に傷はなく、右肩の出血もひとまず止まっている。だが傷は当分ひどく痛むだろう。彼女が痛みに苦しむ姿を想像しただけで、胸が張り裂けるような気持ちになる。

「……お前の言う通りだったな、ツヴェルク」

「だーから言ったでしょ? 捨て方は、ちゃんとしないと駄目だって」

「……ミュレちゃんがこんな目に遭ったのは俺のせいだ。今度は、きっちりと捨てる」

言いながら、クラールハイトはもと来た道の方に視線を向けた。

「あ、もしかして、兄妹まとめて？」

「当然だろ」

「じゃあ、僕が捨てときますよ。殿下はその子のお世話があるでしょ？」

ツヴェルクは腰の銃を撫でながら、意味ありげに笑う。

「なんでだよ。いい、俺がやる」

「まぁまぁ、遠慮せずに。僕、貴方の口からあんな胸やけしそうな甘ったるい声が出てくるとは思ってなかったんで、かなりビビりましたよ。そんな貴重な体験させて貰ったお礼です」

クラールハイトは幼馴染の顔を見つめた。人懐《ひとなつ》こい笑顔。この大型犬のような男は、初対面のオベルジーヌ夫妻の事を心から案じていたように非常に優しい心を持っている。だが、優しさのみで出来ているわけではない。

それ以上に、忠誠心が厚いのだ。クラールハイトの敵とみなした者には、思わず目を覆いたくなるほどの残虐さを平気で向ける事が出来る。

そして、どうやらミュレも彼の〝守護範囲〟に入ったらしい。

「……まったく、ミュレちゃんはまだ俺のじゃないってのに。まぁ良いか。じゃあ、そうしてくれ」

「はーい。任しといてください」

――ツヴェルクが〝任せろ〟というなら、もうこの案件は自分の範疇《はんちゅう》ではない。

クラールハイトは眠るミュレを抱いたまま、その場を去るべく歩き出す。

二度と朝日を見る事がないであろう兄妹の事など、もはや頭の片隅にすらなかった。

第三章・金色の涙

耳の奥に響く、ちゃぷちゃぷという水の音。

顔の周りを暖かい空気が流れ、体の上をなにかが這《は》い回っている感覚がある。

ミュレは二、三度瞬《まばた》きをした後、ゆっくりと目を開けた。

「あっ……」

首筋に、ピリッとした痛みが走った。だが、そう強い痛みではない。

「あぅっ……」

今度は二の腕。その次は胸の上。チクチクとした軽い痛みは次々と場所を変え新たな痛みを与えてくる。

「ひぁっ……!」

胸の先端を襲った刺激に、ミュレの意識は完全に覚醒した。

「んぁ、あ、あれ……?」

確か、男に突き飛ばされ落とし穴に落ちたはず。それから気持ち悪い馬頭虫《ばとうちゅう》に噛《か》まれて、ナハトと銀髪の青年に助けて貰った。その後は汚れた衣服を脱がされて、上着を着せて貰って抱き上げられて、それから――。

「ミュレちゃん? 起きた?」

「リューグナー、さん……？」

ミュレは広い浴槽の中にいた。

ナハトに後ろから抱きかかえられたまま、胸の下あたりまで湯船に沈んでいる。腰にはナハトの太い腕がしっかりと巻きついていた。

「肩の傷、洗ったらちょっとひどかったから先に医者を呼んで手当てして貰った。もちろん裸は見せてないから安心して良いよ。痛み止めは打っておいたけど、どう？　痛い？」

「あ、いいえ……」

「この傷、痕にはならないって。ただ範囲が少し広いのと、すりおろされたような傷口だからしばらくの間は痛むらしい。薬を貰っといたから、それは毎日きちんと飲んでね」

「は、はい」

そういえば、肩を怪我《けが》していたのだった。

ミュレはそっと右肩を見た。そこには、透明な膜のようなものがぴっちりと張られている。これにはミュレも見覚えがあった。魔獣・妃毒蛙《きどくガエル》の喉の被膜。皮と毒性を完全に除去したこの膜は、臓器の損傷の保護などにも使われる。

傷の治りは抜群に優れているが、非常に高価なものだ。訓練や任務で傷を負ったルーヴの為に、オベルジーヌ家で何度か手配をした事があった。

「あ、あの、リューグナーさん。被膜治療だなんて私、そんな高い治療費払えません……」

「ん？　あぁ、気にしないで。ちょっと知り合いの医者に頼んだだけだから」

「いえ、でも……」

――ナハトの言う通り、肩の傷の範囲は広い。被膜もかなり使ったはずだ。これはおそらく、気にしないでいられる金額で収まってはいない。だが、ナハトの声からは強い意志を感じる。これはもう、何を言っても聞きやしないだろう。

「ありがとう、ございます」

ミュレはそれ以上、治療費について触れるのをやめた。

遠慮なく背後の分厚い胸板にもたれかかりながら、ふと体に目を落とす。

「え⁉　いや、なに、これ……！」

腕や胸。腹や腿《もも》。

目に映る範囲の皮膚に、真っ赤な痣《あざ》が散らばっている。ミュレは一瞬で青褪《あおざ》めた。まさか、馬頭虫に噛まれた時に毒でも注入されたのだろうか。

「あー、ごめんごめん。さすがに怪我をしてる女の子を抱くわけにはいかないだろ？　でも我慢も限界だったんだよなぁ。だから、ちょっと悪戯《いたずら》しながら気持ちを誤魔化《ごまか》してたってわけ」

「い、いたずら……？」

「そうそう。あー、ミュレちゃん初心《うぶ》だからわかんないのか。手、貸して」

ミュレは首を傾《かし》げながら、言われるがまま左手を持ち上げる。その手を掬《すく》うように持ち上げられたかと思うと、いきなり手の甲に強く吸いつかれた。

「ひゃっ⁉　な、なに⁉」

ぎゅう、と皮膚が強く吸われる感触。痛くはないが、なんだか落ち着かない気持ちになる。ナハトは数秒吸いついた後、ゆっくりと手を離した。

「あ……」

唇が離れた後、手の甲には鮮やかな赤い痣がついている。

「ま、こういう事」

ミュレは無言のまま、手の甲の痣を見つめた。そして体中に散らばる同じ痣を見て、また手の甲に視線を戻す。この赤い痣は、ナハトに皮膚を吸われる事によって出来たもの。この無数の痣は、そこにナハトの唇が触れた目印のようなものだ。

「ごめん、怒った……？」

しょんぼりとした声とは裏腹に、腰に巻きついた腕に力が籠っていく。思わず身を捩《よじ》ると同時に、尻の辺りに硬いものが触れたのがわかった。

「あ、あの、リューグナーさん、私そろそろ……」

「そろそろ、何？　帰りたい？」

ナハトは弄《もてあそ》ぶようにミュレの耳朶《じだ》を食《は》んでいる。くすぐったくて首を竦《すく》めた直後、押し殺したような低い声が聞こえた。

「……帰らないで欲しいな。俺を、避けないでよ」

心臓が、ドクンと鳴った。

「で、ですから、避けてなんか……」

「ミュレちゃん、教えてくれよ。俺、何か気に入らない事した？　それとも、俺とこういう事するのがもう嫌になった？」

ミュレは小さく溜息《ためいき》をついた。この人は何も悪くない。悪いのはすべて自分だ。

「ごめんなさい、リューグナーさん。私は、貴方《あなた》を利用しようとしたの。でも、もうそんな事はしちゃいけないって思ったから」

「だから、俺を避けたって？」

「……えぇ、そう」

「どうして、俺を利用したくないって思ってくれたのかな」

そう訊《き》かれ、ミュレは一生懸命考えた。理由はある。しかしそれを言葉にするとなると、どう答えるのが正解なのかわからない。考えた末に、ミュレはただ一言だけを口にした。

「貴方は、綺麗《きれい》だから」

――オーロラの瞳《ひとみ》も鍛え上げられた肉体も、長い指で奏でるピアノの音も、何もかも。

「……俺が綺麗、ねぇ」

ナハトはポツリと呟《つぶや》いた後、それきり何も言わなくなった。だが、腰に回された腕は依然として離れる様子はない。引き剥《は》がそうとしても、太い腕はびくともしない。

やがて大きな溜息と共に、ナハトの顔がミュレの首筋に埋まった。

「リューグナーさん、いい加減に腕を離してください」

「……ねぇミュレちゃん。俺、ミュレちゃんの事が好きだよ」

唐突な告白に、ミュレはびきりと固まった。

いきなり何を言い出すかと思えば。好き？　私を？　私の事を、よく知りもしないのに？

「……そういう冗談は、好きではありません」

「冗談なんかじゃない」

「嘘《うそ》だわ。だって私、好かれるような事なにもしていないもの」

嫌われるような事もしていないつもりだが、嫌いだ、と言われた方がよほど信じられる。

「好きになるのに理由とかないんだって。ま、強《し》いて言うならミュレちゃんは俺をきちんと見てくれるから、かな。俺からすると、ミュレちゃんの方がよっぽど綺麗だよ」

言っている意味がわからない。それなのに、胸がこうも切なく痛むのはどうしてなのだろう。

「まぁ、いきなり言われても信じられないか」

「……いきなりじゃなくても、信じないわ」

ミュレは後ろ手にナハトの胸板を強く押した。意外とあっけなく、腕はミュレの腰から外れた。

「助けてくれて、ありがとうございました」

ナハトを残したまま、ミュレは浴槽から出ていく。そして浴室の扉に手をかけた時、ミュレは大事な事に気づいた。

「あ、気づいた？」

浴槽の縁《ふち》に両肘をかけたまま、ナハトが楽しそうに笑っている。

「……服を、お借りしても良いですか？」

「んー？　駄目。明日……っと、もう今日か、昼過ぎにツヴェルクが着替えを持って来てくれるから、それまでは俺の家にいて」

ミュレはへらへらと笑うナハトを、ギリリと睨《にら》みつけた。さっきまで忘れていたが、服をすべて燃やしてしまった以上、ミュレはどうしたって家には帰れなかったのだ。

「な、なにが……」

「ん？　どうした？」

「なにが、〝帰らないで欲しい〟よ！　私が帰れない事は、わかっていたでしょ!?」

自分でも驚くほどの大きな声が、思わず口をついて出た。

「そんなに怒んないでよ。あれでも一応、焦《あせ》ってたんだって。ミュレちゃん危なっかしいから、なに仕出かすかわかったもんじゃないしな」

ナハトは大袈裟《おおげさ》に肩を竦めている。

ミュレは扉から手を離し、無言のままずかずかと浴槽に近づいた。そんなミュレの行動が予想外だったのか、ナハトはきょとんとした顔になっている。

「どしたの、ミュレちゃん。もう一回入る？」

首を傾げながらナハトが訊く。それに応《こた》える事なく、ミュレは浴槽の側《そば》に跪《ひざまず》き、両手で浴槽内の湯を掬った。それをナハトの顔に全力でかける。

「うわっ!?　な、なんだよ！」

「もう！　最低！　人を揶揄《からか》うなんて！」

ミュレは込み上げる感情のまま、両手で掬ったお湯をひたすらかけ続ける。

「ちょっ……！　やめ、やめてミュレちゃ……息、息出来ないから！」

「知らない、そんなの！」

バシャバシャと湯をかけるミュレの両手首が、伸びてきた大きな手に掴《つか》まれた。その勢いのまま、手首を強く引かれる。ミュレはあっという間に浴槽内に引きずり込まれてしまった。

「きゃ……んっ！」

姿勢を崩したミュレの唇へまるで噛みつくかのように、ナハトの唇が重ねられた。そして、先ほど湯の中で腹に手を回されていた時とは比べ物にならない力で抱き締められる。

波立つ湯が互いを濡《ぬ》らし、口の中を熱い舌が縦横無尽に蠢《うごめ》く。浴室内に反響する、獣のような荒い息づかいは一体どちらのものだろう。気がつくとミュレは、ナハトの首にしっかりとしがみついていた。

「ミュレ、ちゃん、俺の恋人に、なってよ」

「絶対、に、いや」

「なんで、だよ」

口づけの合間に交わされる、求める言葉と拒む言葉。そしてまた、再び互いに唇を貪り合う。

「私、もう誰《だれ》も信じないって、決めたんだもの」

「ミュレちゃん、ミュレ、俺を見て。今の俺は、ミュレちゃんに何もかも、話せるわけじゃない。でも嘘だけは、絶対につかないって、約束する」

「やだ、信じない、信じないから……！」

ミュレの両目から涙が溢《あふ》れ、頬《ほお》を伝って流れ落ちる。こぼれる涙は、熱くて冷たい。

「泣かないでミュレちゃん。困らせてごめんね。でも俺は、どうしても好きだよ」

――貴方なんか大嫌い。

そう答えれば良い。そうすれば、この男もあっさりと気を変えるはずだ。

けれど、ミュレの口から出たのは自分でも予想外の言葉だった。

「……それなら、お友達から、だったら良いわ」

「はは、そっか。じゃあ今はそれで我慢する。口説《くど》く事はやめないけど、良い？」

「……勝手にして」

目じりに唇が寄せられ、溢れる涙が吸い取られていく。

唇が触れる度に、胸の奥で凍りついていたなにかが溶け出していく恐怖に、ミュレはただ身を震わせていた。


「はぁ、もう、なんて言おうかな……。色んな意味で疲れちゃって、頭が回らない……」

ミュレは溜息をつきながら、職場に向かって歩いていた。

――昨夜から今日の未明にかけて、散々な時間を過ごした。

あえて罠《わな》にはまりにいった先で魔蟲《まちゅう》に襲われ助けられ、その助けてくれた相手ナハトからいきなりの告白を受けた。なんとか「友達から」と乗り切ったものの、ナハトは宣言通り風呂から出た後も甘い言葉を散々聞かせてくれた。それを聞き流すふりをし、ようやく眠りにつこうとしたのにそこからがまた長かった。

『私はソファーで寝ますから！　だってお友達ですもの、同じベッドというわけには……！』

『友達同士でも一緒のベッドで寝る事あるって。ミュレちゃん、友達の家に泊まりにいった事ない？』

そう言われて、ミュレは言葉に詰まってしまった。六歳の頃《ころ》から音楽学校に通い専門教育を受け、その後は聖女として活動していたミュレは、同年代の友達という存在がいなかったのだ。

『あ、ごめんごめん。そこは触れない方が良かったのかな。大丈夫だよ、ちゃんと恋人になるまではもう手は出さないから』

悔しさに何も言い返せず、結局なんだかんだと丸め込まれ一緒のベッドに寝る事になった。だが警戒心を隠せないミュレとは真逆に、ナハトはミュレを抱き締めたままあっさりと寝てしまった。

「あの人、寝つきはすごく良いのにあそこまで寝起きが悪いとは思わなかった……」

諦めて腕の中で眠った後、ミュレはいつもの習慣で昼前には起床した。が、ナハトは起きてこなかった。両腕を無造作に投げ出し、口を半開きにして眠る姿に普段の色男ぶりは微塵《みじん》もうかがえない。助けにきてくれたり風呂に入れてくれたりと、色々働いて疲れたのだとは思う。けれど昼過ぎにあの銀髪の青年が服を持って現れた時には、ミュレはナハトを必死になって起こした。

結局、青年を待たせる事二十分。ナハトはなんとか起きてくれたが、不機嫌極まりない顔であちこち跳ねた黒髪を掻《か》きむしりながら青年の応対をしていた。しかも、全裸のままで。

ミュレはナハトから衣類一式を受け取り、それらを身に着け驚いた。趣味の良いワンピースに下着。靴。すべて体にぴったりと合う。

『んー？　そりゃそうだよ、俺が指示したんだから。俺、ミュレちゃんの体の事ならミュレちゃんよりわかってる自信あるから安心して』

――完全に覚醒し、身なりを整えたナハトはいつもの色男に戻っている。

澄ました顔でさらりと恐ろしい事を言い、砂糖を山盛り四杯とミルクをたっぷりと入れた紅茶を優雅に口にしているその姿は、先ほどまでのだらしない様子がまるで嘘のようだった。

なんと答えれば良いのかわからず立ち竦むミュレに、銀髪の青年はこっそりと囁《ささや》いてきた。

『あんな無防備なリューグナー先輩、初めて見ましたよ。よっぽど貴女《あなた》の側が安心するんですね』

とりあえず曖昧《あいまい》に頷《うなず》いておいたが、あれは安心とかそういう話ではないと思う。起こす時の苦労を話して聞かせたいほどだ。

「それにしても、お友達に、なんて言わなければ良かった」

これからミュレは職場に行き、シレーヌに話さなければならない事があるのだ。

「なんて言おう……。事務服もだけど、買い物も……。シレーヌさんは私にお友達なんかいないって知っているから、嘘もつけないし……」

――シレーヌに話さなければならない事。

それは事務服を一着失《な》くした事と、ミュレとシレーヌの休みを代わって貰う事だった。

「リューグナーさんって、本当にしつこいんだから……」

最初、ナハトはミュレに「ミットブリングゼルの劇場へ歌劇を観に行こう」と誘ってきた。

歌劇は大好きだ。母アルエットが曲を提供したオリジナルの歌劇などは、同じ演目を連日観に行った。元婚約者ルーヴは歌劇には興味がなく、誘うとエスコートだけはしてくれた。だが明らかに退屈そうな顔を見て、次第に歌劇は一人で観に行くようになった。

だから正直、今回の誘いは嬉《うれ》しかった。ナハトの音楽の才能はミュレも目を見張るものがある。そんな人物と音楽や芝居の感想を言い合えるのかと思うと、久々に胸が躍った。

「でも無理よ。ミットブリングゼルに行くなんて……」

レーヴェンツァーンの首都、ミットブリングゼル。

そこには世界で最も美しいと言われる音楽劇場と、世界各地から才能溢れる子供が集められる巨大な音楽学院がある。実は響鳴奏士《きょうめいそうし》の資格を取った後、ミュレは一度レーヴェンツァーンに留学をしようとした事があった。けれど離れればなれになる事に難色を示したルーヴに気を使い、結局留学は断念した。

――上質な音楽に触れたいという欲求と、万が一正体が露見したら、という恐怖。

ダンドリオン王家は『完全な癒《いや》しの魔法』を使う事の出来るミュレを同盟国にすら見せようとしなかった。怪我をした兵士達の傷を治す為にピアノと共に軍事基地へ駆り出された時も、顔には常に銀糸のヴェールをつけさせられていた。

新聞記事なども徹底的に管理され、こっそりとミュレの写真を撮った新聞記者は、いつの間にか行方不明になったと聞いた。

そこまで徹底されていたから、今こうして素顔を晒《さら》して生きていられる部分がある。自国民でもそうなのだから、レーヴェンツァーンの国民にはミュレの顔など知る者はまずいないだろう。けれど、油断は出来ない。

王族や貴族、裕福な家の者達としか接触をしていなかった、いやさせて貰えなかった『銀音《ぎんおん》の聖女』ミュレ。かろうじて接触出来ていた貴族子女や裕福な家の子が、留学や旅行などで隣国にいないとも限らない。

だからミュレは、断腸の思いでその誘いを断わった。

しかしナハトは諦める事なく、即座に別の誘いをかけてきた。

『じゃあソッフィオーネの古い塔の遺跡を見に行こうよ。魔導列車で二時間ちょっとだし、景色がすごく良いんだよね』

――ソッフィオーネはダンドリオンの東側に位置する隣国だ。古代の遺跡が多くある国で、観光客も多い人気の国である。

ミュレは泣きたくなった。なぜ、こうもミュレの興味を引く場所ばかり言ってくるのだろう。だがこの誘いも断った。なぜならば、他国へ観光に行く場合は身分証明書が必要になるからだ。

ミュレは勤め先から『社員証』を作って貰っている。ソッフィオーネが同盟国であれば、雇い主が保証人になっている社員証だけで出入国出来た。だがこの国はダンドリオンと隣接しているにもかかわらず、隣接国ではないレーヴェンツァーンとしか同盟を結んでいない。

『なんで駄目？　俺と出かけるのがそんなに嫌？』

『いえ、そうではありません。ただ私は、その……』

『じゃあ、この前言った結婚する友達に渡す贈り物、それを買いに行くのをつき合ってよ。ミュレちゃんの言う通り、本人に何が欲しいか聞いてみたんだよね。そうしたら、宝石のついた時計が欲しいって言うから』

さすがにこの誘いには、首を縦に振らざるを得なかった。

そこで発生したのがシレーヌへの頼み事なのだ。買い物に行くのはどうしたって日中になる。

「はぁ、気が重いなぁ……」

そう独《ひと》り言《ごと》を呟きながらも、ミュレはどこか浮ついた気持ちになっている自分を認める事が出来ないでいた。


ミュレの緊張感はあっけなく終わった。

事務服についてては散々迷った挙句、アイロンをかける時に焼け焦げを作ってしまった、と微妙な嘘をついた。そして休日の交代についてては「友達と買い物に行くので」とそのままを告げた。

「あー、アイロンかけの時ね。あたしもそれで二枚くらい駄目にした事あるわー。ええと、友達と買い物に行くんだっけ？　その後で夜働くのは辛《つら》いよ。母も最近は良くも悪くもならない小康状態だから、いつでも大丈夫だよ」

「あ、ありがとうございます……。あの、シレーヌさん明後日お休みでしたよね、そこと交代でも大丈夫ですか？」

「明後日ね、わかった」

シレーヌはあっさりと受け入れ、特に驚いた様子も見せなかった。拍子抜けした気持ちになり、なんとなくシレーヌの顔を見つめてしまう。

「ん？　どうしたの？」

「いえ、別に……」

一瞬、不思議そうな顔をしたシレーヌだったが再び手元の伝票に目を移した。が、その手はすぐに止まり、シレーヌはミュレを胡乱《うろん》な眼差《まなざ》しで見つめている。

「……もしかして、あたしが何か詮索するとでも思った？」

ミュレは背筋を跳ねさせ、わかりやすく動揺した。

「やっぱり。〝あれれ？　アンタっていつの間に友達出来たの？　どこの誰？〟……とか？」

半目でこちらを見つめてくるシレーヌの圧に逆らえず、ミュレは仕方なく頷いた。途端に、心底呆《あき》れたような溜息が聞こえる。

「……ディアーブルはね、ワケあり者が結構多いのよ。だからお互いに詮索なんかしない」

――ミュレは己の浅慮を恥じた。同時に、強い罪悪感が込み上げてくる。

最初に助けて貰った時、ミュレはボロボロの服を着ていた。シレーヌは、電球交換に同行していた武器持ちの鉱夫達の目につかないよう、ミュレの身を素早く隠してくれた。後日、何食わぬ顔で職場に紹介され、そのまま雇って貰える事にまった。鉱夫《かれら》はミュレの事を、シレーヌの遠い親戚の娘だと思っている。

（シレーヌさんを、疑うなんて私……）

項垂《うなだ》れるミュレの耳に、シレーヌの穏やかな声が聞こえる。

「あんたがなんで夜の森に置き去りにされる羽目になったのか。その〝ワケ〟は言いたければ聞くし、言いたくなければ一生言わなくても良い。だって今のあんたを好きだし、良いコだと思っているから」

「ごめんなさい、シレーヌさん……」

ミュレは素直に頭を下げた。

「いいのよ。そうだ、買い物行くんならさ、時計屋の横の洋品店に寄ってくれる？　ウチの事務服、そこで扱ってるやつだから。あたしの事務服もちょうど擦り切れてきたとこだし、どうせだから三着注文しておいてよ」

「はい、わかりました」

頷き、シレーヌが手渡してきた注文票を受け取る。

「あ、そういえばさ」

「はい、なんでしょう？」

「今朝、森に人間の白骨が散らばっていたんだって」

シレーヌはごく普通の世間話のように話している。が、予想外の内容にミュレは仰天した。

「は、白骨!?」

「そう。森に入った材木屋の連中が見つけたみたい。真っ白でピッカピカだったらしいから、巣骨蟻《すこつアリ》が巣作り用に集めたやつなんじゃないかな」

「スコツアリ、とは?」

魔蟲に詳しくないミュレは、シレーヌに訊く。

「背中に肉を溶かす液体が詰まった瘤《こぶ》を持つ肉食の蟻。といっても屍肉《しにく》しか食べないから、背中の瘤を破らない限り危険な蟻じゃないんだけどね。巣骨蟻に食われた屍《しかばね》は薬で溶かしたみたいにつるつるの骨だけになるんだよ」

――ミュレの脳裏に、あの美女の兄だという短髪の男の姿が過《よぎ》った。まさか、逃げ遅れた彼が魔蟲に襲われたのではないだろうか。そうとでも考えなければ、いきなり森に白骨遺体が転がるなんて事があるとは思えない。

「あ、あの、その骨って、どんな感じの人、というか骨格……」

「憲兵も騒いでないし、特定個人じゃないと思うよ? なんか、男女の骨が入り混じっていたみたい。巣骨蟻は地下を通って墓地のご遺体を盗んだりするからね、今回のもそうなんじゃない? 巣作り用に集めた骨を放置していなくなる、なんて話はあまり聞いた事ないけど」

「そう、ですか」

森の骨が墓場から集めた不特定多数の骨だというなら、きっと彼は無事だったのだ。

妹の話を鵜呑《うの》みにしてミュレを害そうとした男ではあるけれど、少なくとも悪い人ではなかったと思う。

ミュレは胸に手を当て、ホッと安堵《あんど》の息を吐いた。


午後七時からの休み時間。

ミュレは緊張感に満ちた眼差しで、目の前の電話を睨みつけていた。手元には、ナハトから押しつけられた電話番号が書かれた紙切れがある。

『都合がついたら、この番号に電話して。俺はいつでも良いから』

――〝友人〟に電話をかけるなど初めての事だ。

事務所で働き始めてからは卸先へ毎日のように電話をかけているし、そもそも調律師イデアルとも日程のやり取りは電話で行っていた。だから電話をかける事自体に抵抗があるわけではない。

「だ、大丈夫よ。取引先と話すのと同じ感覚でいけば」

ミュレの家には電話がない。だから上役に頼み、休み時間の間だけなら、と私用の電話をかける許可を得た。なので、そうもたもたしていられない。

「うん、急がなきゃ」

意を決し、ダイヤルに指をかけた。紙切れを見ながら、慎重に数字を回していく。受話器を耳に当て、大きく深呼吸をする。

『はいはーい、ミュレちゃん？』

――呼び出し音が鳴って二秒もしないうちに、ナハトの軽々しい声が受話器の向こう側から聞こえた。

　まさか、こんなにすぐナハトが出るとは思ってもいなかった。動揺のあまり、思わず受話器を取り落としそうになる。

「あ、お、恐れ入ります、採掘場管理事務所のミュレと申します、いつもお世話になっております」

　一拍の後に、アハハハ、という笑い声が聞こえた。

『やだなぁ、堅いよ、ミュレちゃん。もっとこう、親しそうにしてよ』

「し、親しそうに、ですか」

　そう言われても、そのさじ加減がわからない。

『うーん、少なくとも敬語はやめて欲しいなぁ』

「でも、おそらくですがリューグナーさんは私より年上ですよね？　その、なかなか普通に喋《しゃべ》るのは……」

『風呂場で俺を溺死させようとした時は、普通に喋ってたよね』

「で、溺死……!?　いえ、それは、その――」

　あの時は色々あったのもあり、気持ちが高ぶり我を忘れていたのだ。こうして正気に戻っている今、いきなり敬語なしで喋れと言われても困る。

『ま、ゆっくりで良いけど。因《ちな》みに俺は二十四だから、そこまで年は変わらないと思うよ』

「……四つも上じゃないですか」

『って事は、ミュレちゃんは二十歳か』

「あっ……！　えぇ、そう、ですね」

――自分の個人情報は一切言うつもりはなかったのに、なんだか誘導尋問に引っかかったような気分になる。

『で、いつなら交代してくれるって？』

「はい、明後日はいかがですか？」

『ん、わかった。じゃあ、ミュレちゃんの家に迎えに行くよ。場所を教えて？』

「私の家、ですか……」

なんとなく、自宅の場所は知られたくない。すでに戸惑うほど一気に距離を詰められている。

この上、自宅まで教えてしまうと気持ちの逃げ場がなくなってしまう気がする。

逆にミュレはナハトの家を知ってしまったが、彼はレーヴェンツァーン人で、武装楽団の一員だ。

おそらく期間限定で部屋を借りているだけに過ぎない。自分とは違う。

ミュレは慎重に言葉を選びながら、答えた。

「いいえ、リューグナーさんもお忙しいでしょうから待ち合わせの方が良いのではと思います。この前、町を歩いている時にすごく素敵なお店を見かけたんですが、そのお店の前とかいかがですか？」

ソルシエールの娼館《しょうかん》に向かう途中に見つけた宝飾店。

ルーヴにばったりと出会い、聞きたくない事実を知ってしまったあの店には正直あまり近づきたくはない。けれどルーヴの先輩騎士は、王都で散々探して見つからなかったのにあの店で満足いく品を見つけていた。ならば、ナハトが友人に贈る宝石付きの時計も満足いくものが見つかるのではないだろうか。

『ミュレちゃんの家からその店まで、歩いてどれくらいかかる？』

「え、時間ですか？　そうですね、三十分……いえ、もっとかかったかしら。ごめんなさい、その時は珍しく日中の外出をしたので色々見ながらゆっくり歩いていました。ですから正確な時間はわかりません」

『なるほどね。じゃあ、俺の家からは？』

「リューグナーさんのお家から、ですか？」

——ミュレは頭の中で、ナハトの家から一度自宅に戻った時の地図を辿《たど》った。

そこから考えると、ミュレの家よりも距離がある。あの宝飾店、本当はミュレの家からも蒸気バスに乗った方が断然早いくらいの場所にあるのだ。ただ、ナハト宅周辺のバスの停留所はよくわからない。

「私の家より時間がかかると思います。リューグナーさんはバスで行かれては？　お店は車が通り抜け出来ない場所にあるのでバス停からは少し歩くかもしれませんが、ご自宅から歩くよりは近いはずです」

受話器の向こうでは、ナハトがうーん、となり声を上げている。

『バス、ねぇ。国でもあんまり乗った事がないなぁ。ほら、バス停の名前？　〝なんとか並木通り〟とか言われても、俺の行きたい場所はその並木通りのどこにあるんだよ、ってイライラすんだよな。ミュレちゃんの最寄りのバス停はなんていうの？』

まるで子供のような言い分に、ミュレは思わずクスッと笑った。

「わかりやすいですよ。〝リュミエール教会前〟ですから」

『はは、確かに。でも贅沢《ぜいたく》なバス停だなぁ、教会に来る人しか乗らないんだろ？』

「いえ、教会の隣が学生寮になっていて、ダンドリオン側とレーヴェンツァーン側、両方の学生さんが行き来していますから利用量は多いと思います。昼間に窓を開けると下からにぎやかな声も聞こえますし」

彼らの弾《はじ》けるような瑞々《みずみず》しさに満ちた声は嫌いではない。早く起きた日などは、あえて窓を開けている時もある。

『……なるほど。ミュレちゃんの家は教会と学生寮のすぐ近くのアパートメントで、バス停が見える位置にある部屋の二階以上。わかった、明後日の十時に迎えに行くよ。じゃあまたね』

「え!?　ちょ、ちょっと待っ……」

呼び止める声も届かず、電話は無情にも切れてしまった。

「もう……もう！　私の馬鹿！」

口車に乗せられ、またもや個人情報を晒してしまった。ミュレはむなしく響き渡る不通音を耳にしながら、ギリギリと奥歯を噛み締めていた。


ナハト・リューグナーこと、クラールハイトは受話器を見つめながら頬を緩めた。

今頃、彼女は顔を真っ赤にして怒っているだろう。表情の乏しい彼女が少しずつ見せてくる感情が嬉しくてたまらない。怒りを引き出すのが一番簡単だからとつい揶揄ってしまうが、本当は笑った顔を見せて欲しいと思っている。

「……このデレデレ顔、陛下にお見せしたいですよ。しかし殿下、相変わらず性格悪いっすねー」

砂糖の入ったガラス瓶を抱えたまま、ツヴェルクが呆れたような顔になっている。

「お前ね、主人の私用電話を盗み聞きするなっての。っていうか、出ていくだろ普通」

「いや、理不尽すぎ。〝ミュレちゃんとの電話が終わったらあいつに電話をかけるから、その前に砂糖茶を用意しとけ〟って命令してきたの、殿下じゃないですか」

ツヴェルクは大袈裟な演技で頬を膨らませながら、湯気の立つ紅茶のカップに山盛りの砂糖を落とし込んでいる。

「なんだ、砂糖茶って。俺はそんな言い方してないよ」

「良いんですよ、こんなの砂糖茶で。はい、どうぞ」

渡された紅茶を受け取りながら、クラールハイトはツヴェルクに目で合図を送る。尋常ではなく仕事の早い部下は、すでにダイヤルに指をかけていた。

クラールハイトは長い足を組み、木と螺鈿《らでん》で出来た艶《つや》のある黒い受話器を耳に当てる。呼び出し音が十回目を迎えた時、ようやく相手が電話に出た。

『……はい』

「あー、俺だけど」

『……毎回、きちんと名前を名乗っていただけますか、とお願いしていると思うのですが』

「真面目《まじめ》だなぁ、ルリジオン君は。ルリジオン君の私室直通番号なんて知っている人間は限られているだろ？」

――返事の代わりに、深い溜息が聞こえる。クラールハイトは苦笑を浮かべた。この真面目な二つ年下の〝友人〟は年長者であるこちらになんと言って良いのか迷っているのだろう。

立場的には、ダンドリオン王国次期国王のルリジオンの方が上だというのに。

「明後日、ルリジオン君が欲しいって言ってた時計を買いにいくからね。楽しみに待っててよ」

『え!?　いえ、あの、この前の話は本気だったのですか？』

「そうだよ？　ルリジオン君、色々あったけどようやくフィデール嬢と結婚出来るだろ？　だからお祝いを何にしようかな、ってずっと考えていたんだよね。そうしたら、ある女の子が〝本当に喜んで欲しいなら本人に訊いたら〟って言うから」

『……ある女の子、ですか』

常に平淡な声のルリジオンが、心底驚いている。ちら、と横目で部下を見ると、声を押し殺して笑っていた。

「で、結婚式を挙げるって事は例の事件は片がついたのかな。聖女を陥《おとし》いれた犯人は見つかった？」

『いえ、まだです。ですが、聖女の冤罪《えんざい》に関してはなんとか証明出来そうです。まずは先だってそれを発表しようかと。それと同時に、オベルジーヌ夫妻を秘密裏にレーヴェンツァーンに亡命させます。ただ……』

ルリジオンはそこで言葉を止めた。クラールハイトの眉間《みけん》に、ゆっくりと皺《しわ》が寄っていく。

「……ただ、何？」

『オベルジーヌ夫妻と聖女に封紋を施した封印師はすでに確保しておりますが、自らの術を解除する事も出来ない非常に未熟な腕前の者でした。そのくせ中途半端に魔力が高く、レーヴェンツァーンの封印師でも解除が可能か微妙なところです。本人を殺せば簡単に解除されるのですが、それは夫妻が望まれませんでした』

「あー、そっか……」

クラールハイトは指でコツコツと机を叩きながら、溜息をついた。封紋というものは、基本的に解除を前提としない術式で行われる。要は、封印に全力を注ぐ魔法なのだ。他人が解除するのは非常に骨が折れる。

『ですので、夫妻をレーヴェンツァーンに招き入れても指揮者と作曲家、としての期待には応えられないのではないでしょうか』

「まぁ、そこのところは迎え入れてから考えるよ。ところでルリジオン君、ちょっと聞きたいんだけど」

『……？　はい』

「オベルジーヌ家の、事件の後ですぐに退職したメイドって、見つかった？」

『いえ、まだです。我々もそのメイドを重要な参考人として捜索していますが、それが何か？』

——脳裏に過る、華奢《きゃしゃ》な体。金茶の髪はよくある平凡な色だが、茄子《なす》色の瞳は少し珍しい。化粧もせず、髪も無造作に縛っているだけの彼女の肌は、肌理《きめ》が細かくしみ一つない。

「……いや、ちょっとね。そのメイド、音楽一家の屋敷で働いていたんだからやっぱり音楽にも詳しかったのかな」

初めて出会った時、彼女は『響鳴奏士』という言葉を口にした。だが響鳴奏士に対する一般人の認識は『音響魔法使い』だ。

『音楽に詳しいかどうかはわかりませんが、主一家に忠実な者が多い印象ですね。夫妻や聖女の手伝いには必ずメイドが同行しています。それに、聖女の元婚約者が王立病院に入院した時は私も見舞いに行きましたが、窓口で治療の手続きをするメイドを見かけました』

「……そう、か。わかった」

一般人にはない知識を持ち、聖女が没した地に暮らし、そして人を信じる事の出来ない彼女は。

クラールハイトは両目を閉じ、ゆっくりと天を仰いだ。


買い物当日の朝。

ミュレは身支度を整えると、急ぎ玄関へと向かった。

現在時刻は九時半。

待ち合わせ時間は十時だが、せめてもの抵抗として直接部屋に訪ねて来られる事態だけは避けようと考えたのだ。

「正面玄関の前で、待っていれば良いわ」

そう呟きながら玄関を出たミュレの前に、黒い影が差した。

「おはよ、ミュレちゃん」

「えっ!?」

見上げると、ナハト・リューグナーが立っていた。緩くうねった黒髪にいつものサングラス。一ついつもと違う点は、軍服ではなかった事だ。

――動物の角を削ったようなボタンがついた、煉瓦《れんが》色のジャケット。青いシャツに珈琲《コーヒー》色のベルト。後は足元まで黒一色だが、靴には鈍色《にびいろ》の金具がついている。軍服を着ている時よりもずっと、鍛えられた肉体美がわかるような服装に、ミュレは思わず顔を逸《そ》らしてしまった。

「あ、えっと、おはよう、ございます……」

「なに？　俺に見惚《みと》れちゃった？」

「ち、違います！　そ、そんな事よりどうしてこんな早くに？　待ち合わせは十時だったでしょう？」

ナハトは意味ありげに笑いながら、軽く肩を竦めた。

「んー、ミュレちゃんに早く会いたかったから」

言いながら、軽く片目を瞑《つむ》る仕草は腹が立つくらい様《さま》になっている。

「……そうですか」

「まぁ、それもなんだけど一番の理由は、ミュレちゃんが今考えていた事を封じるため、かな」

「今、考えていた事？」

「うん。〝リューグナーさんに家を知られるくらいなら外で待つ！〟……って思っていたでしょ」

図星を突かれ、ミュレは思わず口ごもる。

「なんで俺に家を知られたくないの？　今は友達、だよね？」

「い、今は、じゃなくて、ずっと友達です！」

「そっか、良かった。これからも俺と会ってくれるって事だよね」

ミュレの喉が、うぐ、という妙な音を立てた。

どうしたってミュレは、この口から生まれたような男に言葉で勝つ事が出来ない。

「……行きましょうか」

諦めたような顔で歩き出した途端、ミュレの手がごく自然に繋がれた。

「きゃ、リュ、リューグナーさん!?」

「ん、どしたの？　手を繋いで買い物、なんて友達同士では普通だけど」

「本当ですか!?　う、嘘をつかないっておっしゃっていたけど、本当に!?」

「嘘じゃないよ。女の子は友達同士なにかとくっつきたがるからね」

ナハトは真面目な顔で頷いている。その顔に、嘘は一切見当たらない。

「私、お友達関係の常識は何もわからないから……」

「俺が教えてあげるって。ほら、早く行こう」

本当なのか疑わしいが、嘘だと言い切る事も出来ない。ミュレは仕方なく、手を握られたままで歩き出した。


手を繋いで歩きながら、ナハトは色々とミュレに話しかけてきた。

「ミュレちゃんはディアーブルの出身？」

「……いえ、違います」

「へぇ。じゃあいつから住んでるの？」

「……五年は、経《た》っていないでしょうか」

ミュレは質問に対して慎重に答えた。

嘘はついていない。出身は王都アンジェだし、ディアーブルに来て一年半。五年は経っていない。

「ふぅん、そう」

「……？」

ミュレはナハトの顔を見上げた。

どうという事はない質問に答えただけなのに、なぜナハトは安堵しているのだろう。

「あ、あの店？」

「え？　はい、そうです」

宝飾店の駐車場は、今日も車がたくさん停まっていた。

「へぇ、綺麗な店だね」

「はい。それに、雰囲気がとっても華やかです」

頷くと同時に、ナハトは繋いでいた手をすっと離した。いきなり去っていく温《ぬく》もりに、ミュレはひどく狼狽《うろた》える。先ほど感じた違和感は、いつの間にかどうでも良くなっていた。

「ごめんね、ミュレちゃん。さすがに宝飾店で手を繋ぐのはマナー的にどうかと思うから」

そう言うと、離された手の代わりに腰へするりと腕が回された。

さすがにここで抵抗するほどミュレも愚かではない。素直に腰を抱かれたまま、店内に入っていく。

「わぁ、素敵……！」

店の中は、想像以上に広く美しかった。品揃《しなぞろ》えは決して多くはない。だが陳列されている装飾品はいずれも見た事がない細工ばかりだった。おまけに、同じデザインの物が何一つとしてない。使われている宝石も大粒だし、すべての商品が相当に値が張る店なのだという事は一目でわかった。

「リューグナーさん、時計はあちらのガラスケースにあるみたいですよ？」

時計の並ぶガラスケース前に移動し、二人で上から覗《のぞ》き込む。ケース内には、文字盤に宝石を使用している腕時計が三本に懐中時計が二つ、綺麗に並べられていた。

「友達は腕時計が欲しいらしいんだよね。どれが良いかなぁ」

「そういう時はですね、お相手の方が時計をつけている場面を想像すると良いですよ」

宝石付きではないが、ミュレもルーヴの誕生日に懐中時計を贈った事がある。懐中時計を手にして微笑《ほほえ》むルーヴの顔を思い浮かべたら、贈りたい時計はすぐに決まった。

「……ミュレちゃん、誰かに時計をプレゼントした事があるんだね」

ナハトが小さな声で何かを呟いた。だが物思いに耽《ふけ》っていたせいで、言葉を聞きそびれてしまった。

「ごめんなさい、よく聞こえなかったわ。なんておっしゃったの？」

「……いや、なんでもない。そうだな、じゃあこの翡翠《ひすい》が使われている腕時計にするよ。本人の目が緑だからね」

ナハトはあっさりと一本の腕時計を指さした。ミュレははしたないと思いつつ、そっと値札を確認する。

「うっ……」

悲鳴を上げそうになり、思わず口元を押さえた。ミュレが持っていた宝石で最も高額なものは、響鳴奏士になった時に両親から贈られたダイヤモンドのブレスレット。それと比較しても桁が一つ違う。

彼は値札を見ていなかった気がするが、大丈夫なのだろうか。

自分が買うわけでもないのに、ミュレの全身から冷や汗が流れる。

「ミュレちゃん、包装して貰っている間、向こうで何か飲んでようか」

「は、はい」

高級宝飾店には、客がくつろぎながら買い物を出来るようカフェが店内に併設されている事が多い。この店は、広い店内の中央にワイングラスがぶら下がるカフェバーがあった。

「俺はワインにしようかな。ミュレちゃんは？」

「私は紅茶にします」

――ほどなくして、ナハトの前には赤ワイン、ミュレの前には紅茶が運ばれてきた。ミュレは共に運ばれてきた、小花を模《かたど》った可愛《かわい》らしいクッキーを前に顔をほころばせる。

「……ミュレちゃんのおかげで良い買い物が出来たよ。ありがとう」

「いえ、私は何もしていませんから」

ナハトはワインを飲みながら、口元に薄く笑みを浮かべている。それを目にしたミュレはおや、と思った。なぜだかわからないが、ナハトが少し不機嫌になっているような気がする。

「……あの、リューグナーさん」

「ん？　どしたの？」

「あ、いえ、なんでもありません」

ミュレを見つめるサングラス越しのオーロラには、機嫌の悪さは見当たらない。気のせいだったかもしれない、とミュレはクッキーに手を伸ばした。

「……ミュレちゃん、買い物につき合ってくれたお礼に何か買ってあげるよ。何が良い？」

ミュレは伸ばした手を反射的に引っ込め、膝の上で強く握り締めた。胸の中に、じわじわと失望が広がっていく。

（女の子には宝石を与えておけば良いって、その思い込みはなんなのよ……！）

ミュレは怒りを押し隠しながら、ナハトの顔を睨むように見つめる。頭の中には、一つの考えが浮かんでいた。それは決して褒められたものではないが、一方的な自己満足につき合ってやるのだ。

無駄なお金を使わせたところで、胸の一つも痛みはしない。

「では、私が今欲しいと思っているものを、買っていただけません？　もし外れたら、リューグナーさんと出会う前に戻る、というのはどうでしょう」

――それは実質的な絶縁宣言だった。

ミュレは先ほど見ていた、時計が陳列されているガラスケースに一瞬だけ視線を送り、無意識を装いながらさりげなく左の手首を触った。そして澄ました顔で、再びクッキーに手を伸ばす。

観察眼の鋭いナハトなら、この意味にすぐ気づくはずだ。

もちろん、宝石のついた時計なんかミュレは欲しくもなんともない。

「……面白《おもしろ》い事を言うなぁ、ミュレちゃん。もし当たったら、俺の恋人になってくれる？」

ナハトは笑みをかき消し、怖いくらい真剣な眼差しでこちらを見つめている。

「こうしよう。ミュレちゃんが欲しがっているものをプレゼント出来たら、ミュレちゃんは俺の恋人になる。逆に外したら、ミュレちゃんの望み通り俺は二度とミュレちゃんの前に現れない。どう？」

ミュレはナハトではなく、彼のサングラスに映る自分の顔を呆然《ぼうぜん》と見つめていた。自分から言い出したくせに、どうして自分はこんなにも寂しそうな顔をしているのだろう。

そんな気持ちを振り払うように、ミュレはことさら平気そうな声を出してみせた。

「ええ、わかりました。それで良いわ」

「ん、ちょっと待ってて」

ナハトは立ち上がり、先ほどミュレがあえて目線を向けた時計のケースに向かって歩いて行く。その後ろ姿を一瞬見つめた後、ミュレはそっと目を伏せ手にしたクッキーを口に入れた。

砂糖漬けの果物が載せられたクッキーは、甘いはずなのにその味がまったくわからなかった。

宝飾店を出た後、ナハトは手を繋ぐ事なく無言で隣を歩いている。その手には、同じ大きさの紙袋が二つ握られていた。

一つは友人の結婚祝いである時計。もう一つはミュレへの贈り物の時計だろう。店にあった三本の内、翡翠の時計はナハトが買った。残りは蒼玉《サファイア》と紅玉《ルビー》を使用したものになる。

おそらくそのどちらかなのだろうが、残念ながらミュレが欲しいのはどちらでもない。

(……時計なんて、いらないのに)

ナハトは「階級が高くない」と事あるごとに言っていた。けれど彼の立ち居振る舞いは上流階級のそれだ。きっと良い家柄の令息で、女性に宝石類を贈り慣れているのだろう。

因みにミュレの言った事は嘘ではない。あの場で、心から「欲しい」と思った品物が一つだけ存在した。けれどナハトには、高価な物にしか誠意や愛情が存在しないと思い込んでいるような人間には、ミュレが本当に欲しい物がわかるはずがない。

(リューグナーさんとも、ここでお別れね……)

ミュレは足元を見ながら、何とも言えない気分で歩き続ける。

と、いきなりナハトが足を止めた。

「ミュレちゃん」

「……はい、なんでしょうか」

そこは三叉路《さんさろ》の真ん中だった。顔を上げると、笑わない瞳のナハトがこちらを見下ろしている。

「はい、これ。今日はありがとう」

ナハトが紙袋を差し出してきた。ミュレはごくりと喉を上下させ、震える手でそれを受け取る。

「あ、ありがとう、ございます……」

紙袋はずっしりと重く、宝石をふんだんに使った時計の持つ重量感を両手に伝えてくる。

「開けてみて」

「え、えぇ」

ナハトはジャケットのポケットに両手を突っ込んだまま、笑みを浮かべている。きっと、自信があるのだろう。それは良いが、ここまで高価な時計を貰っても付けていくところなどない。

ここはさようならを告げた後で、きちんと返却するべきだ。

ミュレは紙袋の中から、リボンを結ばれ美しく包装された四角い箱を取り出した。そして慎重にリボンをほどき、ゆっくりと包装紙を開く。

「……あ」

――包装紙の下から現れたのは、金色の缶だった。店名の刻まれた指輪の周囲を、色とりどりのクッキーが取り囲んでいるオリジナルのクッキー缶。

「ミュレちゃん、紅茶と一緒に来たクッキーを見た時、すごく可愛い顔をしていたから。これ、非売品で常連にしか配ってないんだって。だから店長に頼み込んだんだよ」

クッキー缶の上に、水滴がポタポタと垂れた。それが両目からこぼれた涙だと気づくのに、少しだけ時間がかかった。

「どう？　当たってた？」

「……えぇ。ありがとう、リューグナーさん。とっても、嬉しいわ」

——鹿角の腕輪を欲しがっていたあの頃のミュレが、弾けるような笑顔で嬉しそうに笑っている。

ミュレは涙をとめどなく溢れさせながら、クッキーの缶を両手でぎゅっと抱き締めた。

ぐす、と鼻をすすりながら、クッキー缶を大事そうに抱えるミュレの手首が伸びてきた手にがっしりと掴まれた。

「ひゃっ、な、なに？」

「なにって、俺の家に行くんだよ。明日は休みなんだよね？　いやー、良かった。俺の我慢ももう限界だったんだよなぁ」

「え？　ちょっと、あの、え？」

三叉路の右の道。最も大きな通りに向かってグイグイと引きずられながら、ミュレは目を白黒とさせる。状況が、今一つ理解出来ない。

「待ってリューグナーさん、あの……！」

ナハトは何も答えず、キョロキョロと大通りを見渡している。やがて、一台の乗り合い蒸気車が走ってきた。ナハトが片手を上げ、蒸気車を目の前で止める。

「行くよ、ミュレちゃん。車だと十分くらいで着くから。あ、一度自宅に寄ってクッキー置いてくる？　もちろん俺の家に置いておいても良いけど」

「クッキーは持って帰ります！　そ、それよりもどうして今からリューグナーさんのお家に？　お買い物は終わりましたし、ここで私は失礼しますから」

「……なんで？」

ナハトは心底不思議そうな顔をしている。

「なんで、って、だって――」

「せっかくの休日を、恋人と過ごしたいって思うのは普通だと思うよ？」

「……あ」

――そうだ。ナハトと約束をしたのだった。欲しい物を当てたら、恋人になると。

「やだなぁ、ミュレちゃん。大事な事忘れないでよ。あ、言っとくけどもう、手加減しないからね？」

「え、ど、どういう意味……」

「今までは正式な恋人じゃないからあれでも遠慮をしてたんだよ。でも、もう俺の恋人だから手加減しない」

欲に染まったオーロラを、ミュレは呆然と見上げる事しか出来ない。

ペロリと舌舐《したな》めずりをする口元から、飢えた獣の牙が見えた気がした。

「きゃあっ！　やだ、待って……！」

ナハトの部屋に連れ込まれてすぐ、抱き上げられベッドに投げ出された。ナハトはミュレを跨《また》ぐように覆いかぶさり、サングラスを外して横に置きジャケットを脱いで片手で放り投げる、という器用な事をしていた。

「リュ、リューグナーさん！　あの、ほら、シャワーとか、そういうの、は」

「いいよ、気にしなくて……！」

ナハトは掠《かす》れた声で言いながら、ミュレを抱き締め首筋に顔を埋める。ハァハァという獣のような息づかいが、首元の髪を揺らすせいで少しだけくすぐったい。

「ごめんね、余裕なくて。ミュレちゃんが俺のものだって思ったら、もう駄目になった。こういう自分は俺、あんまり好きじゃないんだけどな」

忙《せわ》しなく動く両手はミュレの全身を揉《も》むように撫《な》でまわしている。

気づくと、ワンピースのボタンはすべて外され胸元は露《あら》わになっていた。

「やっ……！　あっ、んんっ！」

胸を覆う下着を押し上げられ、先端を強く吸われると下腹部にビリビリと痺《しび》れるような感覚が走る。これまで何度も抱かれた中で、ここまで強い刺激を与えられたのは初めてだった。

「ひあっ！　あっ、あっ、はう、んぁっ！」

痛みを覚えるほど強く吸われた後で軽く甘噛みをされ、直後に柔らかな舌で虐《いじ》められた乳首を撫《な》でるように舐められる。異なる刺激を立て続けに与えられると、口をついて出る甘い悲鳴を抑える事が出来ない。

「ひっ⁉　い、いやっ、だめ、それだめっ！」

昼での責めを受けていない反対側の乳首に、骨ばった指が忍び寄っていく。危険を察知したミュレの制止もむなしく、長い指は怯《おび》える尖《とが》りを容赦なく摘《つ》みあげた。

「はぁ、あうぅっ！」

まるで精一杯の抵抗を示すように、硬く尖った先端をぐにぐにと揉み上げられ腰がガクガクと前後に揺れる。過ぎる快楽に耐えられず、両腿に力を入れた途端、足の間から粘ついた水音が聞こえた。

「先っぽを弄《いじ》っただけで濡れちゃったんだ。それならもう良いかな」

ちゅ、と音を立てながら、散々吸われた乳首からようやく唇が離れた。温かな口内からいきなり外気に晒された乳首は、きゅっと締まり恥ずかしいほど硬くなっていく。

「ミュレちゃん、勃《た》ちすぎて痛いから一回抱かせて。後でいっぱい気持ち良くしてあげるから、ごめん。でも、絶対に痛くしないようにするから」

ナハトは青いシャツを半脱ぎにしたまま、待ちきれないというようにベルトを緩め始める。ミュレはそんなナハトをぼんやりと見ていた。体の奥が甘く疼《うず》き、足の間がじんわりと潤む。これから与えられるだろう快楽に、体がはしたない期待をしているのがわかった。

「ゆっくり、深呼吸をしててね」

「は、はい……ん、ん⁉」

――前をくつろげたナハトが掴みだした男性器は、これまで何度か目にした時よりも大きく見える。

いや、明らかに大きい。

「や、やだ、どうしてこんなに、おっきいの……」

「うーん、ミュレちゃんは忘れん坊さんだなぁ、もう手加減しないって言ったよ？　俺の、自分で言うのもなんだけど結構な大きさのモノなんだよね。だからセックスする時も完勃ちしないようにずっと魔法で抑えてたんだよ。大丈夫、気持ち良くなるだけで全然怖くないから」

ナハトの股間にそびえ立つ肉の棒は、その太い幹に血管を浮かせた〝異形〟ともいえる状態にある。これで怖がるなというのは無理な話だ。

「ま、待って、こんな怖そうな形してるのなんて、無理……」

「怖くないって。コレで今から、ミュレちゃんをいっぱい、気持ち良くしてあげるから」

声音はどこまでも軽々しいが、その顔には一切笑みが見られない。まだミュレの中に入ってもいないのに、肩で息をしながら歯を食い縛り、ひどく苦しそうな顔をしている。

やがてミュレの両足が大きく開かれ、蕩《とろ》けた割れ目に熱く硬い異形のものが押し当てられた。ミュレは恐怖と動揺で、酸欠の魚のようにはくはくと口を動かす事しか出来ない。

「ほら、掴まって」

言われるまでもなく、急いでナハトの首にしがみつく。次の瞬間、何の躊躇《ためら》いもなく体の奥深くまで一気に貫かれた。内臓が内側から押し広げられる感覚。あまりの衝撃に、自分の意思ではないまま背筋が折れそうなほどのけ反っていく。

「あうぅっ！　あっ、ひあぁぁっ！」

ナハトは己の逸物《いちもつ》がミュレの体内に馴染《なじ》むのを待つ事なく、ガツガツと腰を動かし始めた。両腕で強く抱き締められているせいで、衝撃や快楽を逃す為に身を捩る事も出来ない。

「ミュレちゃん、ミュレちゃん、愛してるよ……！」

「あっ、あ、やあぁっ、ひあ、あっ、あーっ！」

——体内を押し広げられ、充血した襞《ひだ》をごりごり抉《えぐ》られる度に狂おしい快楽に襲われる。ぴんと伸ばされた両足はビクビクと不自然に痙攣《けいれん》し、結合部からは温かい飛沫《しぶき》が飛び散っていく。

「はぁ、ミュレちゃん、気持ち良い？」

「ひうっ、あっ、き、気持ち、いっ……」

「ん、俺も、すごく、良いよ、あ、すご、も、イキそ……」

ナハトの顔が微かに歪《ゆが》み、ギリ、という歯を食い縛る音が聞こえる。打ちつけられる腰の動きはますます速くなり、パンパンという肉を打つ音が室内に響き渡っていく。ミュレは骨が軋《きし》むほど強く抱き締められながら、ナハトの鍛えられた体にまるで圧《お》し潰されるような勢いで巨根を穿《うが》たれ続けていた。

「ミュレ、ミュレ……ッ！」

低く呻《うめ》きながら名前を呼ばれ、奥を何度も持ち上げるように突かれる。ミュレは霞《かす》む意識の中で安堵した。この動きは、ナハトの絶頂が近い時のものだ。もうじき、とどめを刺すように最奥を突かれたら性器を引き抜いて貰えるはずだ。

「あぁ、ひぁっ！　あぅ、あぁぁっ」

腰の動きがどんどん激しくなり、ひときわ強く体内を抉られた。ミュレは口の端から涎《よだれ》をこぼしながら、全身を痙攣させる。

「はぁ、あう、う……」

深く達した体は、いつもと異なりなかなか痙攣が止まらない。さらに違うのは、性器がなかなか抜かれない事だ。ミュレの体内に留《とど》まったまま、小刻みに震えている。しばらくしてから、中で吐精されたのだと気づいた瞬間、全身の血の気が引いた。

「やだ、中、中は、だめ……！」

今さら慌てたところで手遅れかもしれないが、ミュレは懸命に分厚い胸板を押し返そうと試みる。ナハトはミュレのささやかな抵抗をものともせず、全身から汗を滴《したた》らせながら肩で大きく呼吸をしていた。

「ん、心配しなくて良いよ、これも前に言ったと思うけど、俺、今は子種を封じる処置しているから。まぁ、今度本国に戻ったら封印は解除するつもりだけどね」

そう言いながら、ナハトは再びゆるゆると腰を動かし始める。ミュレの体内にある男性器は、いまだにその大きさを失っていない。

「ひゃうっ⁉　や、どうして……？　私、もう……」

「後でいっぱい気持ち良くしてあげる、っていったよね？　それに、せっかく恋人になって初めての記念日エッチなんだから忘れられないものにしないと」

ナハトは腰を動かしながら、戸惑うミュレをひょいと抱き上げ膝に乗せた。繋がったまま体位を変えられ、ミュレは小さく悲鳴を上げる。

「あ、待って、これ、これいや……！　深いところに、来ちゃう……」

「入っちゃいけないとこに入ってる感じする？　ほら、ミュレちゃんのお腹《なか》が薄っぺらいから、俺の形がよくわかるよ。触ってみる？」

急いで首を振りながら、ミュレはおそるおそる己の腹部に視線を落とした。ナハトの言う通り、突かれるたびに腹部が臍《へそ》の下あたりまで膨らむ。

「あぁっ、あっ！　やだ、これ、怖いよぉ……っ」

「怖くないでしょ、ミュレちゃん今、俺の事すごく締めつけてるよ？　興奮した？」

「だめ、そこだめっ！　あっ、あぁーっ！」

一度目の絶頂時とはまた別の場所に、ごつん、と性器の先端が当たる。目の前が真っ白になり、あっという間に二度目の絶頂に達した。

「ん、もうイっちゃった？　俺の恋人は、芯は強いのに体が弱々だなぁ。好きなだけイって良いよ、俺はまだまだ大丈夫だから」

ミュレの耳には、ナハトの言葉は何一つ入ってこない。達している間も小刻みに突かれ続け、軽い絶頂を断続的に繰り返している。

「どしたの、降りてこられなくなっちゃった？」

低く甘い声が、追い打ちをかけるように耳朶をくすぐってくる。

休む間もなく快楽を与えられ続けたミュレの体は、ほとんど限界に近い。囁かれた声だけで、また

達してしまった。

「……中の痙攣がすごいなぁ。俺の声、そんなに気持ち良い？」

「ふぁぁっ、あっ、や、そこで、しゃべっちゃ……っ！」

拒む事など許さない、とでもいうように、突き上げる腰の動きが激しくなっていく。ミュレはもはや悲鳴すらあげる気力もなく、ただガクガクと揺さぶられる事しか出来ない。

「俺のミュレちゃん、可愛い。愛してる。ミュレちゃんが何者でも、もう絶対に離さないから覚悟しといてね？」

——甘い声が紡《つむ》ぎ出す、砂糖に塗《まみ》れた愛の言葉。

甘い紅茶ばかり飲んでいるから、口にする言葉が甘くなっていくのだ。

そんな風に思いながら、ミュレはゆっくりと意識を失っていった。


ミュレがようやく意識を取り戻した時、窓からは茜《あかね》色の夕日が射《さ》し込み始めていた。

「あ、起きた？　大丈夫？」
二、三度瞬《またた》き、ゆっくりと顔を上げる。ミュレはベッドの上で、ナハトにすっぽりと包み込まれるように抱き締められていた。
「ごめんね、予想以上に歯止めが利かなくて。途中で何度もやめてあげようと思ったんだけど、ミュレちゃんが可愛すぎて腰が止まんなかった」

あはは、と呑気《のんき》に笑うナハトを、ミュレは半目で睨みつける。

散々声を上げさせられ、喉が痛くて仕方がない。体格のまったく違う体で何度も打ちつけられた腰も痛いし、全力で抱き締められていたせいで関節も軋む。怖くて直視出来ないが、全身がヒリヒリとしている事からまた例の赤い吸い痕がそこかしこにつけられているに違いない。

「体は綺麗にしておいたからね。今、向こうでツヴェルクに食事の用意をさせているから、まだ眠ってて良いよ。大丈夫、さすがに食事も取らずにこれ以上無理させるつもりはないから」

そう言いながらも、ナハトの大きな手はいまだ名残惜《なごり》しげにミュレの体を這い回っている。

「ミュレちゃん、水飲む？」

ミュレはこくりと頷く。

「ん、ちょっと待って」

いきなり、ミュレは頭からシーツにくるまれた。

「ツヴェルク！　水！」

ナハトが寝室の外に向かって叫ぶ。ミュレはシーツの下で体を強張《こわば》らせた。

「心配しないで。ミュレちゃんの体は誰にも見せたりしないから」

そういう問題ではない。たとえ直接見られなくても、つい先ほどまで体を重ねていた、情交の気配が色濃く残る寝室に入ってこられる事自体が恥ずかしい。おまけにナハトの恋人になったなら、ツヴェルクという後輩とも今後顔を合わせる機会があるだろう。その時に、まともに顔を見られるかどうか自信がない。

「リューグナーせんぱーい、入りますよー」

そんなミュレの混乱を他所《よそ》に、ツヴェルクが寝室に入ってくる気配がした。ミュレはますます体を小さくする。

「はい、どうぞ。食事の準備はもう少しで終わるんで、適当に食べてください」

「あぁ、ありがとう。準備が終わったらすぐ帰れよ」

「わかってますって」

二人の軽快なやり取りに、ミュレは首を傾げた。軍は上下関係が厳しく、上官や先輩からの嫌がらせやイジメが横行しやすいというのは知っている。だが、ナハトとこのツヴェルクという青年の関係は単純な上下関係とはどこか異なる気がする。

もっと、深い信頼と絆《きずな》が二人の間にはあるような――。

「ミュレちゃん、お待たせ」

声と共に、シーツがばさりと取り除かれた。銀髪の青年は、寝室のどこにもいない。

「水、飲ませてあげるね」

そう言うと、ナハトは手にしたコップの水を一気にあおった。そのままミュレの後頭部を押さえ、唇を重ねてくる。

「ん、んっ……」

冷たい水が、乾いた口内に満ちていく。ミュレは夢中になって水を飲み込み続けた。水はあっという間になくなっていく。

「んん、んぅ……っ⁉」

水はもうすべて飲み干したのに、ナハトは離れる事なくむしろ舌を奥深くに差し込んでくる。息づかいが段々荒くなり、脇腹には硬いものがぶつかる感触もある。

「ん、はぁ、もう、だめ、だってば……！」

水分補給のおかげで、ようやく声が出るようになった。ミュレは顔を振って唇から逃れ、これ以上の行為を封じるように胸板をぐいぐいと押し返す。

「ミュレちゃん、もう一回だけ、だめ？」

「だめ。絶対に一回で終わらせてくれないもの」

「本当に一回だけだから。ね、信じてよ」

──信じて。

その言葉を聞いた瞬間、ミュレの体に籠っていた甘い熱が一気に冷えていくのを感じた。

それと同時に、絶望がじわじわと込み上げてくる。ナハトの言う「信じて」に重い意味など含まれていない。そんな事はわかっている。それなのに、容易《たやす》く傷つく自分がこの真っ直ぐな愛情をぶつけてくる男の恋人になっても良いのだろうか。

「……リューグナーさん。私やっぱり、貴方とおつき合いする事は出来ません。約束を破った事は謝りますし、クッキーもお返しします。本当にごめんなさい」

ミュレは腕の中からするりと抜け出し、ベッドから降りようとする。だが、即座に伸びてきた長い腕にあっさりと捕らえられてしまった。

「嫌だ。もうワガママ言わないから、そんな事言わないでよ。俺、別れないからね？」

　ミュレはゆるゆると首を振った。

「違います。リューグナーさんは、何も悪くないの。ただ、私には貴方とおつき合いする資格なんてないから」

「恋人になるのに資格なんていらないよ。聞いていなかったならもう一度言うけど、俺はミュレちゃんが何者だとしても、絶対に離さない」

　強い決意を感じさせる声音に、ミュレは思わず泣きたくなった。

「だって、だって私は、卑怯《ひきょう》者なんだもの……！」

　本当に関係を断ち切りたいなら、自らの正体を言えば良い。そうすれば、彼は同盟国の軍人としてダンドリオンに報告をせざるを得ない。それをしようとしないクセに、ただ曖昧な言葉で遠ざけようとする。まるで愛情を確認する試し行動のような振る舞いをする自分が、腹立たしくて仕方がない。

「……卑怯者、か。それなら俺だって同じだよ。言っただろ、今の俺はミュレちゃんにすべてを話せるわけじゃないって」

　ミュレはナハトをそっと見上げた。その言葉なら、覚えている。

「……ねぇ、ミュレちゃんの事を少しだけ訊いても良いかな。答えたくないなら答えなくても良い。俺にとっての真実は、ミュレちゃん自身だから」

　ミュレはゆっくりと頷いた。相も変わらず他力本願な自分が情けない。だがせめて、訊かれた事には答えよう。そう心に決めた。

「ミュレちゃん、もしかしてミュレちゃんには、恋人がいた？」

思わぬ質問に、ミュレは少し戸惑う。てっきり家族の事を聞かれると思っていた。

「婚約者が、いたわ」

「その婚約者に、時計をプレゼントした事がある？」

「え？　えぇ、あるけど……」

それを知ってどうするのだろう。ミュレは内心で首を傾げる。

「ミュレちゃんは俺が初めてだったよね。その彼と、どうして別れる事になったの？」

銀の巻き毛が脳裏を過り、胸がずきりと痛んだ。

「婚約破棄を、されたの。私が、彼の愛を裏切ったと」

「愛していた？」

「えぇ、誰よりも」

「…………俺より？」

――ナハトの切なげな声。ミュレは腰に回された大きな手に、己の手をそっと重ねた。

「その質問には意味がないわ。彼を愛していた頃の私と、今の私は違うもの」

「ミュレちゃん、俺は言葉遊びがしたいんじゃない。ちゃんと答えてくれよ」

苛立《いらだ》たしげなナハトの声。ミュレは溜息を一つつき、腕の中でくるりと向きを変えた。

そして子供のように不貞腐《ふてくさ》れた顔のナハトの頬を、両手でそっと挟む。

「それなら、きちんと訊いて」

ナハトは驚いたように両目を見張り、まるで泣き笑いのような顔でミュレの体に両腕を回した。

「……敵《かな》わないなぁ。俺の奥の奥まで見抜けるのは、ミュレちゃんだけだ」

――ナハトは無言でミュレの肩口に顔を埋めている。けれど、何かを必死に言おうとしている事はわかった。彼が自分で話してくれるまでは何も言わずにいよう。そう考え、ただ力強い腕と温もりに身を委《ゆだ》ねる。

やがて、ナハトの深い溜息が聞こえた。どうやら、気持ちが固まったらしい。

「……もし、もしその男が、ミュレちゃんに再び愛を誓ってきたら？」

ナハトの声が震えている。気がつくと、ミュレはそんなナハトの体に両腕を回していた。

「彼にはもう、新しい婚約者様がいらっしゃるの。でも、仮にそうでなかったとしても私が彼の手を取る事は絶対にないわ」

「……そっか、良かった」

ナハトの安堵する声を聞きながら、ミュレは大きく深呼吸をした。

これから自分は彼に『本心』を伝える。場合によっては、二度と手に入らないと思っていた愛を失ってしまう可能性も十分にある。

けれど、これだけは伝えておかなくてはならない。自分は覚えのない罪と偽りに翻弄《ほんろう》された。だからこそ、再び愛を囁いてくれる人が現れたのなら、少なくともその人にだけは嘘をつきたくないと思う。

「……私は、以前のように人を信じられないの。ううん、信じる事が怖いの。リューグナーさんが深い意味なく〝信じて〟と言った言葉に拒絶反応をしてしまうくらいに、怖い。リューグナーさん、本当にこんな私で良いの？　私は、信じる事を期待されると困ってしまうの。その想いに応える事が、今はまだ出来ないから」

ナハトは黙って聞いている。が、急激に早くなった心臓の鼓動が、その動揺を如実に表していた。当然の反応だ。これだけ愛を告げてくれる人に対して、それを「信じられない」と言ったのだ。困惑もするだろうし、何よりも不快に思わないわけがない。

「……ミュレちゃん」

やがて、低く掠れた声が聞こえた。ミュレは決定的な言葉を聞く、心の準備をする。

「ミュレちゃんは、俺になにか訊く事はない？」

「え……？」

またもや予想外の言葉に、ミュレは再び戸惑った。

「え、えぇと、私からは特にないわ」

「……それは、俺に興味がないから？」

「そ、そういう事じゃなくて……」

ミュレは慌てた。どうしてこの人は、ミュレの言葉に対してだけこうも後ろ向きな捉え方をするのだろう。

「だって、すべてを話せるわけではないのでしょう？　どこまでがその〝すべて〟の範疇《はんちゅう》かわからないし、訊いた事が全部それに当てはまっていたら、その、気まずいじゃない……」

興味がないわけではない。武装楽団の話や、あの後輩青年との関係など訊いてみたい事はそれなりにある。

「なんだよ、気まずいって。でも俺、ミュレちゃんのそういう素直なところが本当に好きだよ。ミュレちゃん、俺の事は嫌いじゃない？」

ミュレは頷く。

「……多分、好き、だと思うわ」

「俺はそれで十分だよ。ミュレちゃん、俺の事を無理に信じなくても良いし、信じられない自分を責める必要もない。でも俺はミュレちゃんを……いや、違うな、ミュレちゃんを愛してる俺自身を信じる」

そう言うと、ナハトはミュレの髪を一房手に取り、それにそっと唇を落とした。

「俺、明日から少し留守にする。友達の結婚式に出席しないといけないし、国で色々と準備する事もあるんだよね。それが終わったら迎えに来るから、俺と一緒にレーヴェンツァーンに来てくれる？」

「レ、レーヴェンツァーンに!?　そ、それは……」

「嫌？」

「……いえ、そうじゃないけど、それは出来ないの。ごめんなさい」

「どうして？」

ミュレは覚悟を決めて顔を上げた。

「……私は、罪を犯しているから」

「それだけ？　俺に押し切られて恋人になっただけで、本当は嫌だった、とかじゃなく？」

「そ、それだけって、ちゃんと話を聞いていた？　それにリューグナーさん、貴方ちょっとしつこいわ。嫌じゃないって言っているじゃない……！」

レーヴェンツァーンは同盟国だ。入国するだけなら社員証でどうにかなるが、永住するとなったら話は違う。厳密には、ミュレはこの世に存在しない人間だ。これ以上、ナハトに迷惑をかけたくない。

「言っただろ？　俺は俺を信じる。俺の惚《ほ》れたミュレちゃんは、罪を犯すような人間じゃない」

——その瞬間、ミュレの意識は『あの時』に戻っていた。

炎に包まれ、悲痛な鳴き声を上げる大切なピアノ。民衆から浴びせられる心ない罵倒。そして、何一つ信じてくれなかった元婚約者のルーヴ。

恐怖と絶望に怯えるミュレの目の前で、それらが風に吹かれた砂のようにさらさらと崩れ消えていく。

炎と悪夢がかき消えた後に現れたのは、空一面に緑と青が揺らめく、美しい極光《オーロラ》だった。

「わ、私、私は——」

「……ミュレちゃん。すべて終わらせて戻ってきたら、俺の事を何もかも話す。だから、待ってて。信じなくて良いから、ただ俺の帰りを待っていて欲しい」

——ミュレは震える両手で、口元を押さえた。

両目からは大粒の涙が、指の隙間《すきま》からは、堪《こら》えきれない嗚咽《おえつ》が溢れ出していく。

それは凝り固まった絶望が、ゆっくりと溶け出していく瞬間だった。

第四章・聖女の降臨

豪奢《ごうしゃ》なホテルの一室。

王弟クラールハイトは己の武器である指揮棒を磨きながら、友人であるダンドリオン王国王太子ルリジオンと電話で話をしていた。

横には、部下のツヴェルクが静かに控えている。

クラールハイトは受話器を上に向け机に置き、音響魔法で会話の内容がツヴェルクにも聞こえるようにしていた。

「ルリジオン君、式の前日に電話をしてきたって事は何か進展があった？」

『はい。ようやく聖女を陥《おとしい》れた犯人が判明いたしました』

溜息《ためいき》と共に吐かれたルリジオンの言葉。クラールハイトは思わずツヴェルクと顔を見合わせる。

「へぇ、おめでとう。で、誰《だれ》だったの？」

ルリジオンは少し沈黙し、やがて絞り出すように言った。

『……聖女の専属調律師を務めていた、イデアル・グルナディエです』

思いも寄らない人物に、クラールハイトは指揮棒を磨く手を止めた。

「専属調律師⁉　なんでそんな人物が……理由は？」

『聖女を独占したかったのだそうです。すぐに暴《あば》かれる形で私に魅了をかけ、聖女としての立場を失

わせてから自分のものにするつもりだったと。ただ、聖女がまさか追放される事態になるとは思っていなかったようですね。そこは誤算だったと言っていました』

ルリジオンの語尾が小さくなっていく。クラールハイトは苦笑しながらも、あえてその部分に触れた。

「状態異常魔法は加減が難しいからね。うっかりルリジオン君が死んでしまっては困る。だから調律師君は、あえて魅了を選択した。それはルリジオン君なら絶対にかからないと思っていたからだ。驚いただろうなぁ、俺だって聞いた時には驚いたから」

——魅了魔法自体は、それほど強い魔法ではない。対象者に愛する者がいた場合は、魅了を喰《く》らっても頭痛や眩暈《めまい》で済む事がほとんどだ。

調律師は、聖女に魅了を使わせルリジオンに軽い衝撃を与える程度を想定していたのだろう。王族に状態異常魔法をかけるなどもちろん大変な罪だ。しかしそれが通用しなかったのであれば、そこまでの罰は受けないだろうと考えていたに違いない。

だが、ルリジオンは魅了にかかった。接点のない聖女に強制的な恋情を覚えたという事は、ルリジオンの心の中に愛する人が存在していなかったという事実に他ならない。

『フィデールとは、幼い頃《ころ》から共にある仲でした。大切な存在ではありましたが、妹のようにしか見られなくて……』

「傍《はた》から見れば、君達は本当に仲睦《なかむつ》まじかったからね。まさかそれが兄妹愛だったとはなぁ」

『で、ですが！　ですが今は違います！　フィデールは私が魅了にかかった意味を理解していながら、私をずっと支えてくれました。今は本当に、彼女の事を愛しています』

クラールハイトの視界の端に、大袈裟《おおげさ》に肩を竦《すく》めるツヴェルクの姿が見える。調子の良い事だ、とでも思っているのだろう。

「フィデール嬢も長年の想いが報われて何よりだね。で、調律師君の仕業だと判明した決定的な証拠は？」

『例の、行方不明になっていたメイドが先日見つかりました。彼女は密《ひそ》かに交際していたイデアル・グルナディエに頼まれて、聖女から破棄するよう言われた楽譜をこっそり奴《やつ》に渡したそうです』

——背筋に、冷たい汗が流れていく。クラールハイトは素知らぬ顔で質問を続けた。

「……そのメイドは、どこで見つかった？」

『見つかったというか、住んでいるのは国境町のようですね。先日、罪を告白する手紙が送られてきました。即座に私兵を向かわせ証言を取ったところ、真相が判明いたしました。彼女は、イデアルがまさか楽譜をそんな事に利用するとは思っていなかったそうです。事件後、イデアルの聖女に対する執着心を知り、このままでは自分も消されてしまうかもしれない、と焦《あせ》って逃げたようですね。支えてくれる新しい恋人が出来て、それで勇気を出そうと思ったそうです』

頬《ほお》に突き刺さる部下の視線を感じながら、クラールハイトは指揮棒を腰に戻した。やはりミュレが、逃亡したオベルジーヌ家のメイドだったのだろうか。

だが、彼女は、国境町に「五年は住んでいない」と言っていた。という事は、少なくとも四年は暮らしているはずだ。そうなると、計算が合わない。

「……そのメイドの罪状は？」

『無罪です。オベルジーヌ夫妻は、彼女も被害者だと非常に同情的でした』

「……そうか。それは、良かった」

クラールハイトは安堵《あんど》の息を吐いた。仮に彼女がそのメイドだったとしても、罪に問われないのであれば何者であったとしても問題はない。

『私は、公開処刑されるよりは生存の可能性があるのでは、と聖女をディアーブルへ追放する事を進言しました。クラールハイト殿、本当に聖女の生存は絶望的なのでしょうか……？』

ルリジオンの声は、深い後悔に彩られている。

「……聖女をディアーブルまで連れていった兵士に確かめた。町の人間に見られないよう、深夜に森へ行き聖女を放置したらしい。そう遠くない場所で草を踏む音が聞こえたから、すぐに逃げ帰ったそうだ。娼婦《しょうふ》達に話を聞いても、新しく雇った身元不明の女はいないと言っていた」

『では、森に置きざりにした直後に魔獣に襲われたという事でしょうか……。でも、それなら亡骸《なきがら》が見つかっても良いのでは？　全身でなくとも、骨の一部くらいは……』

もちろん、すでに細かい捜索は行った。だが骨片すら見つける事は出来なかったし、その理由もすぐにわかった。

「調べてわかったんだけど、ディアーブルの地下には巣骨蟻《すこつアリ》の巣が広がっているんだよ。墓地も頻繁に荒らされるらしいし、だから聖女の骨は今頃地下のどこかで蟻達と共に眠っているんじゃないかな」

『そう、ですか……』

ルリジオンはそう呟《つぶや》いた後、押し黙っている。クラールハイトは微《かす》かに眉《まゆ》をひそめた。

「ルリジオン君、言いたい事があるのなら、早く言ってくれないかなぁ」

『……実は、聖女の冤罪《えんざい》を発表する話は陛下がお許しになりませんでした。貴族達のまとめ役、フィデールの父デファンデュ公爵も、やはり賛成は出来ないと』

「あはは、やっぱり……」

なんとなく、そういう流れだろうとは思っていた。

『聖女が生きていたのなら、今すぐにでも発表したでしょう。ですが聖女はもういない。そしてイデアル・グルナディエは高名なピアノ奏者でもあった調律師です。貴族家の大広間にあるピアノはほとんど彼が調律している。この世にいない聖女の名誉よりも、今いる貴重な人材を守るべきだと……』

クラールハイトは片手で額を押さえながら、ツヴェルクの様子をうかがった。ツヴェルクは悔しそうにうつむいている。正直、王族としては納得のいく判断だ。聖女亡き今、ここで国民の悪感情を高めるような事をする意味はまるでない。

『……聖女はフィデールと同い年です。だからなんとか助けてやりたかった。今思えば、公開処刑を取りやめ追放するという私の進言を陛下が認めてくださったのは、聖女が生きていられる可能性が公開処刑と大差ないとご存じだったからかもしれません』

「オベルジーヌ夫妻は？」

『夫妻には説明をしてあります。当然ですがひどく失望をされたご様子で、もう我が国に未練などないと……』

ルリジオンの声は沈んでいる。

「わかった。俺が式に参列している間に、ツヴェルクに夫妻を保護させる」

『……申し訳ございません。ご夫妻は今日中に安全な場所へお連れいたしますので』

「うん、よろしく」

通話を切った後、クラールハイトは大きな溜息をついた。

「……殿下。本当にこれで良いんですか？」

早速、ツヴェルクが不満顔で詰め寄ってくる。直接オベルジーヌ夫妻と接触し、その人となりを目の当たりにしたツヴェルクにしてみれば到底納得がいく話ではないのだろう。

「良いも悪いもないよ。こればっかりは仕方がない。他国の王が決定した事に、俺が口を出すわけにはいかないだろ？　それよりも明日、オベルジーヌ夫妻を無事に本国へ連れ帰る事だけを考えてくれ」

クラールハイトは、あえて軽い口調で言う。

「……わかりました。砂糖茶が飲みたくなったら、適当に呼んでください」

ツヴェルクは不貞腐《ふてくさ》れた顔で、与えられた寝室に足音荒くさがっていく。その背を見送った後、クラールハイトは重ねた両手に顎《あご》を載せて考え込んでいた。今、考えるのはミュレの事だ。

「ミュレちゃんは、一体……」

――まずは落ち着いて情報を整理する。

彼女は響鳴奏士《きょうめいそうし》に詳しく、被膜治療を知っていた。それは、オベルジーヌ家で働いていたのなら知っていてもおかしくはない。次に、罪を犯したと言っていた。それが仮に楽譜を恋人に渡した事だったとしたら確かに罪と言えるかもしれない。

「でも、自分の身を汚したいとまで思いつめるほどの事か……？」

クラールハイトの胸の中に、徐々に言葉にならない違和感が込み上げてくる。

次に「国境町に暮らして五年は経《た》っていない」。そう言ったミュレの言葉には、嘘《うそ》は一切感じられなかった。けれど、あの時の彼女はまだ完全に心を許してくれてはいなかったように思う。あれがもし、彼女が心の防御反応に従った故の言葉だったとしたら。

「一年でも二年でも、五年は経っていない、と言えるからな……」

しかし、今考えている事はすべて憶測だ。そもそも、彼女は聖女事件とはまったくの無関係な人物かもしれない。故郷の町で婚約者に婚約破棄をされたせいで、人間不信に陥っているだけなのではないだろうか。状況的には、一番可能性が高い気がする。

男女間の揉《も》め事など、世界各地でどれだけ起こっているというのだ。それは星の数より多いだろう。たまたま、彼女は例のメイドと状況が似通っていただけだ。

彼女があそこまで頑《かたく》なに人を信じようとしないのは、よほど婚約者にひどい言葉を浴びせかけられたに違いない。

「……婚約者」

だが、まだ何かがひっかかる。

ではもう一度、彼女をオベルジーヌ家のメイドとして考えてみよう。彼女の名前はミュレ。それは間違いない。嘘は感じなかった。そして、彼女は名前しか名乗らなかった。それは名字がないからだ。

「貴族ではなくとも、それなりの名家にメイドとして雇われるような者に名字がないなんて事はまずないよなぁ。仮に雇ったとしても、管理や体裁の為に名字を与えるはずだ」

しかしオベルジーヌ夫妻は、ツヴェルクの話からもわかるように人格者だ。名字のない平民でも快く雇い入れ、さらに素のままで受け入れていた可能性は十分にある。

「後は、婚約破棄……」

彼女は「婚約者に婚約破棄をされた」と言った。

けれど、一般国民はあまり『婚約者』という言葉を使わない。『結婚を約束している相手』とそのまま言う。おまけに『婚約破棄』。貴族や上流階級は婚約をするのに手続きが必要になる。だから逆に〝破棄〟という言葉が生まれるのだ。

「オベルジーヌ家のメイドなら、あり得るかもしれない。でも、それなら彼女は無関係な一般人ではない事になる……」

クラールハイトは頭を抱えた。彼女の言動と、己の推理がまったく噛《か》み合わない。

ここで混乱を招いているのは、彼女が一切嘘をついていない事だ。彼女の言葉に多少でも嘘が混じっていれば、事は簡単だったのだが。

「……逆から考えてみるか」

過《よぎ》る違和感を頼りに、思考をゆっくりとまとめていく。

『オベルジーヌ家のメイド』『辛《つら》い経験をした無関係の一般人』。

この二つの可能性に条件を当てはめていくと、どちらも途中で止まってしまう。それなら、逆にすべての条件に該当する人物を追っていけば良い。

「……今現在は身寄りがなく、一年以上五年以下でディアーブルに滞在。響鳴奏士に詳しく、上流階級の知識を持っている。何らかの罪を犯し、婚約者がいた。けれど〝愛を裏切った〟と婚約破棄をされ、人を信じられなくなり、自分を汚してしまいたいとまで――」

クラールハイトはそこで考えを止めた。こめかみに、汗が一筋流れていく。

――いた。すべての条件に該当する人物が、一人だけ。

「嘘だろ……。まさか、聖女……!?」

先ほどルリジオンはこう言った。

『聖女はフィデールと同い年です』

ルリジオンは現在、二十二歳。婚約者のフィデール・デファンデュは確かその二つ下。つまり今は、二十歳という事になる。

「ミュレ……」

脳内に、これまでのミュレの言動や表情がぐるぐると渦巻く。考えれば考えるほど、そうとしか思えなくなってくる。

「クソッ……！　馬鹿か俺は……！」

なぜ聖女《ミュレ》が生きていたのかはわからない。だが自分は、人間心理や土地の環境からはじき出した情報のみを信じ、わずかな可能性を最初から放棄してしまっていた。

いや違う。

自分は結局、守られる立場の王族としてしか物事を見ていなかった。危険や、自らが不利益な立場に陥ったとしても誰かを助けようとする人物がいたかもしれない可能性を、欠片《かけら》も考えていなかった。

本当の意味で人間の心理を考えていたら、すぐにわかったはずだ。

――人を信じる事が怖い。

この言葉は、裏切った者ではなく裏切られた者の言葉だという事に。

「ツヴェルク！　来い！」

クラールハイトは大声で部下を呼んだ。頭の中はいまだ混乱しているが、この部下とは情報を共有しておかなければならない。

「どうしたんですか⁉」

ツヴェルクは即座に部屋から飛び出してきた。

「……聖女だったんだ」

「はい？　聖女？　何がですか？」

「だから！　ミュレちゃんが探していた〝銀音《ぎんおん》の聖女〟だったんだよ！　ともかく、ともかく落ち着けツヴェルク！」

「いや、落ち着くのは殿下の方でしょ⁉　今お茶を持ってこさせるんで、少し冷静になってちゃんと説明してくださいよ！」

ツヴェルクは電話の元に走り寄り、内線電話をかけている。身振り手振りをつけながら説明をする姿をぼんやりと眺《なが》めていると、段々と冷静さが戻ってくるのがわかった。

「お待たせしました。お茶は扉の外に置いておくように言っといたんで、聞かれる心配はないですよ」

銀の頭部をガリガリと掻《か》きながら、ツヴェルクが戻ってくる。クラールハイトは腰の指揮棒に手で触れながら、大きく深呼吸をした。


すべてを話し終えた後、ツヴェルクは低くうなり声を上げていた。

「彼女が聖女……。まーったく、気づきもしなかったですよ……」

「俺もだ。今思えば、ミュレちゃんは言葉遣いも上品だし所作も洗練されていた。初めて会った時、響鳴奏士の名を出した事よりも〝国民争議法〟について触れてきた事にもっと目を向けるべきだったよ」

言いながら、クラールハイトは己の両手を見つめた。何度も彼女の体に触れた手。強く抱き締めた時の、儚《はかな》げな柔らかさと甘い香りがはっきりと脳裏に過る。もう、何があっても手放す事など出来ない。

「……ツヴェルク。俺が式に出席している間にルリジオン君の私邸に向かい、オベルジーヌ夫妻をこのホテルにお連れしてくれ。娘であるミュレちゃんが生きている事はまだ言うな。もちろん、ルリジオン君にも」

「どうしてですか？　王太子殿下はともかく、ご夫妻にはお伝えした方が良いんじゃないですか？」

ツヴェルクは子供のように口を尖《とが》らせている。

「ルリジオン君との電話を聞いていただろ？　ダンドリオンは聖女……ミュレちゃんに罪を着せたまま押し通す事に決めた。ここで情報が漏れたらミュレちゃんが危険に晒《さら》されるかもしれない。ルリジオン君は、まぁ、ちょっと気になる事があるんだよな。だから黙っている方が、こちらが有利になると判断した」

「……有利、か。あーあ、王族ってヤツは世知辛《せちがら》いっすよね、まともに友達も作れないんですから」

クラールハイトは甘い紅茶を飲みながら、肩を軽く竦めた。

「心外だなぁ。俺はルリジオン君を友達だと思ってるよ？　ただ、友達だから利用しないわけでもないってだけ」

「それ普通、友達って言わないですから」

ツヴェルクは可笑《おか》しそうに笑っている。が、その顔はすぐに真剣な表情に戻った。

「殿下、本国に連絡を入れましょうよ。応援を呼んでオベルジーヌ夫妻をそのまま連れ帰って貰えば、僕が妃殿下の警護に向かえますから」

「……いや、国に連絡は入れない。っていうか、まだ妃殿下じゃないっての」

「どうせ遠からず妃殿下になるんだから良いじゃないですか。それより、妃殿下をこのまま放置するつもりですか？」

クラールハイトは首を振った。

「そうじゃない。ミュレちゃんには、俺が自分の口から説明したいんだよ。俺はミュレちゃん自身を愛してる。だから国に連れて帰りたい。決して〝銀音の聖女〟だから連れて帰りたいわけじゃない、ってね。そこを人任せにすると、絶対にこじれる気がする」

ツヴェルクは追加の紅茶に角砂糖を放り込みながら、ゆっくりと頷《うなず》いている。どうやら納得してくれたらしい。

「明日は遅くまで帰ってこられないと思うから、夫妻の警護をよろしく。俺の事は心配すんな。明日、祝いの品を持ってくる外交官達と一緒にいるから」

「はい、了解です」

クラールハイトは差し出された紅茶を手に取った。揺れる紅茶を見つめながら、複雑な胸の内を口にする。

「……ミュレちゃんが何者でも俺は絶対に結婚するつもりだった。けど兄上……陛下はともかく、周りを納得させるのには時間がかかっただろうな」

「でしょうね、特にペルズィモーネ卿辺りがぐちゃぐちゃ言ってきたんじゃないですか？　一人娘を殿下の婚約者にしようと躍起になっていましたからね。ま、さすがに銀音の聖女相手じゃ黙るしかないと思いますけど」

レーヴェンツァーンの宰相を務めるアール・ペルズィモーネ。ぬるぬるとした粘ついた物言いで相手を翻弄《ほんろう》する、有能ではあるがツヴェルクが最も嫌うタイプの男だ。

クラールハイトはなぜか得意げな部下の横顔を見つめながら、苦い笑いを浮かべた。

「……俺が好きになったのは〝ミュレちゃん〟だよ。〝銀音の聖女〟じゃない」

——そう。彼女が聖女ではなく一般人であった方がどれだけ良かったか。

確かに、王の弟の妻が平民というのはそれなりに障害が多かっただろう。だがそんなものはどうにだって出来る。なんなら王籍離脱したって良い。ミュレさえ側《そば》にいてくれれば、自分は幸せなのだから。しかしミュレは〝銀音の聖女〟としてレーヴェンツァーンに来る事になる。

そこで秘密にする、という選択肢は存在しない。それではミュレの冤罪が晴らせないからだ。そしてツヴェルクが言うように、本国は大喜びするだろう。

けれどその代わり、彼女が心から笑える日は確実に遠ざかってしまう気がする。

心の傷、というのは、そう簡単には癒《い》えないものだ。この先どうしたって周囲は、彼女を『銀音の聖女』として扱ってしまう。

それはきっと、少なからず彼女を傷つけるに違いない。

「……すみません、殿下。無神経な事言って」

「いや、俺も同じ事を考えなくはなかったけどな」

しゅん、と項垂《うなだ》れる部下を慰めながら、クラールハイトはミュレと共に暮らすレーヴェンツァーンでの生活に思いを馳《は》せていた。


翌日。

クラールハイトは礼服に身を包み、一人ダンドリオンの王宮に出向いていた。さすがにいつものサングラスは外し、髪も後ろに撫《な》でつけている。

ツヴェルクは朝早くから、ルリジオンの私邸に向かった。首尾よくいっていれば、オベルジーヌ夫妻を保護しホテルの特別室に案内している頃だろう。とはいえ、ツヴェルクの仕事ぶりは信用している。おそらく事は予定通りに進んでいるはずだ。

「さすが、王太子の結婚式だなぁ。新聞記者があちこちにいるよ」

任務の一つは果たされた。それだけで、心にずいぶんと余裕が出てくる。クラールハイトは左右から浴びせられる写真機《カメラ》の閃光《せんこう》を浴びながら、笑みを張りつかせたまま報道陣の間を優雅に歩いていく。

と、背後から軽い足音と共に甲高《かんだか》い声が聞こえた。

「クラールハイト様！」

――この場に聞こえるはずのない、聞き覚えのある声。

嫌な予感に包まれながらも、仕方なく足を止めて半ば機械的な動きで後ろを振り返る。

そこには、予想通りの人物が立っていた。

宰相アールの溺愛する一人娘、エーゼリン・ペルズィモーネ。

エーゼリンは細かいレースで編み込まれた凝った作りの灰色のドレスを身に纏《まと》い、腰まである長い柿色の髪を綺麗《きれい》に結い上げ淑女らしく慎ましい笑顔でこちらを見上げている。

「これはこれは、ペルズィモーネ家のご令嬢。貴女《あなた》も招待を受けていらしたのですか？」

クラールハイトも負けず劣らず、完璧な笑みでエーゼリンに対峙《たいじ》する。

「もう、クラールハイト様ったら。わたくし、先ほどからずっとお名前を呼んでおりましたのよ？」

質問に答えないエーゼリンに苛立《いらだ》ちを覚えながら、それでも笑顔を崩す事なくこの場にいる理由を再度問いただす。

「もう一度うかがいますが、なぜ貴女がダンドリオンに？　外交官といらしたのですか？」

エーゼリンの後ろには、二人の外交官と護衛が八名、ひっそりと控えている。

「えぇ、そうですわ。お父さまに言われましたの。婚約者としてしっかり、クラールハイト様をお支えするように、と」

「婚約者⁉」

予想外の言葉に、思わず大声を上げる。その声を聞きつけたのか、記者達の構える写真機が一斉にこちらを向いた。クラールハイトはさりげなく彼らに背を向ける。

「……私には、まだ婚約者はおりませんが」

「うふふ、そうでしたわ。わたくしったら、うっかりしてしまいました。でも、当たらずとも遠からず、といったところでございましょう？」

エーゼリンは何がおかしいのか、両手で頬を押さえながらクスクスと笑っている。クラールハイトは思わず出かかった舌打ちを、なんとか寸前で堪《こら》えた。

（なにが〝当たらずとも遠からず〟だよ。近くもなんともないっての）

「ご令嬢、ここには大勢の記者がいます。迂闊《うかつ》な発言は避けていただけると助かるのですが」

「クラールハイト様、いつものお眼鏡《めがね》をかけていらっしゃらないお姿も素敵ですわ！　髪型も今日の方が断然お似合いですわよ」

「……どうも」

――またもや会話が成立しない。まるで湯が沸騰するように、苛立ちが煮え立っていく。おまけに素敵だ、などと言いながら、エーゼリンはサングラスをしていないクラールハイトの目を真っ直ぐに見ようとしない。彼女の視線は、眉間《みけん》より少し上の辺りに固定されている。

「王弟殿下、こちらのご令嬢とご婚約中なのですか？」

「殿下、婚姻の儀は何月あたりをお考えですか？」

記者達から浴びせられる質問に、クラールハイトは奥歯を噛み締めて怒りに耐えた。自分は目の前の女と婚約もしていないし、ましてや添い遂げるつもりなど微塵《みじん》もない。

「いいえ、彼女と私は――」

「報道の皆様、わたくしはレーヴェンツァーン宰相の娘であり、クラールハイト王弟殿下の婚約者！……………候補なのですわ」

エーゼリンは記者達に向かい、聞かれてもいない自己紹介をしている。おまけに〝婚約者〟という言葉をことさら強調し、逆にその後の言葉をわざと消え入りそうな声で発していた。そのあからさまに誤解を招くような答え方に、今度こそ思い切り舌打ちをする。

案の定、あまりにも堂々とした〝婚約者〟という言葉に惑わされたのか、記者達が持つ写真機が一斉にエーゼリンとクラールハイトに向けられた。手にする紙切れに、何かを急いで書きつけている記者もいる。

（あー、こんな事ならツヴェルクをミュレちゃんの元に向かわせれば良かった……！）

クラールハイトは外交官とエーゼリンを取り囲む護衛達を確認した。八名の内、三名は普段エーゼリンの父アールの護衛についている者達だ。という事は、この状況で迂闊な発言は出来ない。何といっても、娘をこうして強引に送り込んでくるくらいだ。クラールハイトの想い人であるミュレを探し出し、害を加えてこないとも限らない。

——ツヴェルクに護衛させていれば、今ここではっきりと「他に愛する人がいる」と言ったところで何の問題もなかった。だが、今は危険すぎる。

「記者の皆さん、憶測で記事を書く事のないように。現状、私に婚約者はおりませんので」

それだけ言い置き、くるりと踵《きびす》を返して先に進む。向かう先は王族専用の招待席だ。もちろん、婚約者でもなんでもないエーゼリンをエスコートする事はない。

「クラールハイト様ー！　後でわたくしとダンスを踊ってくださいましねー！」

背後から追ってくる、能天気な声。後頭部を殴られたような気分になりながら、クラールハイトは後ろ手にひらひらと手を振った。

「ったく、しつこすぎるだろ。まぁ、一曲くらい踊ってやっても良いか。いつまでもしつこくつきまとわれるのはごめんだからな」

そして国に帰ったら、ペルズィモーネ家に対して正式な抗議を申し入れると同時に、ミュレとの婚約を発表してしまおう。そう考えていた。

——この時クラールハイトが下した安易な判断が、後に悔やんでも悔やみきれない事態を引き起こす事になる。

夕方の十五時過ぎ。

いつものように出勤したミュレを待ち受けていたのは、予想すらしていない事態だった。

「あ、やっと来た！　ミュレ、見てこれ！　この新聞記事！」

ミュレは事務所の扉を開けた状態で立ち止まり、ものすごい勢いでこちらに向かってくるシレーヌを戸惑いながら見つめる。その手には、新聞が一紙握られていた。

「お疲れさまです、シレーヌさん。あの、どうかなさったんですか？」

「どうかなさったどころじゃないよ！　ほら見て、これ！」

ずい、と目の前に差し出された新聞を、半ば反射的に受け取る。

「これ、この記事！」

「あ、これって……」

シレーヌの指が指し示すのは、一面記事に大きく掲載された二枚の写真の内の一枚だった。

――一枚目は、王太子ルリジオンと王太子妃フィデールの写真。もう一枚は礼服を着た黒髪の青年と、レースのドレスを身に纏った美しい少女が手に手を取り合い、向かい合って踊っている一場面。

青年はサングラスもかけていなければ髪型も違うが、それは紛れもなくナハト・リューグナーだった。

「いやー、あの色男、なんか良い家柄っぽいなーとは思ってたけど、まさかレーヴェンツァーンの王族だったとはね。あの時はお忍びで遊びにでも来てたのかなぁ、わざわざ偽名まで使ってさ」

ミュレは言葉を発する事も出来ず、震える手で新聞を握り締めながら下部に書いてある一文を読む。

「レーヴェンツァーン王弟クラールハイト殿下と、婚約者であるペルズィモーネ家のエーゼリン嬢……」

柿色の髪の少女、エーゼリンは華やかな笑顔を〝王弟〟クラールハイトに向け、その王弟は端正な顔に薄く笑みを浮かべながら、己の〝婚約者〟を見下ろしている。小柄な美少女の手は王弟の大きな手にすっぽりと包まれ、身長差を補うように細い腰にはしっかりと腕が回されていた。

それはどこからどう見ても、仲睦まじい恋人同士にしか見えない。

ミュレの胸の中に、パズルのように散らばっていた色々な疑問。それらが一気に、収まるべき場所に収まっていく。

『これは楽器じゃないんだよね』

——初めて出会った時にナハトが言った言葉。武装楽団は、王弟クラールハイトが率いている。あの腰に下がっていた黒い筒の中には、楽器ではなく指揮棒が入っていたのだ。

そして王族には一般の軍階級は適応しない。ナハトは幾度となく『階級は高くない』と言っていたが、ある意味嘘はついていない。それに高額な時計を値札を見る事なく購入していたのも、すべては彼が王族だったからだ。

「そうか、結婚する友達って、王太子殿下の事だったんだ……」

そう呟きながら、ミュレは新聞をバサっと閉じた。もうこれ以上は見ていられない。吐き気が込み上げ、胸の奥がひどい痛みを訴えてくる。

「ミュレ？　どうしたの？　お腹《なか》空いた？　待っててね、今、おやつの準備するから」

シレーヌがきょとんとした顔でミュレを見ながら、鞄《かばん》の中から紙包みを取り出した。シレーヌは最近、ミュレと同じく夜出勤の時はこうして手作りの焼き菓子を持ってきてくれる。早速、机の上に皿を二枚用意し焼き菓子を等分に載せてくれていた。

「ありがとうございます。いえ、あの、あまりにも驚きすぎて……」

なんとか誤魔化《ごまか》しながら、胸に手を当て大きく深呼吸をする。痛みがわずかに治まった代わりに、両目にじわりと涙が浮かんだ。慌てて髪を直すふりをしながら、さりげなく涙を袖で拭《ぬぐ》う。

「だよね、わかるよー。あの色男、なんか王子さまっぽくない軽さだったもんね。まぁ、あの時つい色々文句言っちゃったけど不敬罪に問われなくて良かったよ。それよりさ、この写真のご令嬢、父親がレーヴェンツァーンの宰相らしいよ」

「あ、そう、なんですか」

宰相令嬢と王の弟。この上ない完璧な組み合わせだ。

「でも王子さま、あの時はずいぶんと安っぽい女を連れてたよね。やっぱり高貴な身分ともなると、結婚前に羽目を外したいとかあるのかなぁ」

「……えぇ、そうかもしれませんね」

ミュレは差し出された皿を受け取りながら、声が震えないよう細心の注意を払う。幸い、シレーヌは挙動不審なミュレに気がついていないようだった。

(嘘つき。迎えに来るって、言ったくせに……)

密かに握り締めた両手の指先が、まるで氷のように冷たくなっている。それにしても、自分はなんて学ばない人間なのだろう。誰も信じないと言いながら、あっさりと絆《ほだ》され期待し、結果こうして惨《みじ》めに傷ついている。

なぜ騙《だま》されてしまったのだろう。あの甘い声も優しい腕も、「愛してる」という言葉も、何もかもすべてが嘘だったのだ。偽名を聞いた時点で気づくべきだった。

彼はその名の通り、夜《ナハト》の髪を持つ、嘘つき《リューグナー》だったのに。

ミュレは自嘲の笑みを浮かべながら、シレーヌの手作り菓子を見つめた。小さなバターケーキに、色をつけた砂糖で可愛《かわい》らしい模様が描かれている。それを眺めていると、あの金色のクッキー缶がふと脳裏に浮かんだ。

缶を開けると、可愛らしいクッキーがぎっしりと詰まりまるで小さな花畑のようだった。

金色の世界に広がる、甘くて優しい幸せ。思い出すうちに、ミュレの心が激しく揺らいだ。

――あの時、ミュレが心から欲しいと思った物。彼はミュレのささやかな気持ちを見抜いてくれた。

そんな人が、気持ちを弄《もてあそ》ぶような嘘をつくものだろうか。

『俺は、ミュレちゃんを愛してる俺自身を信じる』

「……っ！」

心臓が激しい鼓動を刻み始める。ミュレは勇気を振り絞り、再び新聞を開いてみた。誠実、という言葉を具現化したかのような、紳士的な微笑《ほほえ》みを浮かべるナハトの横顔。初めて会ったあの日と、寸分変わらない完璧な笑顔。

そういえば、最初にナハトの笑顔を目にした時、ミュレはこのように思っていた。

この胡散臭《うさんくさ》い男は、常に笑顔の仮面をかぶっているのだ、と。

ミュレはそろそろと指を伸ばし、写真の黒髪に触れた。次いで、初めに心を奪われたオーロラの瞳《ひとみ》に、指をずらしていく。それを繰り返していると、先ほど拭ったはずの涙が再び盛り上がってくる。

けれど、心は静かに凪《な》いでいた。怒りも失望も、悲しみも悔しさも感じない。ただ溢《あふ》れる愛《いと》しさだけが、胸の内を占めていた。

「……信じるわ。貴方を好きになった、私自身を信じる」

ミュレの心が、ゆっくりとある一つの方向に傾いていく。

彼の〝愛してる〟という言葉は嘘ではない。きっと、本当に迎えに来てくれるつもりなのだろう。

しかし彼には立派な婚約者がいる。

立場としては側妃の下、愛人として迎え入れてくれるつもりだったのかもしれない。

けれど、それは許されない。ナハトは、王弟クラールハイトは、ミュレが罪を犯すような人間ではないと言い切ってくれた。そして実際にミュレは冤罪だ。

だが、世間は決してそのようには見てくれない。

対外的には〝犯罪者〟であるミュレが、大国レーヴェンツァーンの王弟の寵愛《ちょうあい》を得るなどあってはならない。そして彼を守る為に出来る方法はただ一つ。ミュレがナハトの目の前から消える事だけだ。

自惚《うぬぼ》れかもしれないが、写真の彼は普段ミュレに見せてくれる顔とは全然違う表情をしている。

それでも、ミュレとて初めは仮面の笑顔を向けられていたのだ。確かに今は仮面をかぶっているかもしれない。けれど、この愛らしい令嬢と共にあればいつしか本物の笑顔を向ける事になるだろう。

「……ありがとう、リューグナーさん。私に、幸せを与えてくれて。幸せを感じる心を、思い出させてくれて」

そう呟いた後、ミュレはシレーヌの様子をうかがった。シレーヌはコーヒーカップを片手に書類をパラパラとめくり、記入漏れのチェックを行っている。

「シレーヌさん」

意を決し、シレーヌに声をかけた。今ここで言わなければ、気持ちが怯《ひる》んでしまいそうな気がする。

「なにー？　あ、お菓子もっと食べる？」

「いいえ、もう大丈夫です。あの、私、ここを退職させていただこうと思うのですが」

唐突なミュレの申し出に、シレーヌが書類を捲《めく》る手が止まった。シレーヌはこぼれ落ちそうに目を見開いたまま、ミュレの顔を呆然《ぼうぜん》と見つめている。

「え？　どういう事？　いや、なんで急に？」

「……ごめんなさい、シレーヌさん。私、とっても大切な人が出来たんです。私が失っていた気持ちを、取り戻させてくれた人。その人に恩返しをする為に、私はこの町を出ていきたいんです」

シレーヌは泣き出しそうにも怒り出しそうにも見える、複雑な顔をしながらミュレに向き直った。

「ごめん。詮索はしないって言ったけど、こればっかりは納得がいかない。どうしてアンタがディアーブルを出ていく事が、その、大切な人への恩返しになるの……？」

「ごめんなさい、今はまだ言えません。でも、私は何があってもその人を守りたい。幸せでいて欲しい。ただそれだけなんです」

きっぱりと言い切るミュレを前に、シレーヌは大きな溜息をついた。その視線が、一瞬ミュレの手の中にある新聞に向かう。

「……それで、本当にその人は幸せになるの？」

「わかりません。私はただ、願うだけだから」

――少なくともミュレは知っている。事情をよく知らない者達ほど、心ない言葉を容赦なくぶつけてくる事を。他国の犯罪者を国に迎え入れたナハトが、国民から罵声を浴びせられる姿など絶対に見たくはない。

「……はぁ、アンタって子は意外と頑固なんだよね。わかった、もうこれ以上は訊《き》かない」

シレーヌはおどけたように肩を竦めながらそっぽを向いた。あれほど騒いでいた新聞に、一切触れようとしない。勘の良いシレーヌの事だ。おそらく、何かを察したのだろう。

「えーと、いつ頃に町を出たいの？」

「可能な限り、早く」

シレーヌは少し考える素振りを見せた後、小さく頷いた。

「わかった。じゃあ三日で今月の帳簿や領収書をまとめておいてくれる？　所長にはアタシから言っておくから」

「ありがとうございます。……あの、行先はまだ決めてないんですが、落ち着いたら必ず連絡します」

「当たり前でしょ？　待ってるからね、あんまり心配かけないでよ？」

今すぐには話せないが、シレーヌにはいずれ本当の事をすべて話すつもりだ。ミュレは新聞をたたみ、机の横に置いた。もう、この顔を見る日は二度と来ないだろう。それでも、ミュレはどこか満ち足りた気持ちになっていた。

――彼を愛する心から、目を逸《そ》らすのはもうやめる。

流した涙の後に、絶望がこびりついていたあの時とは違う。今、胸の奥にひっそりと住んでいるのは小さな希望だ。

愛する人が幸せであって欲しい。それを信じるだけで、これから先もたった一人で生きていく希望《ちから》になる。

そんな風に思えるようになった自分を、ミュレはどこか誇らしく思っていた。

「ツヴェルク！　この記事を書いた記者を早く連れてこいよ！」

クラールハイトは怒りを露《あら》わにしながら、力任せに丸めた新聞をテーブルに叩《たた》きつけていた。

ツヴェルクは横目でぐしゃぐしゃになった新聞を見た。正直、この内容はどうかと思う。王太子ルリジオンの結婚式だというのに、隣国の王弟の写真が彼らと並ぶ一面に掲載されている部分も問題だ。

だがクラールハイトの怒りの矛先はそこではない。宰相令嬢エーゼリンを『婚約者』と書かれていた事だ。

「落ち着いてくださいよ、殿下。もう新聞社には厳重抗議を入れてあります。明日の新聞に訂正記事を載せるように言ってありますし、担当記者にも相応の処分は下ると思います」

そう言いながらも、ツヴェルクの顔は硬く強張《こわば》っている。いつものように、軽口を叩く事も出来ない。

「落ち着いていられるか！　あの女がまとわりついてくるせいで報道陣に朝昼晩とカメラを向けられっぱなしなんだぜ!?　こんな状態じゃオベルジーヌ夫妻を国に連れ帰る事も出来ないし、ディアーブルに行って情報収集する事も出来ない！　俺は一刻も早く、ミュレちゃんを探しに行かないといけないってのに！」

――イライラと部屋の中をうろつくクラールハイトの手元からは、パチンパチンという爪を弾《はじ》く音が聞こえる。

新聞記事が出たのは結婚式の翌日だったが、ツヴェルクはオベルジーヌ夫妻の保護にかかりきりになりクラールハイトはエーゼリンの対応に追われていた。そのせいで、実際に新聞を目にしたのはその二日後だった。

主《あるじ》の命令で動いていたツヴェルクはともかく、クラールハイトが新聞に接する暇がなかったのは、エーゼリン・ペルズィモーネの策略だったに違いない。事実、エーゼリンはすでに周囲の後押しを得て婚約者然とした振る舞いを見せ始めている。

記事を目にした直後のクラールハイトは、怒りで我を忘れていた。いち早く動揺から立ち直ったツヴェルクが急いでディアーブルの宝石採掘場管理事務所に電話をかけたが、そこで聞いたのはミュレが退職し、町から出ていった、という信じられない一報だった。

電話に出た女は、棘《とげ》のある声で言った。

『退職まで三日間あげるからゆっくり準備しろって言ったのに、あの子ったら一日で仕上げたの、よっぽど急いでこの町を出ていきたかったのね』

居場所を知っているのかと何度も聞いたが女は知らない、の一点張りだった。溜息混じりで答える女の言葉に嘘はなく、ツヴェルクは背後で「拷問《ごうもん》して吐かせろ」と言う主の声を無視して電話を切った。

それから、クラールハイトの様子がずっとおかしい。何度もどこかに電話をかけては、口の中でぶつぶつ悪態を呟いている。甘い紅茶を作り、強引に押しつければなんとか飲んでくれるが碌《ろく》に食事も取らない。右手の中指と親指の爪は、すでにボロボロになっていた。

ツヴェルクは大きく息を吐き、立ち上がった。さすがに、ここまでの状態を放置する事は出来ない。

「……殿下。陛下に連絡をしましょう。少なくともオベルジーヌ夫妻を送り届ける事が出来れば、後はこちらで自由に動けますから」

「連絡は、まだしない」

クラールハイトは首を振る。ツヴェルクは遠慮なく舌打ちをした。

「もう、意地を張ってる場合じゃないですか!?　だったら僕に命令してくださいよ、エーゼリン・ペルズィモーネを殺せって！　大丈夫ですよ、ダンドリオン側に責がある事故に見せかけてやりますから！」

だが、クラールハイトは首を縦に振らない。

「……駄目だ」

「どうしてですか!?　僕が信用出来ないんですか!?　それなら、妃殿下は!?」

「お前の事は信じているし、ミュレちゃんも絶対に捕まえる。ただ、それだけじゃ駄目なんだよ」

「信じてくれるんなら、僕に任せてくださいよ！　大体、殿下のその判断は正しいんですか⁉　妃殿下の事になると、途端に冷静さを失ってポンコツになるくせに！」

主はたじろいだような顔になっている。サングラス越しに見える両目が激しく揺れている事から、どうやら少しは自覚があったらしい。

「……じゃあ、良いですね？　僕、殺《や》ってきますからね？」

クラールハイトは無言のまま、迷うような素振りを見せている。

と、張り詰めた空気を破るかのように部屋の電話が鳴り響いた。ツヴェルクが電話を取るより早く、クラールハイトが素早く動き受話器を握る。

「……もしもし」

相手が何かを言っているのだろう。クラールハイトは二回ほど頷き、やがて低い声で呟いた。

「……わかりました。では、お待ちしています」

クラールハイトは無表情のまま、受話器をゆっくりと置く。

「殿下、今の電話は？」

「ツヴェルク、紅茶とお菓子の準備をしておいてくれ。今から客人が来る」

「客？　誰ですか？」

「ま、来ればわかるよ」

次の瞬間、クラールハイトは口を三日月型に歪《ゆが》めて笑った。それを目にしたツヴェルクの全身に鳥肌が立った。次いで、背筋に冷たい汗が流れる。

――この王弟が生まれた時、ツヴェルクは五歳だった。実家のヴィンター家は、代々王家に仕えている。兄は現国王ミルヒヴァイスの筆頭護衛官を務め、国王一家からの信頼も厚い。ツヴェルクも幼い頃からクラールハイトに付き従ってきた。

そのツヴェルクですら、主の深層はよくわからない部分がある。

だが今、ツヴェルクの目に映っているのは大国の王弟ではなく、端正な顔に怒りや憎しみといった剥《む》き出しの感情を浮かべている、一人の男の姿だった。


ミュレはその頃、海辺の町マエルストルムの砂浜でのんびりと朝の散歩をしていた。

最終目的地は、西側の隣接国ペオーニアとの国境町であるナンフに決めた。ナンフは、王都アンジエを中心に東側のディアーブルとは真逆の位置にある。

ナンフはディアーブルよりも大きく、そしてペオーニアは同盟国だ。さらにペオーニアは、ダンドリオンやレーヴェンツァーンほど法律が厳しくない。ある程度決められた地域にはなるが、身元保証人がいればペオーニアで就業する事も出来る。

ミュレはナンフで新しい人生を歩もうと決めた。

ただ魔導列車や飛空艇でナンフに移動するとなると、王都を経由しなければならない。ミュレは危険を避け、かなり遠回りにはなるが蒸気バスを乗り継ぎ海辺を通る路《みち》でゆっくりと移動する事にしたのだ。

「ナンフも海が近いし、楽しみだな」

穏やかな町の雰囲気が気に入り、つい三日も滞在してしまったが今日の昼にはいよいよナンフに向かって旅立つ。王都はもう通り過ぎているし、後は一気に魔導列車で向かうつもりだ。

「んー、潮の良い香り……」

波打ち際ギリギリまで近寄り、両手を上にあげて大きく伸びをする。全身に新鮮な空気が満ちていくのを感じると共に、体が空腹感を訴えてきた。

「お魚料理が美味《おい》しすぎて、ちょっと太っちゃったかも」

お腹周りを撫でながら、ミュレは一人クスクスと笑う。

もう寂しくはない。心の片隅には愛する黒髪の青年がいる。彼の居場所は、永遠に変わる事はない。

ミュレは追放されて以来、初めて穏やかな幸せと心の安寧《あんねい》を手に入れていた。

部屋の扉を、か細くノックする音が聞こえる。

クラールハイトは足早に歩み寄り、扉を開けて客人を中に招き入れた。

「ご足労いただき恐縮です。……王太子妃殿下」

――王太子妃フィデールは、フードを深くかぶったまま滑るように室内に入ってきた。視界の端で、ツヴェルクが両目を見開き驚いている姿が見える。

「ルリジオン様には、実家に用があると言ってまいりましたの。時間はそれほどございませんので、用件を早くおっしゃって、王弟殿下」

可憐《かれん》な顔《かんばせ》に明確な苛立ちを宿しながら、王太子妃フィデールはソファーに腰かける事なく立っている。

「いえ、むしろ助かります。私もそれほど時間はございませんので。では王太子妃殿下、単刀直入に申し上げますが、貴女にお願いがあります。貴女には弟君が一人いらっしゃる。確か十五歳でしたよね。今は婚約者候補の選定中、といったところでしょうか」

「……ええ」

「新聞記事をご覧になりましたか？　私の婚約者だと言い張っているエーゼリン・ペルズィモーネ嬢は十七歳です。アレを貴女の弟君の婚約者に推薦してください。王太子妃である貴女の進言でしたら、御父上も納得されるでしょう。アレも一応宰相の娘ですし、悪い縁談ではないと思いますよ」

フィデールは唇を噛んでうつむいている。クラールハイトは唇の端を歪めて笑いながら、華奢《きゃしゃ》な王太子妃に冷たい眼差《まなざ》しを向けた。さすがに頭の回転は速いらしい。エーゼリンが弟の妻に相応《ふさわ》しい器ではない事を、一瞬で見抜いていたのだろう。

だからこそ、ここは多少腹を割るしかない。

「私には心から愛する女性がいます。ですから、心底アレが邪魔なのですよ。事故に見せかけて殺す事も考えましたが、それではアレが私の婚約者として命を落とした扱いになってしまう。そんな事態には絶対にしたくない」

「……断る余地がないのはわかっておりますわ。ですが、一応うかがいます。お断りした場合は、どうなりますの？」

クラールハイトは肩を竦めた。

「それはもちろん、ルリジオン殿に報告をするしかありませんね。聖女を罠《わな》にはめたのは確かに調律師イデアル・グルナディエですが、彼を唆《そそのか》したのは貴女だと」

フィデールの大きな瞳に、はっきりとした動揺が宿る。その斜め後ろでは、紅茶のポットを持ったツヴェルクが呆然とした顔で王太子妃を見つめていた。

「……なぜ、私だと思われますの？」

「調律師が聖女に歪んだ愛情を抱いていたのは事実でしょう。しかし聖女を独占したいだけなら、もっと危険の少ない方法がありました。わざわざ王太子を巻き込む必要はなかった。それに聖女の作曲を強く希望したのは貴女だそうですね？　高名な作曲家であるアルエット・オベルジーヌが聖女と同じ家にいるというのに。貴女は自分がルリジオン殿に愛されていない事など、とっくに気づいていたのでは？」

フィデールは顔を上げた。まるで凍りついたかのような無表情で、クラールハイトをただ見つめている。やがて、その視線はゆっくりと逸らされていった。

「父に、話してみますわ。……でも」

「でも、なんです？」

「あのご令嬢は、本当に貴方様の事を慕っていらっしゃるように見えました。弟との婚約を、受けていただけるかわかりませんわ」

王太子妃の言葉に、クラールハイトは迷いなく首を振る。

「ご安心を。兄である国王には王子が二人います。ですから私の王位継承権は三番目、普通に生きていればまず国王になる事はない。それよりも同盟国王太子妃の生家、デファンデュ公爵家の次期当主夫人に収まった方が良いと、アレの父親は考えるはずです。本人の意志など、必要ないのですよ」

——それに、エーゼリンが慕っているのは『王弟』であり、求めているのは『王弟妃』の立場だ。

ダンスを踊っている最中も、決して目を合わせてこなかったエーゼリンを思い出し、内心であざ笑う。

フィデールは小さく溜息をついた後、静かに頷いた。

「……仰せの通りに、いたしますわ」

「感謝します、王太子妃殿下。ですが貴女も、その内私に感謝する日が来ると思いますよ」

「……どういう意味ですの？」

「ま、いずれわかりますよ。では王太子妃殿下、送って差し上げたいところですが記者連中に張りつかれていますのでどうかご勘弁を」

クラールハイトは慇懃《いんぎん》に部屋の扉を指し示す。

「結構ですわ」

フィデールは吐き捨てるように言い、王太子妃らしからぬ乱暴な足音を立てながら扉に向かって歩いていく。

「……王太子妃殿下」

静かなクラールハイトの声に、フィデールは足を止めた。

「ルリジオン殿が聖女の追放を進言した時、貴女はさぞかし複雑な思いでしたでしょうね。策略を企ててまで手に入れた男が、他の女を助ける為に動いている。ですがルリジオン殿はこう言っていました。〝聖女はフィデールと同い年だから、助けてやりたかった〟と」

王太子妃は何も答えない。だが纏っていた剣呑《けんのん》な空気はわずかに和《やわ》らいでいる。やがて、来た時と同じく足早に去っていった。

「……殿下」

「あの王太子妃は虫も殺さない顔をしながら、人は平気で殺す気性をお持ちだからな。エーゼリンの事も、気に入らなければ自分でどうにかするだろ」

クラールハイトはジャケットを手に取った。

「ツヴェルク、これからオベルジーヌ夫妻にすべてを説明する。お前は本国に連絡した後、飛空艇をいつでも出せるようにしておいてくれ」

「わかりました」

――油断したせいで逃がしてしまった可愛い小鳥。

無事に捕獲出来たら、一刻も早くレーヴェンツァーンという強固な鳥籠に、閉じ込めてしまわなければならない。

ミュレは魔導列車の窓を開け、爽《さわ》やかな海風を浴びながら目を細めていた。

列車内のあちこちで繰り広げられている、ひそやかな話し声。それらを音楽のように聴きながら、車窓から紺碧《こんぺき》の海を眺める。

十三時発のナンフ行きの魔導列車の車内は、それなりに混んでいた。ミュレの向かい側には、幼い少女とその母親と思《おぼ》しき若い女性が座っている。少女はリボンのかかった大きな箱を膝に載せ、箱の上で手紙のようなものを一所懸命書いていた。

「ねぇお母さん、お父さん、お誕生日プレゼント喜んでくれるかなぁ」

「喜んでくれるに決まっているじゃない、わざわざ遠くまで買いにいったんだから。お手紙が書けたら、リボンに挟んでおくのよ?」

「うん！　あ、そうだ、絵も描こうっと。お父さんの顔！」

少女の陽《ひ》だまりのような笑顔に、思わずミュレも笑顔になる。

「ね、ちょっと休んで先におやつ食べようか」

「わーい！　バターケーキ！」

母親は鞄の中から蜜蝋《みつろう》紙に包まれた小さなケーキを取り出し、娘に手渡している。

「あの、これ、よろしければどうぞ」

母親がミュレにもケーキを差し出してきた。

「ありがとうございます」

ケーキを受け取ったあと、ミュレもトランクの中から金色のクッキー缶を取り出した。もったいなくて、少しずつ食べていたクッキーはまだ半分ほど残っている。

「わぁ、お姉ちゃん、とっても可愛い缶だね！」

少女はまるで宝石を見るような目でクッキー缶を見つめていた。ミュレは缶を開け、小花のクッキーを少女に見せる。

「これ、とっても美味しいの。皆で一緒に食べましょ？」

「いいの⁉　ありがとう！」

母と娘は嬉《うれ》しそうに手を伸ばし、クッキーを摘まんで同時に口の中へ放り込んでいた。

「本当だ！　すごく美味しい！」

「ふふ、良かったらもっと食べてね？」

「うん！」

——甘いクッキーを食べながら、三人で笑い合う穏やかなひと時。

ナンフまで、残り二時間の距離に差しかかっていた。

「では、ご夫妻共にレーヴェンツァーンにお越しいただけるという事で、よろしいですね？」

　クラールハイトの前には、エフォール・オベルジーヌとアルエット・オベルジーヌが座っている。

夫妻の顔は、涙と喜びに彩られていた。

「王弟殿下、我々はもうこの国に何の未練もありません。ですが、ご覧のとおり私は両腕が使えず妻は目が見えない。レーヴェンツァーンに迎えていただいたところで、指揮者としても作曲家としてもなんのお役にも立てないでしょう。ですから、保護していただくのは娘だけでお願いします」

　夫エフォールの言葉に、妻アルエットも頷いている。

「確かにお二人は今、封紋で必要な機能を封じられている。その封紋を施した封印師は未熟な者故に封印解除は出来ませんでしたが、我が国の封印師に解除させます。実力は断然こちらの封印師が上ですし全力を尽くします。それに、彼女もご両親がいらした方が安心すると思います」

　エフォールは妻を見つめ、アルエットは夫の手をしっかりと握った。その様子に、クラールハイトは頬を緩める。この両親だからこそ、ミュレはあんなに無垢《むく》な女性に育ったのだろう。

「私はお嬢さんを心から愛しています。色々と苦労をかけるかもしれませんが、必ず幸せにしてみせます。ですからどうか、彼女を私の妃《きさき》にする事をお許しください。……と言っても、まだ本人に了解は得ておりませんが」

　そう言いながら、おどけたように肩を竦めてみせる。

　夫妻が同時に吹き出した姿を見つめながら、クラールハイトは胸を撫で下ろしていた。夫妻の了承は得られた。まずは先に二人を国へ送り届け、後はミュレを探し出す。

行先の見当はつけてある。基本的に人は、逃げ出したい場所から出来るだけ遠ざかろうとするものだ。だがミュレはダンドリオンから出られない。そして王都に近い場所にも絶対に住まないだろう。それを前提として考えると、おのずと行先は限られてくる。

（ミュレちゃん、今度こそ迎えに行くから）

クラールハイトは時計を確認した。現在時刻は十五時半。

先ほど本国に要請した追加の飛空艇が到着したと連絡があった。今、ツヴェルクはその飛空艇の元に向かっている。確認を済ませたツヴェルクが戻り次第、オベルジーヌ夫妻を最初の飛空艇に乗せて国に移送する。そして自分達は、後から来た飛空艇を使いミュレを捜索に向かう。

上手《うま》くいけば、今日中にはミュレをこの腕の中に取り戻せるはずだ。


ミュレが異変に気づいたのは、〝ナンフまであと十五分〟という車内放送がかかってからしばらく経《た》っての事だった。

その時、ミュレは窓から少し顔を出して外の景色を眺めていた。ここから先は、海辺に広がる大草原を突っ切って進む形になる。草原では野生の馬が草を食《は》む、のどかな光景が広がっていた。

「あれ……？」

草を食べていた馬達が、食事をやめて一斉に走り出した。のんびり寝そべっていた馬も、そのすべてが飛び起き、まるで逃げるようにその場を走り去っていく。

「どうかしたのかしら……きゃっ⁉」

いきなり列車全体がガタガタと揺れたかと思うと、急ブレーキがかかった。ギイィ、という金属が擦《こす》れる音と共に、体がガクンと前方へ倒れる。その勢いで何人かは座席から投げ出され、網棚に載せられていた荷物もいくつかが床に落下した。

「な、なに⁉」

向かいに座る少女は手紙を書き終わり、ちょうど絵を描き始めた頃だった。少女が抱える箱の上から、色鉛筆がバラバラと落ちていく。蒼白《そうはく》な顔の母親が、急いで少女を抱き締めていた。

ミュレは咄嗟《とっさ》に窓枠へ掴《つか》まり、投げ出されるのを間一髪で防いだ。人々の悲鳴と怒号が飛び交う中、母の腕に抱かれた少女と一瞬目が合う。少女は大きな目に恐怖を浮かべながら、それでも手にした箱を離そうとしない。

『緊急停止、緊急停止のご連絡です……！　ただいま前方の線路上を魔獣の群れが横切っております！　当列車は緊急停止をいたしますので、手近なものにお掴まりいただきますよう――』

――車内放送の途中で、前方から大きな爆発音が聞こえた。同時に、車両が一層大きく揺れる。まるで巨人に掴まれ、揺さぶられているかのような激しい衝撃がミュレ達を襲う。

「お母さん！」

少女の悲鳴と共に、母親が座席に背中を強く打ちつけた。その反動で、少女は母の腕から弾き飛ばされ床へと転がり落ちていく。

ミュレは窓枠から手を離し、少女に向かって手を伸ばした。だが少女は床を滑るように遠くへ転がっていく。少女の手からプレゼントの箱が離れた次の瞬間、列車が大きく傾いた。

「脱線するぞ！」

誰かが発した叫び声を最後に、列車は完全に倒れた。窓だった場所が床になり、ミュレはそのガラス窓に全身を叩きつけられる。腕と背中に焼けつくような痛みが走り、真っ赤な血飛沫《しぶき》が飛び散った。

緩やかとはいえ下り坂だったからか、列車はなかなか止まらない。

車両は倒れたまま横滑りしているようだった。それがまた別の車両にぶつかったのか、新たな衝撃がミュレ達に襲いかかった。

ガラス片と共に床を転がりながら、左右の座席に全身をぶつけるうちに痛みと出血で段々と意識が遠くなってくる。

「リューグナー、さん……」

掠《かす》れる声でその一言を呟いた後、ミュレの意識は完全に暗闇へ呑《の》み込まれていった。

——ミュレ。ミュレちゃん。

甘く低い声が、耳元に聞こえる。

ミュレはその声に誘われるように、ゆっくりと目を開けた。

鼻につく、煙と何かが焼け焦げたような臭い。体を動かすと、胸や背中、足にひどい痛みが走った。

「おい、大丈夫か!?」

「誰か！　誰か手伝ってください！」

悲痛な叫び声と、合間に聞こえる呻《うめ》き声。泣き声もどこからか聞こえてくる。ミュレの意識はそこでようやくはっきりとした。そうだ。ここは魔導列車の中。魔獣の群れに衝突し、脱線事故が起きた。

「うぅ、う……」

ミュレは右手を動かし、ゆっくりと体を起こした。痛みはひどいが、手足はなんとか動く。どうやら骨は折れていないらしい。

「あ……」

——なんとか起き上がったミュレの目の前に広がる光景は、惨《むご》たらしいものだった。

血を流し、倒れたまま動かない数多くの人々。ガラス片が深々と刺さった腕を押さえ、顔を歪める男性の横ではその妻と思しき女性がぐったりとしている。傷一つない女性のお腹は、ふっくらと膨らんでいた。夫である男が、身を挺《てい》して庇《かば》ったのだろう。

「っ、あの子、は……！」

ミュレは急いで周囲を見渡した。父親への誕生日プレゼントを抱え、笑顔を浮かべていた愛くるしい少女。

「やだ嘘、いや……！」

少女は潰れた座席の下に挟まっていた。少し離れた場所では、母親が倒れている。動揺を隠せないミュレの前で、少女がゆっくりと目を開けた。

「おねえ、ちゃ……」

「大丈夫!? どこか痛いところはない!?」

「お腹、が痛い……おかあさん、は……?」

「あ、えっと、お母さんは……」

ミュレは母親の方に目を向けた。だが生きているのかわからない以上、どう答えれば良いのかわからず思わず口ごもってしまう。

「お嬢ちゃん、どきな」

背後から、野太い声がかかった。振り返ると、先ほど見かけたガラス片が腕に刺さった男性が立っていた。顔色こそ悪いが、男はずいぶんと体格が良い。

「俺が椅子《いす》を持ち上げてやるから、その子を引っ張りだしてやれ」

「あ、はい……!」

男は少女の傍《かたわ》らに座り込み、隙間《すきま》に肩を捻《ね》じ込むようにして座席を持ち上げ始めた。バキ、という音と共に、捻じ曲がった座席と少女の間に、少しずつ空間が出来始める。だがあと少し、というところで座席の動きが止まった。

「クソ、駄目だ、これ以上は力が入らない……!」

男は悔しげな呻き声を上げた。見ると、突き刺さったガラス片の根元から大量の出血をしている。傷のせいで、力が上手く入らないようだった。ひょっとしたら筋肉が傷ついているのかもしれない。

「どうしよう……!」

男の力でどうにもならないものを、ミュレごときがどうにか出来るわけがない。

ミュレは震える両手を見つめた。この手はかつて、ピアノを奏でて癒《いや》しの旋律を届ける事が出来ていた。今ここでそれが出来れば、かなりの人数を癒す事が出来る。この男性も、少女も。

「でも私は、なんの役にも……！」

仮にここにピアノがあったとしても、封紋で小指とピアノを弾く動きを封じられているミュレには何も出来ない。男の足元で、少女の顔色が段々と悪くなっていく。ミュレは無力感に苛《さいな》まれたまま、絶望の涙を流した。

――人間を音が出る玩具だと思うんだって。人間が楽器にされちゃうんだよ？

不意に、以前シレーヌと交わした会話が脳裏を過った。ミュレは傷の痛みも忘れ、天井を見上げる。

列車が横倒しになったせいで、天井が窓ガラスになっていた。そのガラスはすべて破れ、日の光が車内に射《さ》しこんでいる。

「あの！　あの、私を上に押し上げていただけませんか!?　列車の上に、上がりたいんです！」

男にそう訴えながら、ミュレは履いていた靴を脱ぎ裸足《はだし》になった。

「列車の上に？　なんで？」

「いいから、早く！」

男は困惑顔のまま、自らの肩を指さした。

「じゃ、じゃあ、俺の肩に足を載せて」

「はい、失礼します」

ミュレは遠慮なく男の肩に足をかけた。男がゆっくりと立ち上がり、ミュレは破れた窓枠に手をかけた。両の掌《てのひら》に尖ったガラスが突き刺さるのも気にせず、一気に列車の上に上がる。

「ひどい、こんな、なんて事……」

上から見た光景は、さらに悲惨なものだった。先頭車両は潰れ、あちこちから煙や炎が上がっている。なんとか車外に出る事が出来た人々も、全員血だらけになっていた。

「……急がなきゃ」

ミュレは胸に手を当て、大きく深呼吸をした。頭の中には、初めてナハトに会った時に彼が弾いたピアノの旋律がある。それを思い出しながら、ゆっくりと音を口に出していく。といっても、ナハトの曲は即興のもので歌詞はない。

故に、母音のみで歌う事になる。作曲をする時、母アルエットは鼻歌を歌っていたがミュレはこうして声に出して歌っていた。

その〝歌〟を利用し、徐々に体へ音魔法を流す。魔法が体内を循環し始めると同時に、頭部から嫌な音が鳴り、筆舌に尽くしがたい苦痛が全身を襲った。だが、ミュレは歌う事をやめない。

次いで、胸元から何かが砕けるような音が断続的に聞こえた。音魔法は、楽器全体を駆け巡るように循環し、奏でる旋律と共に放出される。そのせいで、響鳴奏士の使う楽器は消耗が早い。だからミュレも専属調律師を常に同行していたのだ。

駆け巡る音の刃《やいば》は、ミュレの体を内側から切り刻み体中の骨を砕いていく。

喉から発せられる〝歌〟は段々と治癒の波動を帯び始めた。ミュレは微かに笑う。この〝歌〟が終わる頃には、魔力回路は使い物にならなくなっているだろう。もう二度と魔法を使う事は出来ないし、おそらく生きてはいられない。

それでも、ここから逃げ出す、という選択肢はミュレの中に存在しない。

自分は人々の傷を癒す事の出来る、『銀音の聖女』なのだから。


ツヴェルクが飛空艇乗り場に向かってから十分以上経った。

「……あいつ、遅いな」

飛空艇は、ホテルにある王族専用の離着陸場に到着しているはずだ。この部屋からは片道五分もからない。それなのに、ツヴェルクが戻ってくる気配すらない。

「申し訳ございません、少し様子を見てきます」

オベルジーヌ夫妻に一言声をかけ、クラールハイトは扉に向かう。と、そこで廊下をバタバタと走る足音が聞こえた。クラールハイトは舌打ちをしながら、勢いよく扉を開ける。

「おい、ツヴェルク、お前なにをやって――」

「殿下！」

部屋に飛び込んできたツヴェルクの顔は、蒼白になっていた。

「なんだよ。どうした？」

「殿下、殿下！　ナンフの手前で魔導列車の脱線事故があって、大勢怪我《けが》人がいて、それでミュレ様が……！」

　その瞬間、クラールハイトは全身の血の気が引く音を聞いた。まさか、ミュレがその事故に遭ったというのか。

　だがすぐ、おかしな事に気づいた。ここは王都アンジェだ。なぜツヴェルクは、ナンフでミュレが列車事故に遭った事を知っているのだろう。

「ツヴェルクお前、なんで――」

「聖鏡ですよ！　列車はナンフのすぐ手前で脱線したから、事故に気づいた街の住人が教会から聖鏡を持ってきたみたいで、細かい状況はわかんないですけどともかく、聖鏡にミュレ様が映っててホテル内の礼拝堂の鏡にもミュレ様が……！」

　――聖鏡。世界中どこでも教会には必ず置いてある、巨大な水鏡。純銀の縁の内側には溝が彫ってあり、そこに精霊によって祝福を授けられた泉から汲《く》み出した水、いわゆる聖水を流し込むと水の膜が張る。

　神力を帯びた水で出来た鏡。その聖鏡に映し出された映像は、聖鏡同士で共有する事が出来る。

「っ、礼拝堂はどこだ！」

「一階の中央階段後ろ！」

「ツヴェルク！　お前は夫妻の側にいろ！」

　それだけ言い置き、クラールハイトは礼拝堂に向かって駆け出した。

嫌な予感と不安は、弾け飛びそうなくらい膨れ上がっていた。

礼拝堂の前には、すでに大勢の人がいた。泣き叫ぶ者や、跪《ひざまず》いている者もいる。連日クラールハイトを追い回していた記者達は、礼拝堂の中に向かってカメラを構えていた。

「そこをどけ！　どいてくれって！」

クラールハイトは渾身《こんしん》の力を込めながら人の波をかき分けて前に進む。なんとか内部に一歩足を踏み入れた時、会いたくて堪《たま》らなかった恋人の声を聞いた。

「ミュレ！」

――〝ら〟とも〝あ〟とも聞こえる、母音のみで紡《つむ》がれる美しく澄んだ歌。それを耳にした時、クラールハイトは気づいた。

この曲は、初めて彼女に会った日に即興で弾いたピアノ曲。それを彼女は、覚えていてくれたのだ。

だが、この状況はどこかおかしい。事故現場の映像を聖鏡で共有するのはわかる。教会全体で祈りを捧《ささ》げるために、災害時などによく見られる光景だからだ。実際、入り口付近でも祈りを捧げている者達が何人もいる。

けれど、ミュレの歌声が聞こえる意味がわからない。彼女はどうして事故現場で歌っているのだろう。それにこの声量。到底人の喉から発せられたとは思えない。音響魔法をかけているのだろうが、聖女は、ミュレはピアノを使う響鳴奏士だったはずだ。しかし、その技術は封紋で封じられていると聞いた。

では一体、何の楽器を使って歌に音魔法をかけているというのだろう。一刻も早く確かめたいのに、人が多すぎて前に進めず、聖鏡に映し出された映像を見る事が出来ない。

「クソッ！　どけよ！」

クラールハイトは腰から指揮棒を引き抜き、持ち手のすぐ上にある撃鉄を起こした。そして風を絡め取るように指揮棒を動かし、人々の騒《ざわ》めきから『音』を拾う。

曲を奏でたいわけではない。『音』だけ手に入れば良い。

そうして数秒ほど指揮棒を動かした後、頭上に持ち上げ引き金を引く。それは〝空砲〟ではあったが、人々が静まりかえるには十分な音量だった。

「……通してくれ」

周囲に静寂が満ちたところで、己の要望を告げる。聖堂にひしめいていた人々は、慌てふためきながら一斉に左右へと分かれていく。その先に、銀の縁を煌《きらめ》かせる聖鏡が見える。

逸《はや》る気持ちを抑えながら、クラールハイトは巨大な水鏡の前に駆け寄った。ミュレの歌声は、ますます大きくなっていく。ここまでくると、もはや異常事態だという事がわかる。

「殿下！」

人の波が引き、ツヴェルクも駆けてきた。さらにその後ろから、オベルジーヌ夫妻がこちらに向かって来る。クラールハイトは驚き足を止めた。

「ツヴェルク！　なんでご夫妻を連れてきたんだよ！」

「いや、だって娘が心配だっておっしゃるから……そんなの断れないじゃないですか！」

「まだ状況が何もわかってないだろうが！」

怒鳴りながら再び、聖鏡に足を向ける。と、鏡の前にはすでにオベルジーヌ夫妻が立っていた。思わずツヴェルクと顔を見合わせ、慌てて二人の元に駆け寄る。

「エフォール、ミュレは何をして……いいえ、どうなっているの？」

ミュレの母、アルエットは夫に見えない目を向け問いかけている。

「あぁアルエット、ミュレは自らの体に音魔法を通しているようだ」

その言葉に、聖鏡に映る映像を見たクラールハイトは呼吸が止まるほどの衝撃を受けた。

「……無茶だ」

――ツヴェルクが呆然と呟く声が遠くから聞こえる。クラールハイトの脳は、目にしている光景を理解する事を拒否していた。

「ちゃんと教えて、エフォール。私は母親よ。ミュレの、母親なの」

ミュレの父、エフォールは小さく頷いた。

「そうだな、その通りだ。アルエット、ミュレは今、両目から涙のように出血し、手足の爪が剥《は》がれている。駆け巡る音魔法が両目と手足の先端から放出されているのだろう」

クラールハイトは片手でこめかみを押さえた。夫妻の声が、脳内で反響を繰り返している。

「……やめてくれ」

聖鏡を見つめる人々の間に、聖女を称《たた》える声が広がり始める。その同じ口で、聖女を罵倒した者も大勢いるだろう。傷を癒されている者の中にも、いるかもしれない。

それなのに、なぜ彼女は。

「そして剥がれた爪は、自らの治癒魔法で即座に癒えている。そしてまた、同じように爪が剥がれて──」

「もうやめてくれよ！」

もはや立っていられず、クラールハイトはその場に崩れ落ちた。

面倒事を避けようと軽く考え、エーゼリンなんかを相手にしたばっかりに、あんな記事が出てしまった。そのせいでミュレは町を出ていき、精神的にも肉体的にも傷つけてしまった。

──ミュレの茄子《なす》色の両目からは血の涙が流れ落ち、菜の花色のワンピースを真っ赤に染め上げていた。伸ばされた両手と裸足の両足、すべての爪が内側から押し上げられるようにして剥がれ、再び元に戻りまた剥がれる。尋常ではない声量の歌を歌い続けているせいで、おそらく喉もやられているはずだ。

ミュレはこのいつ終わるともわからない苦痛を、たった一人で受け続けている。

そしてこの事態を招いたのは、間違いなく自分なのだ。

「……王弟殿下。私達は娘の親として、娘の選択を見まもる必要があるのですよ」

エフォールは無残な姿の娘を、目を逸らす事なく真っ直ぐに見つめている。アルエットはその足元で、一心不乱に祈りを捧げていた。

クラールハイトは両手を地についたまま、断続的な呼吸を繰り返す。ヒュウヒュウ、という掠れた音を発する喉。段々と目の前が真っ暗になってくる。

落ち着け。いつものように冷静になれ。

そう何度自分に言い聞かせても、愛する恋人の惨い姿を前に冷静さを取り戻す事が出来ない。

「殿下！　殿下、しっかりしてください！」

立ち上がって動かなければ。そう己を奮い立たせたその時、腰に腕が回され思い切り持ち上げられた。腹部を強く圧迫され思わず咳《せ》きこむと同時に、段々と頭がはっきりとしてくるのがわかった。

「ツヴェルク……」

「殿下、早くミュレ様を助けに行きましょうよ！　ミュレ様を助けられるの、殿下しかいないでしょ!?」

まだ動揺はしている。けれど、先ほどとは異なり周囲の音がはっきりと聞こえる。

「……わかってるよ。すぐに行こう」

クラールハイトは震えの治まった手を腰にやり、そっと指揮棒に触れた。音響魔法を吸収して増幅し、放出する事の出来る武装楽団の指揮者専用の指揮棒。

そして金魔力を持つクラールハイトは、それに加え先ほどのように通常の音も取り込み、魔法として練り上げる事が出来る。

それは前任者であった兄ミルヒヴァイスですら不可能な所業だった。

クラールハイトが指揮をする曲は複数の効果を持つ。作曲を主に行っていた第二王子時代、交響曲を作るのが得意なクラールハイトは『光響《こうきょう》の魔術師』と呼ばれていた。

「殿下、飛空艇はもう離陸準備が出来ていますから、すぐに向かいましょう！」

「あぁ。……オベルジーヌご夫妻、我々に同行されますか？」

夫妻は迷う事なく、力強く頷く。

「では急ぎましょう。奥様、ちょっと失礼します」

ツヴェルクは盲目の夫人を抱えあげ、飛空艇に向かって走る。

「限界まで速度を上げろ！　ツヴェルク、ご夫妻をしっかり守れよ！」

「お任せください！　殿下こそ、もう過呼吸は勘弁してくださいよ!?」

「うるさいな！　この腰の指揮棒にかけて、絶対にミュレちゃんを無事に連れて帰る！　お前、ミュレちゃんに余計な事を言うなよ!?」

走った先に、滑走路が見えた。乗り込み口が開かれたレーヴェンツァーンの飛空艇が停まっている。

まずはクラールハイトが飛び込み、次いで夫人を抱えたツヴェルクが続く。

夫人を下ろしたツヴェルクがエフォールを引っ張りあげ、即座に扉を閉じた。

「ナンフの事故現場まで急げ！　列車が見えたら、その真上を飛行しろ！」

操縦士にそう命令し、クラールハイトは扉の近くに座る。飛空艇は即、離陸すべく滑走路を走り出した。

「現場に着いたら、俺は上空から飛び降りる。お前はそのまま夫妻と共にナンフに行って、医者を手配しておいてくれ」

「了解。事故の一報を聞いてすぐ調べたんですけど、ナンフの空港は高台にあるんですよ。殿下の魔力ならかなりの高さから飛び降りても大丈夫なくらいの肉体強化がかけられますよね。高度はこのまま保った状態で行きましょう」

クラールハイトは横目で窓の外を見た。眼下の王都は、すでに豆粒のように小さくなっている。

「……お前がいてくれて良かったよ」

「僕もそう思います」

ツヴェルクは朗らかな笑顔を見せている。けれど、その両目にはわずかな緊張感が浮かんでいた。

――ミュレは治癒と負傷を繰り返している。負傷の段階で魔力が尽きたら、まず命は助からない。

「ミュレちゃん、俺を信じなくて良いから、頼むから俺が行くまで待っていてくれ……！」

飛空艇の中で、クラールハイトはそれだけを祈り、ただ願い続けていた。


ミュレは半ば朦朧《もうろう》とした意識のまま、歌を歌い続けていた。

霞《かす》む視界に、傷の癒えた乗客達が続々と動き出している様子がかろうじて見える。動けるようになった乗客は、列車の中から新たな怪我人を引きずり出したり、ナンフから来る医療車の誘導をしたり、と様々に動いていた。

もう少しで魔力が尽きる。繰り返し歌っている歌は、後一回が歌えるかどうか、といったところだ。

もう、全員助かったのだろうか。

（亡くなった方を蘇《よみがえ》らせる事は出来ないけど、助かる命は助けたい）

――まだ自分にこんな気持ちが残っていたなんて、とミュレは少し驚く。

そんなミュレの目に、座席の下敷きになっていた少女の姿が映った。

「お姉ちゃん！　お姉ちゃん、血がいっぱい出てる！　誰か大人《おとな》の人、お姉ちゃんを助けてよ！」

少女が泣きながら、母親と共に列車の外に立っていた。その手には、潰れた箱がしっかりと抱えられている。

「聖女のお嬢ちゃん！　もう魔法を使うのはやめろ！」

少女を助けようとしてくれた、大柄な男性。両腕に突き刺さっていたガラス片は抜け、代わりに身重の妻を抱き上げていた。

（皆、無事だったのね、良かった……）

安堵した途端、全身から急速に力が抜けていく。

少女の悲鳴と男の叫びが聞こえたのか、何人かの乗客が列車をよじ登ってきた。それぞれミュレの元に来ようとするものの、ミュレの周囲は音響魔法が渦巻き、他人を寄せつける事が出来ないようになっている。

「お姉ちゃん！」

少女の泣き声が聞こえる。泣かせるつもりはなかったけれど、自分の為にこうして泣いてくれる人がいるというのは、そう悪い気持ちではない。

ミュレの全身は氷のように冷たくなり、手足が痺《しび》れ始めた。痛みはもう随分と前から感じない。

それでもミュレは、ここに来てようやく自分が生きている事に心から感謝をしていた。

「見て、飛空艇！」

最後の力を振り絞り、歌うミュレの耳に乗客の誰かが発した声が聞こえた。きっと、新たな救助隊が来たのだろう。ホッと安堵したその時、風に吹かれて、剥がれた手足の爪がパタパタと揺れた。傷が塞がっていない。ついに魔力が底を尽きてきたのだ。

両足から力が抜け、膝から崩れ落ちていく。治癒術は傷を癒しはするが、増血をするわけではない。ミュレは繰り返す出血で、重度の貧血状態に陥っていた。

「聖女様！」

「大変だ、聖女様が！」

泣き声混じりの悲鳴。自分は今、こうして案じてくれる人々の為に死力を尽くした。その選択に後悔はない。けれどあの時も今も、人生の最後に呼ばれるのが名前《ミュレ》ではなく肩書《せいじょ》だという事に、一抹の寂しさを覚える。

(……駄目ね、私ったら。こんな時にも欲張りで)

そう自嘲した次の瞬間、ぐらりと視界が傾《かし》いだ。今は床になっている、破れた列車の窓枠が目の前に迫ってくる。寸前で何とか両手を床につき、完全に倒れる事を防いだ。

「まだ、声は、出るから、歌わなきゃ……」

必死に立ち上がろうと、もがくミュレのすぐ後ろですさまじい衝撃音が聞こえた。車両が一瞬跳ね上がり、ぺたりと座り込んでいたミュレの体が反動でふわりと浮かぶ。

（え……なに……）

「ミュレちゃん！」

——胸の片隅にいるはずの、黒髪の青年の声が聞こえる。

「ミュレちゃん！　歌をやめないでくれ！　大丈夫、俺が必ず助けるから！」

どうして、と思う間もなく、気づくとミュレは再び声を出して歌っていた。力の入らない、爪の剥がれた両手でガラスの飛び散った床をしっかりと掴み、顔を上げて歌う。

そのミュレの横を駆け抜け、目の前に立ち塞がったのはレーヴェンツァーンの王弟、武装楽団団長クラールハイトだった。

クラールハイトは〝竪琴《アルプ》とヤマアラシ〟の紋章のついた指揮棒を振り上げ、両手を動かし始めた。優雅にして繊細、そして力強い動き。疲れ果てたミュレの目にも、クラールハイトの実力の高さがはっきりとわかった。瞬《また》く間に、歌声が周囲の音と共に『編み上げられて』いく。

指揮棒を振りながら、クラールハイトが振り返ってミュレを見た。いつものサングラスはシャツにひっかけられている。青と緑に揺らめくオーロラ。その瞳は、懇願するような光を帯びていた。

「ミュレちゃん、俺を信じて」

歌いながら、ミュレは真っ直ぐにオーロラの瞳を見つめ返す。もう、迷いはなかった。

クラールハイトは微かに頷き、再びミュレに背を向けた。掲げる指揮棒の先端に、銀色の光が灯《とも》っていく。その光はどんどん強くなり、クラールハイトの姿はもはや黒い影にしか見えない。

「……っ！」

ミュレが最後の一息を発した時、口から大量の血を吐いた。内臓の治癒はもうかなり前から出来ていない。喉は傷つき、折れた肋骨《ろっこつ》が次々と肺に突き刺さっていく。

歌が途切れたと同時に、クラールハイトが指揮棒の引き金を引いた。先端から放たれた銀の光は凄《すさ》まじい勢いで天に昇り、上空高くで花火のように弾けた。銀の光が空一面に飛び散り、その残像が銀色のオーロラのように揺らめいている。

「綺麗……」

少女も大柄な男も列車の周りにいる乗客達も、その場にいる全員が空を見上げていた。銀のオーロラは宝石をちりばめたようにキラキラと輝いている。その光は輝きを失う事はなく、まるで流星群のように一気に地上に降り注いできた。

その範囲は広く、全部で十五両ある魔導列車を余裕で覆うほどだった。ミュレは霞む目でその光景を見つめる。流れ落ちる光は、彼の魔力と技術で増幅された治癒の魔法。これなら、負傷した乗客のほぼ全員が助かっているだろう。

「ミュレちゃん！」

――駆け寄ってくる足音と、名前を呼ぶ声が聞こえる。温かく力強い腕に抱き上げられながら、ミュレはゆっくりと意識を失っていった。

最終章・曲と願いと未来の幸福

夢の中で、ミュレはピアノを弾いていた。

すべての指が軽やかに動き、思うがままピアノを奏でられる喜びにどうしようもなく胸が弾む。

けれど、すぐに切ない気持ちになった。

これが夢だと、気づいてしまったからだ。今のミュレには、ピアノを弾く事が出来ない。

「……ピアノを弾けない私に、なんの価値があるのかしら」

鍵盤の上で手を止め、うつむくミュレを背後から誰《だれ》かが強く抱き締めてくる。

「ミュレちゃん、そんな悲しい事を言わないで。ほら、早く俺のところに戻っておいで」

「でも私、ピアノを弾けないわ。それに、わかるの。魔力回路は寸断されてしまった。私はもう、治癒術を使う〝銀音《ぎんおん》の聖女〟ではないのよ?」

背後の人物は耳朶《じだ》に吸いつきながら、甘く低い声で囁《ささや》いてきた。

「俺が欲しいのは聖女じゃない。ミュレちゃんだよ」

——それはずっと欲しかった言葉。

ミュレは胸の中が満たされていくのを感じながら、背後の人物に向かってそっと両手を伸ばした。

「んん……」

なんだかとても、穏やかな夢を見ていた気がする。

ミュレは上体を起こした。こんなにすっきりとした目覚めは、久しぶりな気がする。窓から差し込む風は爽《さわ》やかで、ミュレは思わず伸びをしようと手を動かした。だが、右手が動かない。

「やだ、寝すぎたのかしら。右手が痺《しび》れちゃった……？」

——ミュレの右手は、ベッド脇の椅子《いす》に座ったまま眠っている人物にしっかりと握られていた。

ぐしゃぐしゃの黒髪に無精ひげの生えた、疲れの色濃く滲《にじ》み出た顔。いつもの色男然とした風貌は欠片《かけら》も見当たらないが、それは正しくナハト・リューグナー、もとい王弟クラールハイトだった。

「なに、えっ……？　ど、どうしたの？」

若干の記憶の混濁はあるが、直前の出来事は覚えている。乗っていた魔導列車が脱線し、ピアノの代わりに自らが歌を歌って人々の傷を癒《いや》した。限界が来たところで彼が助けに来てくれて、それで——。

「あの、起きて、リューグナーさ……じゃなかった、王弟殿下」

クラールハイトの風貌は、先ほど助けて貰った時とはあからさまに異なる。ミュレはなんだか心配になり、肩をガクガクと揺さぶって懸命に起こした。

「殿下、起きてください、殿下」

「んぁ……？」

クラールハイトはゆっくりと目を開け、眩《まぶ》しいのかぱちぱちと両目を瞬《まただ》いている。

「あ、良かった、この前より起きるのが早いわ。あの、殿下……」

「ミュレちゃん！」

言葉の途中で、クラールハイトがいきなりミュレに抱きついてきた。抱きつくというよりも、突進に近い。ミュレはあえなく押し倒され、ベッドの上で覆いかぶさるように抱き締められていた。

「良かった、ミュレちゃん、本当に良かった……！」

「……あの、殿下、痛い、痛いので力を緩めて、ちょっと、痛い」

全身の骨がぎしぎしと軋《きし》む音がする。ミュレは状況がよくわからないまま、大蛇に締め上げられる哀れな小鹿になった気分がしていた。


息苦しさにもがく事数分。

圧迫感に咳《せ》き込みながら、ミュレは己を抱き締める腕が震えている事に気づいた。おまけに、鼻をすすりあげる音も聞こえる。

「ちょっと、あの、殿下？」

「……殿下呼びはやめてよ。ミュレちゃん、五日も目を覚まさないから俺、間に合わなかったのかと思った。心配で不安で、毎日生きた心地がしなかった」

小さな声で呟《つぶや》きながら、ようやくクラールハイトが締め上げる腕を緩めてくれた。そしてそのまま抱き起こされ、膝の上に乗せられる。向かい合ったクラールハイトのオーロラの瞳《ひとみ》は真っ赤に充血し、端正な顔は溢《あふ》れる涙でぐしゃぐしゃになっていた。

「……ひどい顔」

ミュレは思わず苦笑を浮かべながら、両手を伸ばして〝王弟〟の顔を挟んだ。顔立ちが端正なだけに、若干引いてしまうほどの顔面状態になっている。けれど込み上げてきたのは、失望よりも愛《いと》しさだった。

「あんまり見ないで欲しいな、ミュレちゃんの前ではいつでもカッコつけていたいから。……ねぇ、俺の顔、変？　嫌いになった？」

「嫌いになんてならないわ。だって貴方《あなた》は、いつだって格好良くて素敵だもの」

クラールハイトは片手で口元を覆いながら、ふいっとそっぽを向いた。その顔は、耳まで真っ赤に染まっている。どうやら、照れているらしい。これほどの見た目なのだ。容姿を褒められるなど日常的にある事だろうに、今さら照れるのか、とミュレは少し可笑《おか》しくなった。

「……なに笑ってんだよ」

「ううん、なんでもない。あの、ところでここはどこなの？　ナンフの病院？」

「いや、レーヴェンツァーンだよ。で、ここは王宮内にある俺の部屋。住んでるわけじゃないから、主に執務の合間の休憩室にしているけどね」

ミュレは仰天した。王宮？　レーヴェンツァーンの？

「ど、どうして？」

「最初はナンフの病院に運んだ。意識が戻ってから色々と説明をして、その後で国に連れてこようと思ってたんだ。でも、治癒魔法で体に傷一つないのにミュレちゃんの意識はなかなか戻らない。だから翌日にはこっちに連れてきた。心配だったから」

ミュレは自らの体をペタペタと触ってみた。どこも痛くはないし違和感もない。むしろ、なぜ五日間も意識不明などになっていたのだろう。

「別に、体はなんともないけど」

「医者は魔力回路がやられたせいだろうって。ミュレちゃんの治癒魔法でも、魔力回路だけは……」

そこでクラールハイトは口ごもった。ミュレは軽く頷《うなず》き、クラールハイトの手をそっと握る。

「うん、それはわかってた。私はもう、二度と魔法を使えないって」

「あのさ、ミュレちゃん。俺、治せる医者を絶対に探すから」

ミュレは首を横に振った。

「ううん、大丈夫。それより、助けにきてくれてありがとう。えっと、クラールハイト……様」

「……〝様〟はいらないって。それより、初めて呼んで貰った名前が本名で嬉《うれ》しいな。あ、お礼なんか言わないでよ。恋人を助けにいくなんて当然だろ、そんなの」

——恋人。

その言葉に、ミュレは我に返った。そうだ。クラールハイトには美しい婚約者がいるのだ。それなのに、王宮内でこの距離感はどうかと思う。

「ク、クラールハイト様。少し、離れていただいた方が……」

「なんで？」

「なんで、って、婚約者様に失礼です。それから、もうおわかりだと思いますが私はダンドリオンでは犯罪者ですから、その、クラールハイト様の愛人、にすらなれないと申しますか、そういうわけなので……」

クラールハイトはきょとんとした顔をしている。ミュレは微《かす》かな苛立《いらだ》ちを覚えた。なぜ、自分がここまで言わないといけないのだろう。

「……愛人って？　誰の事？」

「えっ⁉　あ、ごめんなさい私ったら！　そうよね、愛人にするなんて一言も言われてないものね、やだ、私ったら勝手に先走って……！」

「いや、待って待って」

あわあわと狼狽《うろた》えるミュレの手首が、困惑した顔のクラールハイトに掴《つか》まれた。

「ミュレちゃん、あの新聞記事を見たんだよね。彼女はウチの宰相の娘で、なんでだか知らないけどルリジオン君の結婚式に来ていたんだよ。で、つき合いで踊らざるを得なかったところを新聞記者に誤解されたってわけ。新聞社には俺に恋人がいるってきちんと伝えて、訂正記事も出して貰ってるから」

「あ、そう、だったの……」

クラールハイトは音が出る勢いで頷き、ミュレをぎゅっと抱き締めてきた。

「そう。だから俺の大事な恋人は、俺が結婚したいのはミュレちゃんだけ。それにアレ……じゃなくて彼女は、ダンドリオンのデファンデュ公爵家に嫁ぐ予定になっているし」

「デファンデュ家に？　それはとってもおめでたい話だけど、一体どこで接点があったのかしら」

ミュレは首を傾《かし》げた。

王太子妃フィデールの弟、デファンデュ公爵家次期当主のランクスは、体格に恵まれ見目も良い。その為、幼い頃《ころ》から上流階級の令嬢達の熾烈《しれつ》な争奪戦が繰り広げられていた。

彼女達はどうにかしてランクスを射止めようと、先を争うようにして舞踏会や朗読会を開催していた。ミュレもよく招待されていたのだが、レーヴェンツァーン王国宰相令嬢の話など、聞いた事はなかったように思う。

「んー、さぁ、俺にもよくわかんないな。それよりミュレちゃん、もうダンドリオンには帰さないからね。でも安心して、ご両親も一緒だから。ご夫妻には城下町の一等地にある屋敷を用意してある」

「え!?　お父さまとお母さまも!?」

——ミュレは目を白黒させた。はっきり言って、ここまでの流れがまったくわからない。

「クラールハイト様、話を戻しますけど、私は……」

「呼び捨てで良いって。〝銀音の聖女〟の無罪は証明されたよ。だからミュレちゃんは犯罪者なんかじゃない」

ミュレは弾《はじ》かれたように顔を上げた。

ようやく無罪が証明された。正直今さら、と思わなくもないが、ではあの事件の真相は一体なんだったのだろう。

「……ミュレちゃん、今温かい飲み物を持ってこさせるからちょっと待ってて。俺もひげ剃《そ》ってくるからさ。ミュレちゃんの前でカッコつけてる俺も、本当の俺だからね」

クラールハイトは肩を竦《すく》めながら、普段通りのヘラヘラとした笑みを浮かべていた。


「え、グルナディエ先生が……？」

しばらくして戻ってきたクラールハイトの膝の上で聞かされた事実は、ミュレにひどい衝撃を与えてくれた。牢《ろう》の中で、誰がなんのためにこんな事をしたのか、とずっと考えていたが、調律師イデアルの事は一度だって疑った事はなかったからだ。

「ミュレちゃんを手に入れたかったんだって。ルリジオン君に魅了をかけてミュレちゃんを孤立させるのが目的だったみたいだけど、まぁ、ルリジオン君がうっかり魅了にかかったせいで色々と計算が狂ったみたいだね」

ミュレを膝に乗せ抱き締めているクラールハイトは、背広《スーツ》をきっちりと着込みすっかりいつもの色男に戻っている。が、サングラスはかけていない。

「私、全然気がつかなかった。だって先生とは適切な距離感を保っていたし、音楽室にはいつもメイドを同席させていたわ。二人きりになった事もなければ、扉だって常に開放していたのに。それに、先生はルーヴとも面識が――」

頬《ほお》に手を当て、考えながら独《ひと》り言《ごと》を呟くミュレの口元が、クラールハイトの大きな手で塞がれた。

意味がわからず、ミュレは上目遣いで恋人を見上げる。

「……ミュレちゃん。俺の前で元婚約者の名前を呼ばないで欲しいな。もちろん、呼んだのは話の流れだって、ちゃんとわかっているんだよ？　でも、頭がおかしくなりそうなくらい嫌だ」

クラールハイトは苦々しげな顔をしている。ミュレは口元を覆う手をそっと外した。

「ごめんなさい。無神経だったわ」

「あはは、俺こそごめんね。なんて言うか自分でもびっくりしてるよ。俺、こういう感じじゃなかったんだけどな。ミュレちゃんが相手だと、ホント駄目になりそう」

おどけたように肩を竦めるクラールハイトの手を、ミュレはそっと持ち上げた。そして節くれだった長い指にそっと口づける。

「ミュ、ミュレちゃん？」

「私、貴方のそういうところが本当に好き。貴方って素直だし、とっても可愛《かわい》い人だから」

クラールハイトは怒ったように、ミュレの首に齧《かじ》りついた。

「あのね、ミュレちゃん。俺はカッコいいの。素直で可愛いのはミュレちゃんだよ」

首筋を何度も甘噛《あまが》みされ、緩くうねった黒髪が頬や耳をくすぐる。

「ん、やだ、くすぐったい……」

首を振り、身を捩《よじ》るミュレをクラールハイトは易々《やすやす》と押さえ込み、甘噛みを続けながら体中に両手を這《は》わせてくる。

「や、だめ、んん、待って……」

「心配しないで良いって。ここは王宮だって言っただろ？　俺の部屋にはちゃんと防御結界が張ってあるから、可愛い声をいっぱい出しても大丈夫だよ」

「ここが王宮だから、余計に困るの……！」

ミュレは迫る男の胸を懸命に押し返す。ここはレーヴェンツァーンの王族が住まう王宮。けれど、ミュレは目を覚まして以来、クラールハイトとお茶を持ってきてくれたメイド以外に会っていない。例えるなら、挨拶《あいさつ》もしていないのに恋人の一家が暮らす自宅兼職場でいきなり性行為に及ぶようなものだ。オベルジーヌ家の娘として、そんなはしたない真似《まね》をするわけにはいかない。

「あっ、ん……もうっ！」

どうせ力で敵《かな》うはずもないけれど、小指が動かないせいで全力を出せないのがすごく悔しい。まるで子供のように頬を膨らませながら、ミュレは無駄な抵抗を続ける。

「……ミュレちゃん、俺に抱かれるのが、嫌？　それとも、体が辛《つら》い？」

「嫌じゃないってば！　ずっと寝ていたから体も平気だけど、その、恥ずかしいじゃない……！」

「ミュレちゃんが悪いんだよ、あんな可愛い事言うから」

クラールハイトの手が、さらさらとした絹のネグリジェの裾から差し込まれ太腿《ふともも》を撫《な》でさすっている。首元にかかる息は荒くなり、股間は窮屈そうに盛り上がっていた。

「ん、ミュレちゃん俺、ちょっと我慢出来ないかも……」

「が、我慢して……！　王宮でなんて、そんなの駄目！」

「あー、もしかして使用人達の目が気になる？　それなら大丈夫、俺と結婚したら南の離宮で暮らす事になるから。使用人も違うし、安心して良いよ」

クラールハイトはヘラヘラと笑いながら、こめかみから一筋の汗を流している。そこでミュレは気づいた。今の時点で彼は、すでに相当我慢してくれているという事に。

「……わ、わかったけど、あの、あんまり激しくしないでくれる？」

「うーんミュレちゃん、その言葉は逆効果だよ」

苦笑を浮かべながら、クラールハイトはミュレを抱き上げ立ち上がった。向かう先には、ディアーブルでミュレが住んでいた部屋と同じくらいではないかと思《おぼ》しき大きさを持つ、巨大なベッドがある。

「ミュレちゃん、愛してるよ。言葉で信じられないなら、体に信じさせてあげる」

「私も愛してる。……クラールハイト様、ありがとう。私に、信じる気持ちを思い出させてくれて」

ミュレは夢の中と同じように、両手を伸ばしてしっかりと恋人にしがみついた。

クラールハイトが紳士的だったのは、ベッドに下ろされるまでの間だけだった。

「きゃあっ！」

まるで宝石を布の上に置くように優しくベッドに横たえてくれたかと思うと、急に食らいつく勢いで首筋に噛みついてくる。まさか噛まれるとは思っておらず、ミュレは驚き背筋を跳ねさせた。

「やっ！　い、いた、痛いったら……！」

甘噛みの域を遥《はる》かに超えた強さで歯を立てながら、容赦のない力で噛みつかれミュレは痛みに悲鳴をあげた。今までクラールハイトはミュレを抱く時、決して痛みを与えるような事はしなかった。常に気遣い、己を律し、あの初めての時でさえ徹底的に労《いた》わってくれた。

それなのに今は、飢えた獣のようにミュレに襲いかかってくる。

「ひっ⁉　きゃあぁっ」

クラールハイトは絹のネグリジェを掴み、それを左右に引き裂いた。ネグリジェは薄紙のように簡単に裂けていく。いきなり外気に晒《さら》された体は、寒さでぞわりと鳥肌を立てた。

「や、もっとゆっくり……」

懇願する声も空《むな》しく、身に着けていた下着もあっさりと取り払われていく。クラールハイトはミュレを裸にし、荒い息を吐きながら自らもネクタイを緩め背広の上着を脱ぎ捨てた。

「ミュレ、俺を見ていて。ん、そう、そのまま、俺から目を逸《そ》らさないで」

言われるがまま、ミュレはネクタイと上着をベッドの横に放り投げているクラールハイトを見つめていた。艶《つや》っぽい表情を浮かべ、もどかしげな動きでシャツのボタンを外している恋人を見ているうちに、お腹《なか》の奥がじくじくと疼《うず》くような感覚がしてくる。

（あ、やだ……）

体の奥から、なにかがとろりと溢れてきた。ミュレは思わず、内腿をもじもじとさせる。

「なに、どしたの？　もしかして、俺が脱いでるの見ただけで気持ち良くなっちゃった？」

クラールハイトはにやりと、意地悪く笑う。

「ち、違うもん……！」

本当は違わない。今も唇の端をつり上げて笑う表情を見て、どうにかなりそうなほど心臓がドキドキしている。

「あはは、その言い方かわいー。んー、でもミュレちゃんは時々意地っ張りだからね、じゃあ確かめてあげるよ」

そう言うと、クラールハイトはミュレの太腿を掴んでぐいっと引っ張った。そして足の間に体を捻じ込み、折り曲げたままのミュレの両足を左右に思い切り押し広げる。

足が開かれる瞬間、小さく水音が聞こえた。あまりの恥ずかしさに、ミュレは両手で顔を覆う。

「もうバレバレなんだから、大人《おとな》しく素直になりなよ」

「ち、違……ひゃうぅっ⁉　や、やだ、そんなところ舐《な》めないで……！」

蜜を吐き出す割れ目に、いきなりクラールハイトが顔を埋めた。ひくつく秘部に舌が触れたのを感じ、ミュレは悲鳴を上げた。なんといっても、五日間も寝たきりだったのだ。きっと汚れているし、そもそも今までここまでされた事はない。

「ミュレちゃんはどこを舐めても甘い香りがするなぁ。心配しないで、ミュレちゃんが意識ない五日間は、俺がずっと全身を隅々まで綺麗《きれい》にしてあげてたから」

「す、すみずみ……？」

「そう。どこを、どういう風に綺麗にしていたか聞きたい？」

「き、聞きたくない！」

クラールハイトは足の間で、声を抑えながら笑っている。

「やだなぁミュレちゃん。何を想像してたの？　普通にお湯と布で拭いて綺麗にしていただけだよ？

まぁ、ちょっとだけ悪戯《いたずら》もしたけどね」

そう言うと、再び敏感な部分に舌が触れた。びくん、と跳ねる腰を気にする事なく、熱く滑る舌が割れ目の奥に潜り込んでいく。そのまま溢れる蜜を舐め取るように舌が激しく動かされ、粘ついた水音が部屋中に響く。舌が動く度に、ミュレの体は陸に上がった魚のようにビクビクと跳ねた。

「ひあぁぁっ！　はぅ、あっあっ！　あっ、だめ、そんなの、んあぁっ！」

じゅるる、と音を立てて蜜を吸い上げられ、ミュレは過度の羞恥《しゅうち》に身を捩る。足を大きく開かれ、その間に顔を埋められ舐められるなどという事が、自分の身に起こっているとは到底信じられない。

「あ、ん、はぁ、あっ、あぅぅっ！」

執拗《しつよう》に舐められ、足の間から飛沫《しぶき》が飛び散っていく。強すぎる快楽から逃れたいはずなのに、気持ち良くなればなるほど腰が浮いていくのはなぜだろう。

「あーあ、こんなに涎《よだれ》こぼして。舌だけじゃ物足りないかな、指も欲しい？」

「あ、だ、だめ……今、そこ、指でされたら……」

先ほどからずっと、膣《ちつ》内が軽く痙攣《けいれん》しているのがわかる。軽い絶頂を繰り返しているそこを、指で抉《えぐ》られたりなどしたら自分がどうなってしまうのかわからない。

「ミュレちゃんは本当に素直だなぁ、自分で弱いとこ白状しちゃうんだから」

「は、あ、そ、そんな事、な……あうぅっ！」

絶頂し、だらりと力の抜けた足からクラールハイトの手が離れた。安堵《あんど》したのもつかの間、今度は割れ目の上に指を乗せられた。その下には、敏感な膨らみが隠れている。体が大きく震えたのは、恐怖と期待、一体どちらなのだろうか。

「い、いや、そこ、だめ……怖い……」

「あはは、俺も怖いよ。今、これでもギリギリなんだよなぁ。可愛く喘《あえ》ぐミュレちゃん見たら、理性なんかぶっ飛んじゃうかも」

そう言いながら、クラールハイトは割れ目の上の指をゆるゆると動かし始めた。膨らみを潰すような、振動ともいえる小刻みな動き。それがすぐ下の膨らみ、陰核に伝わり、じんわりとした気持ち良さが下腹部にゆっくりと広がっていく。

「んぁ、あ……ひうっ⁉」

下半身の力が抜けきったところで、ビリビリと痺れるような感覚が背筋を駆け抜けていった。陰核に歯を立てられたのだと、数秒経《た》ってから気づいた。

「いっ、あぁあっ……！」

剥《む》き出しになった陰核を襲う刺激に背をのけ反らせた瞬間、膣内に指がずぷりと突き込まれた。予想外の動きに、ミュレは声を出す事も出来ない。体内に潜り込んだ指は、水音を立てながら激しく抜き差しされる。

「あぁぁっ、ひぁぁぁっ、あっ！」

陰核と膣内。弱いところを同時に責められ、ミュレは喉を反らして泣き喘ぐ。狂おしい快楽を送り込んでくる恋人の黒髪を両手でわし掴み、空しい抵抗を試みるも男の動きは止まらない。

陰核をやわやわと甘噛みし、長い指で体内を刺激し続ける。

「んあぁっ、あっ、あぁぁぁぁっ！」

腰から下が自分の体とは思えないほど蕩《とろ》け、深い絶頂の予感に背筋が震える。これは恐怖ではない。自分は、更なる快楽を期待しているのだ。

「あ、あ、もう……！」

昇り詰める寸前、ひと際奥に指が突き込まれた。求めていた激しい快楽に、恥ずかしいほど腰がガクガクと震える。

「あ、だめ、そこ、気持ち、いっ……」

「気持ち良い？　好きなだけイっていいよ、ミュレちゃん。ずっと気持ち良くしてあげるから」

「あう、んぁ、あ——っ」

口の端からは涎がこぼれ、虐《いじ》めぬかれた秘部からは止めどなく蜜が溢れ出していく。足をピンと突っ張らせ、言葉にならない言葉を発しながらミュレは深く長い絶頂に身を委《ゆだ》ねた。

「あ、あぅ、う……」

「イクの上手《じょうず》になったね、うん、いい子いい子」

肩を上下させ、喘ぐミュレの髪がかき混ぜるように撫でられた。頭皮まで感じるようになったのか、それだけで口から甘い吐息が漏れていく。

「ミュレちゃん、もう挿《い》れて良い？　休ませてあげたいけど、俺のココが大変な事になってるんだよね」

「はぅ、う、うん……だいじょう、ぶ……早く……」

——体中が熱い。甘い疼きは、ミュレの頭の中をぐずぐずに溶かしていく。自分が何を口走っているのか、もうすでにわからない。

ただ、早く一つになりたい。甘やかさなくて良いから、もっと激しくして欲しい。そんな期待を込めた眼差《まなざ》しで、舌舐めずりをする恋人をぼんやりと見つめる。

「……やらしくて可愛い顔。待ってて、俺のですぐに気持ち良くしてあげる。多分、手加減出来ないけどごめんね？」

「平気、だから、早くして……」

ミュレは腰を揺らしながら、甘い罰を強請《ねだ》る。クラールハイトは一瞬笑みを浮かべた後、ミュレの腰を抱き寄せ一気に割れ目を貫いてきた。

「あうぅっ！」

柔肉が押し広げられる感覚に、ミュレは声なく体を痙攣させた。あまりの衝撃と快楽に、目を閉じる事すら出来ない。

「は、ミュレちゃん、中、すごい絡みついてくる……！」

「んあぁあっ！　はぅ、あ、ぁっ」

クラールハイトは容赦なく、ガツガツと腰を打ちつけてくる。生理的な涙の浮かぶミュレの目に、歯を食い縛り、汗を飛び散らせる恋人の姿が目に映った。

「はぁ、俺の形のまま、で安心したけど、ちょっと残念、だな。内臓の損傷まで、治癒するミュレちゃんの、治癒魔法だったら、処女に、戻ってるかと、思った」

ミュレは霞みのかかったような頭で、ぼんやりと言葉の意味を考える。やがて言っている事を理解した途端、涙目で恋人を睨《にら》みつけた。

「そ、そんなの、あるわけな、ば、ばかぁ……！」

「はは、ごめんごめん。ん、もうイキそ……」

肉を打つ音が、段々早くなっていく。それに伴い、クラールハイトの声も段々と掠れてきた。

「うっ……ミュレ、俺の顔を見て。ほら、駄目だよ、はぁ、あ、ちゃんと、こっち見て……！」

「あんんっ、あ、むり、できな、い……」

「仕方がない、なぁ。じゃあ今は、許してあげるよ」

耳に響く、クラールハイトの甘く優しく掠れた声。ミュレは堪《たま》らなくなり、首元にしがみつき自ら唇を押しつけた。即座に唇を割って舌が入り込んでくる。互いの舌を吸い、絡め合ううちに再び熱い熱が体中を巡り始めた。

「うっ、あ、ミュレ……！」

ベッドにめり込むのではないかという激しい突き込みに、ミュレは逞《たくま》しい背中に爪を立てて痙攣した。同時に、クラールハイトの腰がぶるりと震える。

体の深いところで、熱いなにかが弾けて広がっていく感覚。ミュレは小刻みに震えながら、今一度恋人の体にしっかりとしがみついた。

「……ミュレちゃん、全然足りない。まだして良い？」

ミュレの体内に射精した後も、クラールハイトは出ていかない。どうせこうなるだろうと思っていた、と、ミュレはこくりと頷いた。

「いい、けど、あまり気持ち良くしすぎないで……おかしくなっちゃう……」

「……あー、うん。ったく、学習しないなぁミュレちゃんは。だから、逆効果だって」

溜息《ためいき》と共に、再び腰が動き始める。

ミュレは甘い悲鳴を上げながら、両足を恋人の背にきつく絡みつかせた。


ミュレがレーヴェンツァーンに来てから一か月。

王弟クラールハイトは王宮の私室で甘い紅茶を飲みながら新聞を読んでいた。

「ダンドリオンは今、大変みたいですね」

ツヴェルクが背後から新聞を覗《のぞ》き込みながら、呆《あき》れたような声で言う。

「まぁ、そうだろうな」

聖鏡の映像を見た国民が、王宮に押しかけ暴動を起こしたのだ。王太子ルリジオンが『銀音の聖女』の冤罪《えんざい》を発表する寸前だった、と説明したものの、それはもはや言い訳にすぎなかった。

そこでルリジオンは、聖女とその一家への処罰に関するすべての決定は国王が行ったと説明した。

自分は懸命に止めようとしたが叶《かな》わず、その償いの為に聖女の潔白を晴らそうと尽力をしていたと、そう国民に告げたのだ。

「で、隣国の友人であるクラールハイト王弟殿下の協力を得て、証拠を集めたと。いやー、殿下の名前を効果的に出して自分が魅了にかかった事実をうやむやにしてますね」

「あはは、まぁ、ルリジオン君にしては思い切った方法を取ったよ」

クラールハイトは肩を竦める。

真犯人である調律師イデアル・グルナディエは公式発表の後、処刑された。王太子妃フィデールに恋心を利用され、踊らされた哀れな男ではあったが、さすがに高名なオベルジーヌ夫妻と聖女を隣国へ奪われる原因を作ったのだ。他に、彼が赦《ゆる》される道は存在しなかった。

次に厳しい処罰を受けたのは、ミュレの元婚約者である騎士ルーヴ・シトロンだった。

彼は聖女を信じる事なく手酷《てひど》く捨てた、と国中から非難を浴びた。

非難の声は日に日に苛烈《かれつ》さを増し、彼自身にはなんの咎《とが》もないはずなのに騎士団を解雇される羽目になった。同じく、恩あるオベルジーヌ夫妻に冷たく背を向けたルーヴの両親は冷ややかな視線に耐えられず、会社を放り出していずこへと夜逃げしていったらしい。

「……元騎士君、なかなか骨はあるみたいだな。親のように逃げ出したりしないで、港町で荷下ろしの仕事をしているらしい。ま、新しい婚約者にはあっさり見捨てられたみたいだけどね」

悔しいがミュレが好きになるくらいだ。良い男とは到底思えないが、そう悪い男でもなかったのだろう。だが、それとこれとは話が別だ。

クラールハイトはツヴェルクを使ってルーヴに『個人的な忠告』をしておいた。彼は未来永劫《えいごう》、レーヴェンツァァーンに入国をする事はない。

「いやー、殿下も忙しくなりますね。この前、結婚式に出席したばかりなのにもう戴冠式《たいかん》に出席する羽目になりそうじゃないですか」

「別に苦じゃないよ、ダンドリオンは近いし。でも、もう〝ルリジオン君〟って気軽に呼べなくなるなぁ。一国の王と王の弟じゃ、さすがに立場がまったく違うからね」

ルリジオンもただ優しいだけの愚か者ではない。国民感情を鎮めるには、父親である国王を切り捨てるしかない、と判断をしたのだろう。

「邪魔者は潰したし、ペルズィモーネのご令嬢もデファンデュ家に押しつけられた。半年後の結婚式は清々《すがすが》しい気分で迎えられそうですね」

色々と動いていたツヴェルクは、ようやく肩の荷が下りた、とばかりに嬉しそうにしている。

「……半年後ってのがなぁ。ミュレちゃんが真面目《まじめ》すぎて困るよ」

クラールハイトは溜息をついた。

オベルジーヌ家は貴族ではないが、国外にも名前が轟《とどろ》いている音楽一家だ。おまけにミュレは、銀魔力を失《な》くしてもなお『銀音の聖女』として称《たた》えられている。

通常、王族との婚姻には数年間の王妃教育、王子妃教育が必要になる。だが兄である国王ミルヒヴァイスも王妃ザフィーアも、ミュレの立ち居振る舞いや教養の深さを知り王子妃教育は必要ない、と断言してくれた。

けれどミュレがそれではいけない、と納得をしなかった。

『貴族家ご出身の王妃様だって教育を受けられたのに、私が一切受けないなんて筋が通らないわ』

結局、頑固なミュレに折れて半年間の王子妃教育が施される事になり、必然的に結婚するのはその後になってしまった。

「それにさぁ、義姉上《あねうえ》のせいでここのところミュレちゃんと日中イチャイチャ出来ないんだよなぁ。お前、どうにかしてくれない？」

「いやいや、前提がおかしいですって。日中は楽団《こっち》の仕事やる時間ですからね？　そういうのは夜にやって貰って良いですかね」

忠実な部下の言葉に、クラールハイトは舌打ちをする。出来るだけ、ミュレから目を離したくないのだ。

――初めて武装楽団の本拠地である機空戦艦にミュレを乗せた時、彼女は目をキラキラさせて戦艦内部や設備に見入っていた。そしてクラールハイトが一瞬だけ離席しすぐに戻って来た時、ミュレは複数の団員に積極的に話しかけ楽器や楽譜について熱心に質問をしていた。

あまり自分から他人に話しかける性格ではないミュレにしては、かなり珍しい光景と言える。

その時、クラールハイトは自分でも驚くほどの嫉妬《しっと》に駆られた。思わず適当な理由をつけて団員達からミュレを引き剥がし、団長室に連れ込むとそこで激しく抱いてしまった。

事が終わった後、ミュレは立腹していたがクラールハイトはまったく後悔をしていない。

ただ、団長室に入る度に執務机に手をついて喘ぐミュレの痴態を思い出し、股間が疼くようになってしまった。それが、唯一の誤算と言えるかもしれない。

「……ニヤニヤしちゃって、怖いんですけど」

「あー、早く結婚したい。もうドレスも指輪も発注したってのに」

クラールハイトはカップを持ったまま立ち上がり、窓の側《そば》に向かった。しばらく待っていると、向かい側の渡り廊下からミュレが現れた。手には楽譜を抱え、金茶の髪をなびかせながら嬉しそうな顔で歩いている。

「……俺が側にいなくても、なんだか楽しそうだな」

「むしろ、喜ばしい事じゃないですか」

背後から、部下の呆れたような溜息が聞こえる。

クラールハイトはカップを窓際に置いたまま、身を翻《ひるがえ》し足音荒く部屋の外に足を向けた。


レーヴェンツァーン王国・王都ミットブリングゼルにある王宮の中。

大きなピアノや様々な楽器が置いてある音楽室で、ミュレは二人の少年の指導を行っていた。

「ターク殿下、今のところをもう一度弾いてみましょう」

「そこは焦らないで、ゆっくりですよ、アーヴェント殿下。私の動きをよく見ていてくださいね」

――ミュレは今、国王ミルヒヴァイスの息子である二人の王子、タークとアーヴェントのピアノ教師として働いている。といっても、給金が出るわけではない。王子妃教育の合間に、王妃ザフィーアのたっての希望で週に三回、こうして王子達にピアノの指導を行っているのだ。

さすが音楽大国の王子と言うべきか、八歳と六歳、という年齢にもかかわらず二人共とても筋が良い。必然的に、ミュレの指導も熱が入ったものになっていく。

真剣な顔でピアノを弾く王子達に優しい眼差しを向けながら、ミュレは己の両手を見つめた。この手は、〝半分だけ〟封印が解かれている。

ミュレ達親子に封紋を施した封印師カシェ・コントラは、クラールハイトが半ば強引に王太子ルリジオンから譲り受けた。封印師を殺せば完全に封印が解けると聞いたが、ミュレは絶対にそれを許さなかった。拉致《らち》に近い形で連れてこられたカシェは、魔法局の封印課に放り込まれている。

彼の封印能力は凄《すさ》まじく、指導官にあたる上級封印師でも半分しか封印解除が出来なかった。

今は高い魔力と偏った魔法の練り方を矯正すべく、一生懸命訓練に励んでいるらしい。

結果、父エフォールは右腕、母アルエットは左目の封印が解けた。それだけでも十分だと両親は喜んでいたが、ミュレは複合的な封紋を施されていたために『両の小指を動けるようにする』か『ピアノを弾けるようにする』の二択しかなかった。

そこでミュレは迷わず『ピアノを弾けるようにする』を選択した。

小指が動かなくとも、ピアノの指導くらいは出来る。その時はまだ王弟妃になる、という実感を持っていなかったミュレは、市内でピアノ教師の職でも探そうと思っていたのだ。

「叔母上」

「あの、叔母上」

王子達に声をかけられ、ミュレははっと我に返った。

彼らは、まだ正式に王弟妃になっていないミュレに対してごく自然に「叔母上」と呼びかけてくる。

正直、大国の王子に「叔母上」と呼ばれる事にはいまだに慣れない。

「あ、は、はい、なんでしょうか」

ミュレは慌てて二人に向き合った。幼い兄弟は、同じような表情で眉間《みけん》に皺《しわ》を寄せている。

「……？　お二人共、どうかなさいましたか？」

「あの、叔母上、叔父上が目障《めざわ》りで集中できません」

「叔母上、叔父上を音楽室《こ》からつまみ出してはいただけませんか？」

幼い容姿に似合わぬ辛辣《しんらつ》な台詞《セリフ》を吐きながら、兄弟は同時に横を見た。

「お前達、この程度で集中を乱しているようじゃあ立派な武装楽団員になれないぜ？」

兄弟の視線の先には、休憩用の長椅子に優雅に腰かけるクラールハイトの姿があった。クラールハイトは軍服にサングラスをかけ、いつもの軽薄な笑みを浮かべている。ミュレは溜息をつきながら、半年後に夫となる恋人の元に向かった。

「……王弟殿下。この時間は、機空戦艦の中でお仕事では？」

「やだなぁ、ミュレちゃん。そんな他人行儀な呼び方しないでよ」

クラールハイトはヘラヘラと笑う。が、ミュレも怯《ひる》まない。

「今は授業中です。用がないなら、お仕事にお戻りください」

「えぇー……。ったく、ピアノの事になるとミュレちゃんは厳しいなぁ。でも、授業時間は残り十分だろ？　待ってるよ」

どうしても、ここから移動する気はないらしい。ミュレは少し考え、渋々頷いた。王子達はこの後、歴史の授業が控えている。ここで下手《へた》に言い合いをしてピアノの時間を減らすよりは、さっさと切り上げ授業に戻った方が良い。

「はぁ、もう、わかりました」

ミュレは恋人に背を向け、二人の王子の指導に戻る。王子達は、胡乱《うろん》な眼差しでミュレを見ていた。

「叔母上、少々叔父上を甘やかしすぎでは？」

「男は甘い顔をするとつけあがる、と母上が申しておりましたよ」

王子達に詰め寄られ、ミュレは言葉を失う。

甘やかしているわけではない。どちらかと言えば、諦めていると言った方が正しい。

なにしろクラールハイトは、仕事は大丈夫なのだろうかと心配になるくらい、ミュレにべったりなのだ。王宮の面々は温かい眼差しを向けてくるだけで何も言ってくれないし、唯一苦言を呈せるツヴェルク・ヴィンターもさすがに疲れたのか、時折見て見ぬふりをするようになった。今も、ツヴェルクは室内に入らず廊下で控えている。

「さ、さぁ殿下方、最後の部分までしっかり弾いてくださいね」

背後から向けられる熱線のような視線に、ミュレは両手をパンパンと打ち鳴らした。

「素敵……」

ミュレは高鳴る胸を押さえながら、頬を紅潮させていた。

今日はクラールハイトと二人で歌劇を観にきた。ちょうど今は、一部と二部の間、幕間の休憩時間なのだ。

「ミュレちゃん、ワイン飲む？」

「ううん、いらない。ねぇ、主人公の相手役を務めている公爵役の俳優さんいらっしゃるじゃない？あの方のお名前が知りたいのだけど」

「…………なんで？」

「だって、すごく素敵だから他の出演作も観たいの。お名前を覚えていたら、ポスターでわかるでしょ？」

久しぶりの観劇に高揚していたミュレは、クラールハイトが不機嫌になっている事に気づかない。

「……さぁ、わかんないな」

「じゃあ、後で楽屋にお邪魔しちゃ駄目？」

「絶対に駄目。王族《おれたち》は、そういう事を軽々しくするもんじゃないの」

にべもなく言われ、ミュレは頬を膨らませた。背後に控えているツヴェルクが、なぜか額を押さえている。

「私、まだ王族じゃないもん」

「国民はミュレちゃんを一般人だと思ってないよ」

「でも、私――」

　なおも言い募《つの》ろうとしたその時、ミュレは無表情のクラールハイトにぐいと引き寄せられた。そしてそのまま、当然のように唇を重ねられる。

　ここは王族専用の席で、周囲から見られる事はない。ただ、ここにはツヴェルクがいる。ミュレは羞恥に駆られ慌てて抵抗をした。だが力で敵うはずもなく、好き勝手に口内を蹂躙《じゅうりん》される。

「ん、はぁ、あ……」

　ようやく解放された頃には、ミュレは酸欠でくらくらとしていた。

「ったく、ミュレちゃんは俺のなんだから、一般人なわけないだろ。警備も大変になるし、余計な動きはしない。わかった？」

「うん、わかった……」

「あんまり俺を不安にさせるとお仕置きするよ？　ミュレちゃん、気持ち良いと声我慢出来ないだろ？　音だって聞こえるかもしれないし」

　ミュレは身を引き、青褪《あおざ》めた。ここで抱かれるのだけは絶対に嫌だ。それに、警備上の迷惑をかけてまで、俳優に会いたいとは思わない。

「ご、ごめんなさい……」

「ん、良かった。わかってくれて安心したよ」

　クラールハイトは先ほどとは打って変わって上機嫌になっている。ミュレは腕の中にすっぽりと包まれたまま、そっと小さく息を吐いた。

――もしかして、ミュレが俳優の顔に惹《ひ》かれたとでも思っているのだろうか。でも、それは違う。歌だ。逆境から這い上がっていく二人を鼓舞するその歌を聞いていると、なんだか勇気が湧いてくる気がした。

脚本通りに歌っただけで、他人の心を揺さぶれるとは思えない。だから他の出演作も観てみたかったし、直接話をして歌っていた時の心境を訊《き》いてみたかっただけなのだ。

「そうだ、ミュレちゃん。俺からプレゼントがあるんだけど、受け取ってくれる？」

「本当？　嬉しい、なにかしら」

ミュレは腕の中から恋人を見上げる。この人を不安にさせたくはない。ミュレはひとまず、頭の中から先ほど心惹かれた歌声を消した。

「はい、これ」

差し出されたのは、楽譜だった。

「『瓦礫《がれき》と宝石』……？」

一風変わった題名の曲は、どうやらピアノ曲らしい。流れるような、特徴的な書き方をされた音符が楽譜一面を舞い踊っている。

「……あ」

楽譜を読み進めながら、ミュレはある事に気づいた。次の瞬間、両目から涙が溢れ出してくる。

「こ、これ、この曲……」

「あはは、どう？　気に入ってくれた？」

ミュレはしゃくりあげながら、大きく首を振った。気に入るとか気に入らないとか、問題はそこではない。

――この曲は、両の小指を使わなくても弾けるように作られている。

「うぅ、もう、やだ、クラールハイト様、すぐこういう、私が喜ぶような事、するから……！」

「俺は、ミュレちゃんを幸せにするために生きているからね」

澄ました顔でそう言うと、クラールハイトはミュレの鼻先に軽く口づけをした。

「ミュレちゃん、ほら、そろそろ泣きやまないと二部が始まるよ」

恋人に促され、ミュレは涙を拭《ぬぐ》いながら大きな舞台に目を向ける。困難に立ち向かい、自分達の未来を掴もうとあがく主人公達の姿は、かつてミュレが諦めてしまった姿だ。

でも、これからは違う。主人公に側で支えてくれる人がいるように、自分にはクラールハイトがいる。

支えられるだけではなく、自分も支えていきたいと強く思う、誰よりも大切な人。

ミュレはクラールハイトの胸にしがみつき、緞帳《どんちょう》が上がっていくのをじっと見つめていた。

――自分達の未来も、こうして幕を開けていく。

その先にはきっと、幸せに満ちた人生が広がっているはずだ。

ミュレは心から、そう願っていた。

後日談・あなたが側《そば》に、いるだけで

レーヴェンツァーン王国王弟妃ミュレは、淡い桃色をした便箋の上で、万年筆をさらさらと走らせていた。

「えぇと、シレーヌさんお元気ですか、私は元気です。……うーん、毎回この出だしだとつまらないかしら」

シレーヌとの手紙のやり取りはこれで三回目になる。いつも近況程度しか報告していないが、これまで友人という存在がいなかったミュレにとっては、この手紙は密《ひそ》かな楽しみでもあるのだ。

人生で初めて出来た友人が、自分と同じように思っていてくれると嬉《うれ》しい。そんな風に思いながら、ミュレは万年筆を動かし一生懸命に手紙を綴《つづ》る。

「便箋の端に可愛《かわい》い絵でも描いてみようかな……絵は得意じゃないけど……」

「んー？　じゃあ俺が描こうか？」

背後から聞こえる甘い声に、ミュレは小さく溜息《ためいき》をついた。ミュレは離宮内の私室で、先ほどからずっと手紙を書いている。

──夫であるクラールハイトの、膝の上で。

「駄目、自分で描くから。……ねぇ、クラールハイト様。そろそろお仕事に行かなくて良いの？」

「うん、行くよー？　そうだなぁ、あと五分経《た》ったらね」

このやり取りは何度目だろうか。

ミュレは視線を横に向けた。ミュレの専属護衛であるラッテ・シュタインははらはらとした顔をこちらに向けているが、クラールハイトの護衛ツヴェルクは腕を後ろで組んだままどこか遠くを見ている。これはツヴェルクの怒りと呆《あき》れが限界を突破し諦念に満ちた時の様子だと、ミュレにもわかってきた。

「クラールハイト様。ねぇ、きっと皆さん困っていらっしゃるから」

腹部にがっちりと回された腕を、なだめるように叩《たた》く。が、腕は緩む気配すら見せない。

「……クラン」

このままではいけない、とミュレはごく小さな声で囁《ささや》きかけた。途端に、腕がピクリと動く。

「夜には一緒にいられるのだから、今ここでこんなにくっつかなくても良いじゃない」

──こっそりと呼んだ愛称《それ》は偶然から生まれたものだった。

結婚してからというもの、毎晩激しく、貪りつくされるようにして抱かれる。深い快楽に溺れる中、無意識にミュレが口にしていたのが〝グラン〟という呼び方だった。

おそらく〝クラールハイト〟と上手《うま》く言えなかったからだと思うのだが、その呼び方をクラールハイトが殊《こと》の外《ほか》気に入った。それ以来、二人きりの時は必ずそう呼ぶように言われている。

「ミュレちゃん、今、そう呼ぶのはずるいなぁ」

「あら、ずるくなんてないわ。……ラッテ達には聞こえないように言っているもの」

言いながら、ミュレは腕の中で体を回転させた。そして指をそっと伸ばし、夫の唇をふにふにとつつく。

「……はぁ、わかったよ、ミュレちゃん」

クラールハイトは腕を離し、おどけたように肩を竦《すく》めた。口元に軽薄な笑みは浮かんでいるものの、サングラス越しに見えるオーロラには熱い欲が揺らめいている。

「どうして、今日に限ってこんなにわがままなの？」

大体いつもミュレから離れたがらないクラールハイトだが、それでもさすがに仕事に支障をきたす事はなかった。だが今は、執務室に行く前にミュレの部屋に寄ったまま、いまだに執務室に行っていない。

「あはは、ごめんね。だって手紙を書いてるミュレちゃんの顔がすごく嬉しそうだったから、ちょっと不安になったんだよな」

「どうして不安になるの？　シレーヌさんは初めてのお友達で、お友達と文通をするのも初めてだから嬉しいっていうだけなのよ？」

ミュレは膝の上から滑り降り、夫に向かって手を伸ばした。クラールハイトは苦笑を浮かべながら、ミュレの手を取り立ち上がる。

「うーん、ミュレちゃんは肝心な事を間違えてるなぁ。初めてのお友達は俺だよ、忘れちゃった？」

クラールハイトは長身を屈《かが》め、ミュレの耳元に唇を寄せた。黒髪が頬《ほお》に触れ、くすぐったさに身を捩《よじ》る。

「……文通をしておけば、ミュレちゃんの初めては全部俺のだったのになぁ。残念」

そう甘く低い声で囁かれ、ミュレは頬を真っ赤に染めた。

レーヴェンツァーンに来てから一年。クラールハイトの言う通り、数多くの〝初めて〟を経験した。

——それはもう、口に出来る事から口に出来ない事まで。

少なくともミュレの体に関しては、自分ですら触れた事のない箇所を含め、今さらどこに触れられたところで、もはや〝初めて〟にはならない。

「ぶ、文通くらい、別に良いじゃない……」

ミュレには、その一言を言うのが精いっぱいだった。


半ば追い出されるようにしてミュレの部屋を出たあと、クラールハイトは不機嫌さを露《あら》わにしながら執務室へと向かっていた。

「殿下、なにをそんなに不安がってんですか？」

ツヴェルクの呆れたような声。そこで初めて、クラールハイトはいつもの悪癖が出ている事に気がついた。

「また爪、傷みますよ？　妃殿下が心配するんじゃないですか？」

「うるさいな、仕方がないだろ」

「仕方がないって、何が？」

クラールハイトはしばらく黙り、やがて小さく呟《つぶや》いた。

「……今は俺とレーヴェンツァーンにいるってのに、手紙を書いている時のミュレちゃんはディアーブルにいた頃《ころ》のミュレちゃんに戻ってる。不安なんだよ。また、俺に黙ってどっか行っちゃいそうで」

ツヴェルクは虚を突かれたような顔になり、気まずそうに指で頬を掻《か》いている。

「すみません。そうっすよね、本当は殿下も文通なんてさせたくないですもんね」

――王族にも個人的な友人というものはいる。

だが親しい友人関係が許されるのは学生時代までの話だ。その後は、親友だろうがなんだろうが基本的に特定個人と親しくする事は避けなければならない。

けれど、ミュレが「せめて事情を報告したい」と必死に訴えてきた。話を聞くと、その相手は追放直後のミュレを助けてくれた宝石採掘場の事務員だという。

シレーヌという名前のその女には、クラールハイトも『ナハト・リューグナー』の時に一度会った事がある。

ミュレの命の恩人となると、無下《むげ》にも出来ない。そう判断し、手紙を出す事を許可した。

だが、予想に反し二人は文通を始めてしまった。こうなると、今さらやめろとは言えない。

そこでクラールハイトは用心のため、念には念を入れてミュレの〝二番目の友人〟シレーヌには報奨金を与え、家族と共に西の国境町ナンフにこっそり引っ越しをさせておいた。

万が一、人質に取られるなどしてミュレの心を揺さぶられては困るからだ。幸いにも女は賢く、すぐに意図を理解してくれた。

もちろん、この事はミュレに話していない。だからミュレが書く手紙にはディアーブルの住所が書かれている。だが実際はナンフの新居に届いているのだ。

「ミュレちゃんから何もかも取り上げるつもりなんてない。でも俺は、俺の知らないミュレちゃんがいるのが嫌なんだよ。ディアーブル時代のミュレちゃんの事は、おそらくシレーヌって女の方がよくわかってる。それがどうにもムカついてしょうがない」

本当はそんな女など放っておいて、自分だけ見ていて欲しい。けれど、それを強要するとミュレが嫌がる。だから言えない。

その葛藤《かっとう》が、ありもしない不幸の妄想に繋《つな》がっていく。

「あーあ、俺、こんな男じゃなかったんだけどなぁ」

「いや、そんな男だったと思いますよ?」

幼馴染《おさななじみ》であり部下である男の言葉に、クラールハイトは驚き両目を瞬かせる。

「……う、嘘《うそ》つけ」

「嘘じゃないですって。というか〝そんな男だとわかったところで、まったく驚かなかった〟っていうのが正確ですかね」

「……ちょっと待て。お前、俺をなんだと思ってるんだよ」

ツヴェルクはやれやれ、というように首を振った。

「もちろん、尊敬する王弟殿下です。ディアーブルで妃殿下が思い詰めるあまり、うっかり娼館《しょうかん》で働こうとした話を聞いた時に驚きとショックで思考が停止し、わけのわからない受け答えで妃殿下を困惑させる、という妃殿下絡みになると精神力が薄紙以下に成り下がるとしても、僕の大切な主《あるじ》だと思ってますよ」

手を胸に当て慇懃《いんぎん》に頭を下げる部下に、クラールハイトは何も言い返す事が出来なかった。


数日後。

ミュレはレーヴェンツァーン王国王妃、ザフィーアの部屋にいた。

昨夜から降っている雨はまだやむ気配がなく、窓の外は霧で真っ白になっている。

「王妃陛下、寒くはございませんか?」

「ええ、大丈夫よ。ありがとう」

ザフィーアは艶《つや》のある青の髪をゆるく縛り、ベッドに身を横たえている。その顔色は、どう贔屓目《ひいきめ》に見ても決して良いとは言えない。

「それよりも、ごめんなさいね、ミュレ。結局、クラールハイトを行かせてしまって」

——クラールハイトは今、兄である国王ミルヒヴァイスとその長子である王太子ターク、彼らと共にダンドリオンに出向いている。王太子ルリジオンの戴冠《たいかん》式に出席するためだ。

元々、戴冠式にはルリジオンと個人的に親しいクラールハイトが出席する事になっていた。

だがクラールハイトは先日、北側の隣国パールドブルムで開催された『同盟国による国際会議』に出席をしていた。

それは『王弟』としてではなく、あくまでも『武装楽団団長』としての出席だったが、さすがに王弟ばかりを外交に駆り出すのはどうなのか、という声が上がった。

ミルヒヴァイスはその声を受け、戴冠式には自分達が出席すると発表した。

だが、そこで予想外の事態が起きた。王妃ザフィーアの懐妊がわかったのだ。

ザフィーアの悪阻《つわり》はかなりひどく、海外に行くのは断念せざるを得なかった。

「いいえ、王妃陛下。クラールハイト様に反対をされなければ、私も一緒に出席するつもりでしたのに……」

ザフィーアの欠席が決まった直後、国王一人で出席するのはよろしくない、と宰相アール・ペルズィモーネは国王に加え王弟夫妻の出席を勧めてきた。

ミュレは結婚後、これが初めての公務になる。だから向かう先が自分を追放した母国でも、特に気にしてはいなかった。懐かしさを感じるわけでもなければ、嫌悪感もない。

気になる事といえば、王弟妃として相応《ふさわ》しい振る舞いが出来るか、という心配くらいだったように思う。だが、クラールハイトが大反対をしたのだ。

『ミュレちゃんは二度とダンドリオンの地に足を踏み入れないでくれるかな。ミュレちゃんが良くても、俺が嫌だ』

クラールハイトは一度言い出したら聞かない。仕方なく、ミュレは一人留守番をする事になった。

「行かなくて良かったのよ。貴女《あなた》をあれだけ傷つけた国の王を、貴女が祝福する必要などありません。代わりに宰相が同行するはずだったのだけど、クラールハイトがどうしても行くと言うものだから……」

王妃ザフィーアは申し訳なさそうな顔をしている。

「いいえ、王妃陛下。私を傷つけまいとするクラールハイト様のお気持ちは嬉しかったです。それにルリジオン陛下とクラールハイト様はご友人のようですから、戴冠式に出席出来てむしろ良かったと思います」

「そう言って貰えると、少し安心するわ」

ミュレは笑顔で頷《うなず》きながら、内心で溜息をついていた。

――それにしても、クラールハイトは過保護すぎる気がする。

ミュレの事を、何も出来ない弱く小さな子供だとでも思っているのだろうか。

心配をしてくれるのは嬉しいが、ミュレとて覚悟を持って王族と結婚をする事を選択したのだ。一方的に守られているだけなのは納得がいかない。

ミュレだってクラールハイトの役に立ちたいと、常日頃から思っているというのに。

「ミュレ？　どうかしたの？」

考え込むミュレに、ザフィーアの穏やかな声がかかる。

「いえ、なんでもありません。では王妃陛下、そろそろアーヴェント殿下のピアノ授業のお時間が迫っておりますので、私はここで失礼をさせていただきます。アーヴェント殿下、ターク殿下がお留守である今のうちにたくさん練習をして追い抜いてみせる、と張り切っていらっしゃるのですよ」

「ふふ、アーヴェントったら。今日はありがとう、ミュレ。おかげで気が紛れたわ。良かったら、また顔を見せに来てくれる？　私には兄姉しかいないものだから、妹が出来てとても嬉しいの」

「はい、是非！　あの、私も嬉しいです」

ミュレは一人っ子で、兄弟姉妹はいない。王妃の陽だまりのような笑顔を見て、ミュレは心が温かくなっていくのを感じていた。


その頃、クラールハイトは兄である国王ミルヒヴァイスと甥《おい》のタークと共に、ルリジオンの戴冠式の席に着いていた。

『銀音《ぎんおん》の聖女ミュレ』の冤罪《えんざい》が晴れてからルリジオンが国王に即位するまで、一年近くかかったのには理由がある。前国王セクトがなかなか退位に応じようとしなかったのだ。

聖女事件に対しての国民感情を宥《なだ》めるためとは言え、ルリジオンの強引な手段に貴族の中には反発する者も多くいたらしい。

揉《も》めに揉めている最中、前国王が病に倒れた。それにより王太子派の動きが一気に強まり、こうして無事に戴冠式を迎えられる事になった。

「昨日はセクト殿を見舞ってきたが、ひどく具合が悪そうだった。あれは長くないだろうな。持病があったとは知らなかったが、クラールハイト、お前はどう思う？」

「まぁ、普通に考えれば一服盛られたのでしょうね」

「やはりそうか。あれだけ揉めていたにしては、あっけない幕切れだったからな」

頷きながら、クラールハイトの脳裏にはあの美しく可憐《かれん》な毒蝶《どくちょう》が過《よぎ》る。おそらく、膠着《こうちゃく》状態にしびれを切らしたデファンデュ公爵、王妃フィデールの父が手を打ったのだろう。

「悪かったな、クラールハイト。ザフィーアの悪阻が今までで一番ひどくて、さすがに連れてこられなかった。ミュレの事は心配をしなくても良い。ラッテも信頼してはいるが、用心のためにヴィンター家の者を他に数人、こっそりつけてある」

——ミュレの護衛であるラッテは、ミュレに対して尋常ならざる忠誠心を抱いている。

ダンドリオンに嫁いでいるラッテの姉が、出産準備のために臨月の腹を抱えて夫の実家へ向かう途中、例の魔導列車の脱線事故に遭遇した。義兄が身を挺《てい》して庇《かば》ったおかげで姉の体には傷一つつかなかったが、実は破水しておりお腹《なか》の子は危険な状態だったらしい。

それが、ミュレの治癒の歌声で母子ともに救われたのだ。

専属護衛を選抜する試験の時、ラッテは鬼気迫る勢いで他の候補者をなぎ倒していた。

非常に頼りになる女性だが、ミュレに対する思い入れが強い分、有事の際に冷静さを失う危険性があるのだ。

「ありがとうございます、陛下。いえ、彼とは一応友人でしたし、私も元々は出席するつもりでしたのでお気になさらず。どちらにしても、最初からミュレを連れてくる気はありませんでした。ダンドリオンの一部の貴族間で〝銀音の聖女〟を我が国から取り戻そうとする動きがあるようですから」

――この情報は、まさかのデファンデュ公爵家からもたらされた。彼《か》の家からすると、ミュレは王妃フィデールが犯した罪そのものと言っても良い。あまり近づいて欲しくないのだろう。

ミルヒヴァイスは顔をしかめながら、重々しく頷いた。

「こちらは正式な婚姻を結んでいるというのに、くだらない事を考えるものだな。お前はなにも心配しなくて良い。可愛い義妹をむざむざと渡したりなどするものか」

「ご心配には及びません。私の妻に手を出すような輩《やから》は、こちらできっちりと始末をつけます」

再び頭を下げるクラールハイトに向けて、ミルヒヴァイスはなぜか大きな溜息をついている。

「なぁ、クラールハイト。今は俺とお前、それからタークしかいないんだ。もう少し兄弟っぽい話し方をしてくれても良くないか？」

ミルヒヴァイスの言葉に、クラールハイトは澄ました顔で肩を竦める。

「……そういうわけにはまいりません。陛下もお言葉遣いには十分注意をしてください。どこで誰《だれ》が聞いているかわかりませんから」

「クラールハイト。本当にそう思っているなら、俺の目を見ながら言ってくれよ」

「……陛下、いい加減に――」

兄に顔を向けたクラールハイトは、そこで言葉を止め、代わりに小さく溜息をついた。

「……なんだよ、その顔は。早く国王らしい顔に戻せよ。報道陣の写真機《カメラ》がこっち向いてんだろ」

舌打ちをしながら、しょんぼりと項垂《うなだ》れた兄の脇腹をこっそりと肘で突く。もちろん、わざとそういう顔をしているのだという事はわかっている。兄は子供の頃から、時折こういう児戯を仕掛けてくるのだ。それを嬉しいと思ってしまう自分に、少々腹が立つ時もある。

この揺らめく青と緑の目のせいで、両親である前国王と王妃はクラールハイトとあからさまに距離を取っていた。

特に冷たくされたわけではない。ただ抱き締められた事もなければ、褒められた事もなかった。兄だけなのだ。こうして常に案じてくれるのは。

「やっぱり俺の弟は優しいな。といっても、今までのお前なら俺がなんと言おうがまったく聞く耳を持たなかったはずだ。……きっと彼女が本当のお前を連れ戻してくれたんだろう。クラールハイト、俺はミュレ殿に心から感謝しているよ」

兄は心底嬉しそうに笑っている。

「……ご満足いただけましたか、陛下。では、もうよろしいでしょうか」

「えー？　毎日毎日、汗水垂らして国王業を頑張る兄を、もう少し労わってくれても良いんじゃないのかな」

——そこで、一人の記者が写真機を向けてきた。クラールハイトは反射的に作り上げた笑顔を向けてみせる。

「……調子に乗るなよ、兄貴」

そして笑みを浮かべたまま、唇を動かさずに器用に喋《しゃべ》ってみせる。

「怖いなぁ。わかったよ、弟」

兄も同じく、優雅に手を振りながら口の中で小さく呟く。

ちら、と視線を下ろすと、甥のタークが訳知り顔で前を向いていた。

――こんな時間もたまには悪くないかもしれない。

クラールハイトは久しぶりの兄弟の時間に、どこかくすぐったいような気持ちになっていた。


戴冠式の翌日。

ミュレは帰国した夫を出迎えるべく、後宮の入り口に立っていた。降り続いていた雨の影響で、空気はひんやりと冷たく肌寒い。

「あれ？　魔導車だ。そっか、車《そっち》だったかー」

護衛のラッテが後ろで結んだ長い赤毛を揺らしながら背伸びをし、不思議そうな顔で呟いた。

「え、あの車にクラールハイト様が乗っていらっしゃるのではないの？」

ごく普通に車で帰ってくるものだと思っていたミュレは、ラッテの言葉に首を傾《かし》げる。

「あ、いえ、多分そうだと思います。でも自分はてっきり、殿下が上から降ってこられるのかな、とか思っていましたので」

謎の言葉に、ますます疑問が深まっていく。〝殿下が上から降って来る〟とはどういう意味だろう。

「上から降ってくるって、なに……？」

ラッテは空を指さした。

「王弟殿下の魔力の高さは国で一、二を争うと言われていますからね。肉体強化の魔法も段違いの効力なんですよ。自分、見習いの頃よく飛空艇から飛び降りてくる殿下を目撃していました」

「ひ、飛空艇から飛び降りてくる⁉」

「はい。きっと着陸まで待てなかったのではないかと。ただ、飛び降りた場所は陥没するし他の護衛はついてこられないし、で、毎回ヴィンター先輩が鬼みたいな顔でお説教するんですけど、殿下はぜんぜん気にしないし反省もなさらないみたいで」

そこでミュレは思い出した。魔導列車の上で今にも魔力が尽きようとしていたミュレを、クラールハイトが助けにきてくれた時の事を。

当時は何も考えていなかったが、よく考えたらクラールハイトはどこから現れたのだろう。

「も、もしかしてあの時も?」

そういえばクラールハイトが現れる直前、背後で凄《すさ》まじい音がした。鋼鉄製の列車が大きく陥没し、反動でミュレの体が一瞬宙に浮いた。

「あの時はかなりの上空から飛び降りたらしいですよ。下が頑丈な魔導列車だから衝撃を受け止められたんですね。殿下はともかく、妃殿下がご無事で本当に良かったです」

ラッテは朗らかに笑っている。ミュレは今後一切、飛空艇や機空戦艦から安易に飛び降りないよう、きつく言っておかなければ、と思っていた。

「ただいま、ミュレちゃん」

「お帰りなさい、クラールハイト様」

魔導車から降りてきた夫は、礼服の上着の前を開けネクタイも緩め、すっかり緊張感の抜けた格好になっていた。髪型こそ以前新聞で見た時のように後ろに撫でつけてあったが、あの時とは違いサングラスはしっかりとかけている。

「疲れた？　お茶の用意はしてあるけど、少し休んでからにする？」

「そうだなぁ、ちょっとベッドで休ませて貰うよ」

そう言うと、クラールハイトは大きな欠伸《あくび》をした。ダンドリオンとレーヴェンツァーンの間に時差はないが、ここのところ外交が続いたせいで疲れているのだろう。

「うん、その方が良いわ。お湯も浴びるでしょう？　体が温まった方がゆっくり眠れると思うわ」

「あー、機空戦艦の中でシャワーは浴びたから別に良いかな。それよりもミュレちゃん、俺が着替えている間に紅茶を淹《い》れておいてよ」

言いながら、クラールハイトはミュレの顎《あご》を持ち上げ、そっと唇を重ねてきた。途端に、鼻先にふわりと香水の香りが漂う。ミュレの大好きな、クラールハイトの香り。

「わ、わかったわ」

――離れていたのはたったの二日間なのに、なんだか懐かしく感じてしまう。

同時に、体の奥がじくじくと切なく疼《うず》き始めた。ミュレは慌てる。自分は一体、何を考えているのだろう。夫が疲れて帰ってきたというのに、口づけを受けその香りに包まれただけで、それ以上を欲しいと思ってしまうなんて。

自分がこんなにも身勝手で、はしたない女だったなんて思いも寄らなかった。

「ミュレちゃん、どうかした？」

クラールハイトがきょとんとした顔でこちらを見下ろしている。

「う、ううん、なんでもないの。ほら、早くお部屋に行きましょう？」

ミュレはクラールハイトの腕に己の腕を絡め、ぐいぐいと引っ張っていく。

羞恥《しゅうち》に苛《さいな》まれているミュレは、夫が意味ありげな表情を浮かべている事にまったく気づいていなかった。

言われた通り、いつもの甘い紅茶を淹れた直後、礼服から着替えたクラールハイトが部屋に入ってきた。

だが、なぜかシャツを着る事なく上半身裸の肩に引っかけたまま、見事な肉体美を惜しげもなく晒《さら》している。

「どうしたの、クラン。着ないの？」

――今、部屋には二人しかいない。少し夫婦だけで話したいから、と、クラールハイトがメイド達を退出させ、ツヴェルクとラッテは部屋の外で待機するよう命じたのだ。

「んー、着るよ。……後でね」

「後で？　駄目よ、そんなの。風邪をひいてしまうじゃない」

そんなに早く紅茶を飲みたいのだろうか。ミュレは紅茶のカップをテーブルに置き、夫のシャツをその手から奪い取った。

「椅子《いす》に座るか、小さくなって屈んで。着させてあげるから」

「まだいいって、どうせ脱ぐんだし。本当は裸で来ようかと思ったんだけど、ミュレちゃんがびっくりしそうだったからね、下は穿《は》いてきた」

シャツを両手で握ったまま、ミュレは両目を瞬かせた。どうせ脱ぐ？　何を？

「はい、貸して」

立ち竦むミュレの手から、シャツが奪い取られる。クラールハイトは取り上げたシャツを無造作にソファーへ放り投げた。

「ちょっと、何を……」

驚くミュレの体が、ひょいと抱き上げられた。クラールハイトはミュレを抱き上げたまま、ベッドへと向かっていく。

「何って、ベッドで休むって言っただろ？」

「い、言っていたけど、それはクランが……っ」

「俺一人で休む、とは言ってないよ。それに」

クラールハイトは意地悪く笑いながら、耳元に唇を寄せてきた。

「……それにミュレちゃん、さっきからずっと、俺を欲しいと思ってるだろ？」

「……っ⁉」

——どうしてそれを、という言葉が喉まで出かかったが、寸前で堪《こら》えた。だからといって「違う」とは言いたくない。結局、ミュレはただ無言で顔を覆った。

「はは、照れなくて良いのに。俺はこの二日間、ずっとミュレちゃんが欲しくて堪《たま》らなかったよ？戦艦の中でシャワーを浴びたのも、我慢しきれなくなったから、なんだけどなぁ」

クラールハイトはミュレをベッドに下ろすと、上に覆いかぶさってきた。サングラスのないオーロラ色の中で、物欲しげな顔をしたミュレがゆらゆらと揺らめいている。

「だ、だって私、こんなの変だわ。ずっと一緒にいて、たった二日離れていただけなのに……」

気恥ずかしさのあまり、思わずオーロラから目を逸らす。

「二日も、だよ。俺は一日だって、ミュレちゃんから離れたくないってのに」

そう言うと、クラールハイトはそっと唇を重ねてきた。触れると同時に滑る舌が口の中に押し込まれ、いつものような深い口づけに変わっていく。

「はぁ、あ、クラン……」

「ミュレ、もっと口開けて、ん、そう」

——いつしか、ミュレも夢中になって口づけに応《こた》えていた。どちらのものともわからない唾液が口の端から溢《あふ》れ、激しい水音が部屋中に響いていく。

どれくらいの時間、互いを貪っていたのだろう。気がつくと、ミュレは一糸まとわぬ姿になり、素肌に直接這《は》い回る夫の手を感じていた。

「……あ、やだ、お腹触らないで」

脇腹をなぞるように指が触れた瞬間、ミュレは指から逃れようと身を捩る。

「……嫌？　くすぐったい？」

「ううん、違う。その、なんだか少し太っちゃった気がするから……」

食事の量は、ディアーブルで暮らしていた時から比べるとかなり増えた気がする。それでも少ない、とメイド達は心配をしているが、お茶の時間に出されるお菓子なども食べているし、もしかして食べすぎかもしれない、と日々悩んでいるのだ。

先日、ふと思い立ち魔導列車で着ていた菜の花色のワンピースと似た服を着てみた。が、胸元のあたりがかなりきつくなっていて愕然《がくぜん》としたのだ。

「んー、確かに胸は大きくなったかもしれないな。でも俺としては、もう少し太って欲しいんだけどなぁ。ミュレちゃんが可愛すぎて途中で必ず加減が出来なくなるから、終わった後いつも骨折させてたらどうしよう、って焦《あせ》るんだよね」

骨折は言い過ぎだが、確かに体格の違うクラールハイトが連続で腰を叩きつけてくると、翌日は体中の関節が軋《きし》む。けれど、太ればダメージが軽減するわけではないと思う。

「……それは、回数を減らしてくれれば良いと思うの」

「あー、ごめんね。それは無理」

ミュレの願いはあっさりと一蹴された。

「大丈夫だって。ミュレちゃん、最近ほとんど失神しなくなってきただろ？　それなりに体力がついてきたんだよ」

「そ、そういえば……」

激しく執拗《しつよう》なクラールハイトとの行為は、ミュレの体力を驚くほど奪う。限界を訴えても容赦なく責めたてられ、何度も絶頂を迎えるといつの間にか気を失ってしまうのだ。

確かに、それが最近ギリギリで意識を保っていられるようになった気がする。

「うん、まぁそういう事だから、二日ぶりのミュレちゃんをたっぷり気持ち良くしてあげる。もちろん俺も、気持ち良くして貰うけどね」

クラールハイトはミュレを一度強く抱き締め、太腿《ふともも》に両手を滑らせてきた。そのまま、両足を押し広げられていく。

「やっ……、これ、やだって言って……！」

数えきれないほど抱かれていても、明るい光の下で秘部をさらけ出す羞恥心には、いまだに慣れない。

「やだ、じゃないでしょ。見ないと舐《な》められないし、ちゃんとほぐしておかないと痛いよ？」

「へ、平気だもん。大体クラン、いつも痛い事しないじゃない……」

「……ん？　俺に痛くして欲しいって？」

太腿を押さえたまま、クラールハイトがゆっくりと舌舐めずりをした。思わずゾクッとしてしまうほどの艶のある表情に、熱に浮かされたような気分になる。

「痛く、したいの……？」

——クラールハイトが、愛する夫が望むのなら、少々の痛みに耐えるのは構わない。そんな気持ちを抱きながら、オーロラの瞳をじっと見つめる。

「……ったく、俺が国王じゃなくて良かったよ。ミュレちゃんに夢中になりすぎて、国が滅ぶところだった」

クラールハイトは苦笑を浮かべながら、太腿の内側に音を立てて吸いついた。

そのまま唇は腿の内側を滑り、震える秘部に到達する。ミュレは両目をぎゅっと閉じた。内心の期待に応えるかのように、体の奥からとろとろと蜜が溢れてくるのがわかる。

「ひぁっ！　あっ」

舌がつぷりと挿《さ》し込まれ、まるで口づけをしているかのように体内で縦横無尽に蠢《うごめ》いていく。熱い舌を感じると同時に、急速に高まっていく快楽。腰が恥ずかしいほど、ガクガクと跳ねる。

「あっ、あっ！　だめ、そこ……！」

自らが喘《あえ》ぐ声と、断続的に聞こえる粘ついた水音。荒い息づかい。それらが混ざり合った音を聞いていると、段々と頭がぼんやりとしてくる。

「ひっ……!?」

飛びかけた意識を呼び戻すかのように、蜜を吐き出す穴に長い指が突き込まれた。指は前後に動かされ蕩《とろ》けた襞《ひだ》を抉《えぐ》り、硬く尖《とが》った陰核は舌で優しく撫でられる。

「ひあぅっ！　あっ……、クラン、も、いいから……っ」

二日ぶりだからか、いつもよりも達するのが早い。舌と指で刺激される度に、お腹の奥が痙攣しているような気がする。

「はぁ、ミュレちゃん、言って、俺が欲しいって」

「好き、クラン、早く、あ、好き、好き、愛してる、クラン……！」

快楽の渦に呑《の》み込まれながらも、ミュレは懸命に伝えたい言葉を口にする。

と、クラールハイトは無言で指を引き抜き、両足を強く引っ張った。その勢いのまま、完全に勃《た》ち上がった巨根でミュレの体を貫いていく。そして一気に根元まで埋め込み、ミュレが悲鳴を上げるよりも早く、腰を激しく叩きつけてきた。

「ミュレ、俺も愛してるよ、頭がおかしくなりそうなくらい、愛してる……！」

クラールハイトが腰を振る度に、鍛えられた筋肉がぶつかって痛い。

けれどその痛みすら愛《いと》しくて、ミュレは両手を伸ばし力いっぱい夫の首にしがみついた。


ミュレは音楽室のピアノの前で、二つの楽譜を前に唸《うな》り声を上げていた。

「うう……やっぱり私には、作曲の才能はないのかも……」

――二つの楽譜。一つは結婚後にミュレが密かに作曲したもので、もう一つはクラールハイトが十代の頃に書いたもの。クラールハイトの曲は素晴らしかった。この優雅にして重厚な曲を、十代で仕上げたなど到底信じられない。

ミュレが作った曲などと、比較する事すらおこがましいと言えるレベルだった。

「あら、貴女には類まれなピアノの才能があるじゃないの。どんなに素晴らしい曲でも、演奏をして貰わなければ意味がないのよ？」

ミュレの後ろから、静かな声がかけられた。振り向くと、そこには楽譜を手にした母アルエットが立っていた。

「お、お母さま!?」

「ふふ、お元気そうですわね、妃殿下」

「お母さまったら、今はラッテしかいないのだから、ミュレって呼んで」

ミュレは子供の頃のように母に飛びつき抱きついた。

公の場では、両親もミュレの事を「妃殿下」と呼ぶ。だからこそ、周囲に人がいない環境では両親のつけてくれた名前で呼んで欲しい。母は気持ちを汲《く》んでくれ、優しく髪を撫でてくれる。

そうしてしばらく甘えているうちに、ふと気づいた。母の手には、赤いインクで細かく添削した楽譜が握られている。

「お母さま、その楽譜は？　それよりも、なぜ王宮に？」

母は左目しか見えていないが、レーヴェンツァーンに来てからも積極的に曲作りに励んでいる。

確か、ミットブリングゼルで最も大きい歌劇団から依頼を受け、曲を書いていたはずだ。

「えぇ、ターク王太子殿下が作曲を学びたいとおっしゃったそうなの。それで、私が。ちょうどお仕事も一段落したし、エフォールは所属楽団と共にアグリオラディキ帝国に遠征中。時間はたっぷりあるから」

父エフォールは右腕しか動かす事が出来ないが、以前よりも大きく腕を動かし表現の幅を広げていた。動かない左腕は胸元まで上がるよう専用の革帯で吊《つ》り、その吊られた腕を体全体で振る事により音の強弱を表している。

ミュレも何度か演奏を聴きにいったが、その指揮力は健在だった。現在は王立楽団の指揮者として、以前と同じく世界各地を飛び回っている。

「お母さまったら、相変わらず仕事が早いのね。それで、ターク殿下の曲はどうなの？」

「素晴らしい才能よ。天賦の才と言っても良いのではないかしら」

母の嬉しそうな顔を見て、ミュレも嬉しくなる。才能溢れる者を見つけた時の喜びは、何物にも代えがたいものだ。

「そうなのね。第二王子のアーヴェント殿下はピアノの才に優れていらっしゃるから、きっと今の陛下と王弟殿下のような、互いを助け合える良いご兄弟関係を築かれると思うわ」

「そうね、その通りだわ。……ところでミュレ、貴女こそ、その楽譜はどうしたの？」

「え!? あ、はい、この楽譜ね、これはあれなの、殿下がまだ学生の頃に書かれた曲らしくて、それで――」

ミュレはそこで口を噤《つぐ》んだ。母の視線は、もう一つの楽譜に向けられている。

「……この私が、娘と殿下の音符を間違えるとでも思って？」

「は、はい……」

　半目で見据える母の圧に負け、ミュレは渋々自分の書いた楽譜を差し出した。受け取った母は、無言で楽譜を読んでいる。その眼差しは、優しい母のものではなく一流の作曲家の眼力だった。

「ど、どうでしょうか……」

　なぜか、敬語になってしまう。

「この曲は、どういった場面で弾く事を想定しているの？」

「あ、はい、あの、再来月が殿下のお誕生日なの。昨年は結婚式と時期がかぶっちゃったから、今年はどうしてもお祝いしたいの。だからその時に弾こうかな、と思いまして……」

「あら素敵。旦那様の誕生祝い曲、という事ね？」

　母は楽譜を見つめながら、顎に手を当て何やら考え込んでいる。

「……お母さま？」

「ミュレ、この曲はとても良く出来ているわ。幸せが溢れ出してくるようよ。……〝貴女の〟幸せがね」

　――母の言いたい事はわかった。色んな経験を積んで少しは成長したかと思ったが、結局のところ自分は以前と何一つ変わっていない。

「貴女は作る曲に自分の感情やその時の状況を反映しすぎるの。だから演奏者の方が合っているのね。もう少し、曲が流れる場面を想像しながら書くと良いわ」

「うぅ、はい……」

「この曲は、殿下と二人きりの時に弾いて差し上げたら良いのではないかしら」

「そうします……」

ここで母に出会ったのは運が良かったのかもしれない。

クラールハイトは元より、ツヴェルクも響鳴奏士《きょうめいそうし》なのだ。その実力はディアーブルで思い知っている。危うく、耳の肥えた面々の前で恥をかくところだった。

「ありがとう、お母さま。クラールハイト様に喜んで貰えるように、頑張って弾くわ」

「それが良いわ。そうそう、王弟殿下のお誕生日プレゼントもエフォールと相談して贈らせていただくわね。では、ミュレ。殿下によろしくお伝えしておいて」

そう言うと、母は添削した楽譜を持ち音楽室から出ていった。おそらく、王太子タークのところに向かうのだろう。

ミュレは母の背を見送ったあと、己の楽譜に視線を落とした。

「……どうせクラールハイト様にしか聴かせないなら、もっと甘くしてみようかな」

ミュレは楽譜をパタンと畳み、表紙に軽く口づけを落とした。


音楽室で母と偶然遭遇した日の夜。

ミュレはクラールハイトと共に夕食を取りながら、その時の話をしていた。

「へぇ、義母上《ははうえ》はもう曲を完成させていらしたのか。さすがは天才、アルエット・オベルジーヌだな」

　感心する夫の姿に、ミュレは誇らしい気持ちになる。

「そうなの。お母さまは昔から、ご依頼先の指定日よりも二週間は早く完成させてしまうの。だから先方様にはいつも驚かれていたわ」

「それは本当にすごいな。今回は確かルクスリエース歌劇団の劇中曲だと聞いているけど、二曲を三ヵ月で完成させるなんて前代未聞だよ。この劇団の歌劇は一日一舞台しか公演しない代わりに、二度の休憩を挟んで六時間近くあるからな、劇中曲も一曲が長い。おそらく、劇団は半年から一年くらいのつもりで依頼をしていたんじゃないかな」

　クラールハイトは珍しく、心底驚いた顔をしている。護衛のツヴェルクとラッテも、一様に驚愕《きょうがく》の表情をしていた。慣れているミュレにとってはさほど驚く事ではないのだが、他から見るとやはりとんでもないらしい。

　――作曲中の母は、通常とは明らかに異なる様相を見せる。といっても、髪を振り乱して一心不乱に楽譜に向かう、というわけではない。

　母の周囲に、まるで妖精が飛び回っているような感覚に陥るのだ。そのキラキラとした光の雫《しずく》を浴びながら、母の羽根ペンは楽譜の上で舞い踊る。

　幼い頃から、その光景を見るのがミュレは大好きだった。

「で、タークの作曲はどうだって？」

「天賦の才がある、と言っていらしたわ。とっても嬉しそうだった」

クラールハイトは柔らかな笑みを浮かべている。普段、甥達をからかったり怒らせたりして遊んでいるクラールハイトだが、本当は彼らを非常に可愛がっている事をミュレは知っている。

「ま、それはタークに言わない方が良いな。あいつは調子に乗りやすいんだよ、父親に似て」

ミュレはそんな夫を見ながら頬を緩めた。家族の話をする夫の顔は、自分に向けてくる表情《もの》とはまた異なり〝素の状態〟が垣間見える気がする。

「それでね、アーヴェント殿下はピアノの腕前が本当に素晴らしいの」

「はは、そっか。あいつは俺に似たところがあると、両陛下もおっしゃっていたからな。俺はそんな風に思わないけど」

「あら、じゃあアーヴェント殿下も褒めない方が良いのかしら。だって叔父様に似ているのでしょ？」

横から、ブフッ、と吹き出すような声が聞こえた。見ると、ツヴェルクが口元を押さえてうつむいている。そのまま視線をずらしていくと、ラッテが眉《まゆ》をひそめ唇を尖らせるという妙な表情で震えていた。

「え、二人共、どうしたの？」

「……さぁ、わかんないな」

首を傾げるミュレの前で、クラールハイトはそっぽを向き不貞腐《ふてくさ》れたような顔をしていた。

「ところでミュレちゃん。俺、明日から五日間は一緒にいられるんだよ。ここのところ忙しかったからって、陛下が特別に休みをくれたんだよね」

「わぁ、本当!?」

ミュレは手を叩いて喜ぶ。クラールハイトが授業の邪魔をしてきたりすると苦言を呈する時もあるが、ここ最近の激務ぶりは妻として非常に心配だったのだ。

せっかく休みを貰ったのなら、ここでゆっくり休んで欲しいと思う。

「で、ソッフィオーネの遺跡に行こうかと思うんだけど、どう？　ほら、前に誘ったけどあの時は断られちゃったからね」

「だって、私は入国が出来なかったから……。本当はすごく行きたかったのよ？　リューグナーさんったら、魅力的なお誘いばかりしてくるから悔しくて仕方がなかったわ」

あえて偽名で伝えると、クラールハイトは苦笑を浮かべている。

「まぁまぁ、そう言わないでよ。事情を知らなかったとはいえ、俺だって何回誘っても断られるから、結構へこんでたんだぜ？」

「……そうだったの？　そんな風には思わなかったけど」

「そうだったの。そんな風には思ってなかったんだろうけど」

——あの時は自分を憐《あわ》れむ事に精一杯で、他人の気持ちなど考えもしていなかった。ひょっとしたら何度も、彼を傷つける事があったのかもしれない。

「ごめんなさい……」

「やだな、謝らないでよ、ミュレちゃん。それから、明日以降の授業は心配しなくて良いよ。タークは引き続き義母上に指導していただけるみたいだし、アーヴェントは武装楽団の洋琴響鳴奏士の中で最も実力のあるアイゼンって奴《やつ》に任せる手はずになっているから」

「えっ!? 私もその方のピアノを聴いてみたい！ 駄目？」

ミュレは一度だけ機空戦艦に乗せて貰った事があるが、それ以降は一切乗せてくれなくなってしまった。おまけにその時も団員の紹介を碌《ろく》にされないまま団長室に連れ込まれてしまったせいで、ほとんどの団員の顔と名前がいまだに一致していない。

「……駄目。あのね、今、ミュレちゃんは俺と出かけるって話をしてるんだけど？」

クラールハイトの声音が低く冷たくなっていく。だが、ミュレはそれに気づかない。

「出かけるのは嬉しいけど、色々と忙しかったからお休みをいただいたのでしょ？ 私も心配していたし、離宮でゆっくり休んでいた方が良いのではなくて？」

実際、行ってみたい場所ではあるが、妻であるミュレとしては優先すべきは夫の体なのだ。

「あー、それは平気。俺にとってはミュレちゃんの側《そば》が一番癒《いや》される場所だから」

クラールハイトは澄ました顔でさらりと言ってのける。ミュレは顔を赤く染めながらうつむいた。

護衛達やメイドの前で臆面もなく愛を囁かれる事にはかなり慣れてきたが、やはり恥ずかしいものは恥ずかしい。

「うん、それなら行きたいな」

「良かった。また断られたらどうしようかと思った」

夫はわざとらしく胸を撫で下ろしている。

「断ったら、どうするつもりだったの？」

「んー、そうだなぁ」

クラールハイトは腕を組み、中空を見つめた。

「まず、俺の個人所有の飛空艇の乗務員に明日の飛行が中止になったと連絡を入れるだろ？　それから空港へ連絡して確保して貰った航路と飛行時間を取り消す。次にソッフィオーネの大使館に連絡を入れて、警備の必要がなくなったと伝えてホテルもキャンセルして貰う。とりあえず、こうする予定だった」

「そ、そんなに大変なの……」

思いも寄らない大変な事態に、ミュレは絶句し青褪めた。

「大変っていうか、まぁそうだな、お忍び旅行とはいえ王族《おれたち》に何かあったら責められるのは周囲だからね。その分、こっちが気をつかわないといけない。ましてや他国で問題ごとに巻き込まれたら外交問題になる。だからそうそう迂闊《うかつ》な行動はとれないんだよ」

――ここにきて初めて、ミュレは自分が〝王族になる〟という事を理解した。愛する男がたまたま国王の弟だった。だから必然的に王弟妃という立場になった。

言葉にすればただそれだけだが、実際はそんなに軽いものではなかったのだ。

ミュレが何も考えずに行動をすれば大勢の人間に迷惑がかかる。ミュレの一挙手一投足が、誰かの運命を良いようにも悪いようにも変えてしまう可能性がある。

「ミュレちゃん？　どうかした？」

「え⁉　あ、えっと、お洋服をどうしようかなって、思っただけ」

慌てて笑みを返しながら、ミュレはそっと両手を握り締めた。

「じゃあ、出発は明日の早朝だからね。俺は少しだけ仕事をしてくるけど、ミュレちゃんは先に寝てて」

「……えぇ、わかった。あまり――」

「ん？　なに？」

「……ううん、なんでもない。いってらっしゃい」

夕食後、クラールハイトはツヴェルクを伴い王宮の執務室に出かけていった。敷地内を移動する蒸気自動車の水蒸気をぼんやりと見つめながら、ミュレは大きな溜息をつく。

「妃殿下。どうかなさいましたか？」

ラッテが心配そうな顔でミュレを見下ろしていた。ミュレは自分よりはるかに背の高い護衛を見上げながら、力なく笑う。ここでラッテに不安を打ち明けたところで、自らを取り巻く環境は何も変わらない。

――先ほどミュレは、クラールハイトに「あまり無理をしないでね」と言おうとした。

けれど、明日から出かけるのであれば多少無理をしないといけない部分があるのかもしれない。

もちろん、そうではない可能性もあるし、そもそもクラールハイト自身が〝無理をしている〟とは思っていないかもしれない。

ミュレにはわからなくなってしまった。どう動き、どう発言するのが『王族らしい』のだろう。

「……妃殿下」

「はい、なぁに？」

「妃殿下は、そのままで良いと思います。自分はどうしても妃殿下の専属護衛になりたくて、選抜試験ではめちゃくちゃ頑張りました。初めてなんですよ、ヴィンター家以外の人間が王弟妃殿下の護衛になったのは」

ラッテは照れくさそうな顔をしている。ミュレは驚きの目を向けた。詳しい事情は聞かされていなかったから、単に同性だからラッテが護衛になったのだと思っていたのだ。

「あの、どうして私の護衛になりたかったの？」

「……それは、ヴィンター家じゃなくても王族の護衛が務まる、という事を示したかったからです」

ミュレは得心したように頷いた。その事ならクラールハイトから説明を受けている。

国王一家の護衛もすべて、ツヴェルク・ヴィンターの一族が務めていると聞いた。

「ラッテは頑張り屋さんだもの。いつも本当にありがとう」

そう微笑《ほほえ》むと、ラッテはいきなり泣き出す寸前のように顔を歪《ゆが》めながら、深々と頭を下げてきた。

「え、やだ、いきなりどうしたの!?」

「ですが、今は違います。自分は妃殿下にお会い出来て本当に良かったと、心から思っています」

――ラッテの真摯《しんし》な言葉に、ミュレの両目から不安という名の涙が溢れ出した。

なぜ、自分はこうなのだろう。確かな覚悟を持って王族になったはずなのに、その覚悟は今、大きく揺れ動いている。ただ、国民や諸外国に対して相応しい振る舞いが求められる事や、決して自由とは言い難《がた》い現実はさほど苦ではない。

遅ればせながらミュレが気づき、そして怖気《おじけ》づいたのは自分が他人に与える影響の大きさに対してだった。

「どうしよう、ラッテ。私、急に怖くなってきちゃった……。好きな人と結婚出来て幸せなはずなのに、私がした事や言った事が誰かを不幸にするかもしれない、迷惑をかけるかもしれない、って思ったら怖くてたまらなくなったの。ソッフィオーネ行きもクラールハイト様や皆様が色々と準備してくださっていたのに、私ったら家で休んだら、なんて簡単に言ってしまって……」

王弟妃になった事を後悔しているわけではない。クラールハイトに失望される事を心配しているわけでもない。ただ、国民はどう思うだろう。こんな考え無しの愚かな女が王弟妃で大丈夫なのだろうか。

「妃殿下……」

「ごめんなさい、ラッテ。今の話は忘れて？　大丈夫、今度からきちんと考えて発言するようにするから」

ラッテは何か言いたげに口をもごもごと動かしていたが、結局押し黙ってしまった。

（……はぁ、失望させてしまったのかもしれないわ。もっと頑張らなきゃ）

ミュレは胸に手を当て、大きく深呼吸をした。そして、それを何度も繰り返す。

そうでもしないと、不安と情けなさで泣いてしまいそうだった。

ラッテ・シュタインは主がベッドに横たわったのを見届けた後、そっと寝室から退出した。

静まり返った廊下。寝室の扉に背を向けて立ちながら、落ち込む主人を満足に慰める事も出来ない自分を責め続ける。

王弟妃に仕えたくて頑張ったのは嘘じゃない。たった一人の姉と、当時はまだお腹にいた姪《めい》の命を助けてくれた〝銀音の聖女〟に恩返しがしたかった。

けれど、この話は王弟妃にしてはならない、と命じられた。最初は感謝を告げられない事にがっかりとしたものだが、今ならその意味がわかる。

王弟妃ミュレは、本当に無垢《むく》なのだ。無垢で真面目《まじめ》で、心優しくとても一生懸命でもある。

そんな彼女に、姉の話などしたらどうなってしまうか。

王族の盾になる護衛は、有事の際には命すら投げ出さなくてはならない。もし自分が王弟妃を守って命を落とすような事になったら、きっと彼女は残された姉に責任を感じ、ひどく傷ついてしまうだろう。だから〝どうして護衛になりたかったのか〟と訊かれた時、咄嗟《とっさ》に嘘をついた。

でも、その後の言葉は心からのものだ。王弟妃ミュレの護衛である自分自身を、ラッテは心から誇りに思っている。

「……なにか、出来る事はないのかな」

「それは俺が考えるよ」

驚きを瞬時に押し隠し、ラッテは声の聞こえた方向にゆっくりと顔を向けた。

――ラッテを見下ろしているのは、笑わない目をした、笑う王弟。

食事中は外していたサングラスをかけ、その右手には武骨な指揮棒が握られている。ラッテは表情を変えないまま、内心で歯噛《はが》みをしていた。おそらく王弟は廊下で発生する音すべてを、指揮棒に吸収したのだろう。だから護衛である自分がここまで接近を許してしまったのだ。とはいえ、これは言い訳に過ぎない。

「……殿下。もう少し、時間を置いてからお戻りだと思っていました」

「あはは、俺もそうするつもりだったんだけどね。やっぱりミュレちゃんが心配で」

食事がほぼ終わった辺りから、王弟妃の様子がおかしくなったのには気づいていた。自分が気づくという事は、王弟も気づいているだろうと思った。

案の定、王弟は「少しだけ仕事をしてくる」と言い出した。ラッテはこれまで、この王弟が仕事をやり残して帰ってきたところなど一度も見た事はない。

「で？　ミュレちゃんは一体どうしたって？」

「はい、妃殿下は、その……」

そこでラッテは口ごもった。主は先ほど、「今の話は忘れて」と言った。自分の使命は王弟妃ミュレを守る事だ。その主の願いをないがしろには出来ない。

「少しお疲れのご様子でしたので、今晩ゆっくりとお休みになれば、なんの問題もないのではないかと──」

「……ラッテ」

底冷えのする声が、氷槍のようにラッテを貫いていく。

「お前を拷問《ごうもん》して聞き出しても良いんだけどなぁ。まさか、俺がそんな事はしない、とでも思ってる？」

「いいえ、思っていません」

「自分のせいでお前が酷《ひど》い目に遭ったら、ミュレちゃんが悲しむと思うけど？」

「いいえ」

「なんでそう思う？」

王弟は口元を歪めた。この笑顔はまずい。ラッテの背に、冷たい汗が流れる。

「殿下は妃殿下に真実を告げられないからです」

それでも、ラッテには確信があった。この王弟は、妻を傷つけ悲しませる事を何よりも恐れている。

王弟の背後では、ツヴェルク・ヴィンターが無表情のまま立っていた。

ラッテも見習い時代に幾度となく世話になった、非常に頼りになる先輩。けれど王弟が一言命じさえすれば、この男はあっという間に狂獣と化しラッテにその牙を突き立ててくるだろう。

「……妃殿下は〝今の話は忘れて〟とおっしゃいました。自分にとって一番大事なのは妃殿下のご命令です。ですので、自分はもう忘れてしまいました」

「あー……、そうくるのか」

王弟を取り巻く空気から、剣呑《けんのん》さが消えた。ラッテは滝のように汗を流しながら、ひっそりと安堵《あんど》の息を吐く。ひとまず、生き永らえたらしい。

「……お前を護衛にして良かったよ」

「自分もそう思います」

「はは、どっかで聞いたやり取りだな。……ラッテ」

「はい、殿下」

――そこからの展開は、ラッテの予想を遥かに上回る事態だった。指揮棒を腰に戻した王弟が、ラッテの前でいきなり膝をつき頭を垂れたのだ。

「ちょっ……！　殿下、何をやって……！」

硬直して動けないラッテに代わり、ツヴェルクが素早く動き主の腕に手をかけた。だが、王弟は動かない。

「教えて……いや、思い出してくれ、ラッテ。彼女は何を悩んでいた？」

「いや、その、殿下、自分は」

「やっぱり言えないか。じゃあ質問を変える。俺は、どうすれば良い？　どうすればミュレに、あんな顔をさせなくて済む？」

サングラス越しに見える、王弟の眼差し。ともすれば、泣き出す寸前にも見える。

ラッテは視線を横に移動させた。ツヴェルクが蒼白《そうはく》な顔で、祈るようにラッテを見つめている。

王弟の浮かべる表情には見覚えがあった。王弟妃がディアーブルの娼館に行った話を聞いた時と同じ、純粋な恐怖に怯《おび》えている。

——あの時、王弟妃は自らの浅はかさと根底に抱いていた差別心を心から悔いていた。

だが、妃の考えはあながち間違ってはいない。訪ねた先の女主人の言葉に感銘を受けたようだったが、彼《か》の者の言っている事は半分正しく半分間違っている。

『誇りを持って体を売る』

それは素晴らしい信念だが、あくまでも〝彼女の店〟の信念に過ぎない。絶望に身をやつし、泥水を啜《すす》る気分で働いている者も大勢いるはずだ。

妃が訪ねた店がたまたま紹介状を必要とせず、たまたま稀有《けう》な方針を持っていただけで、仮に紹介状を手に入れ他の店に行っていたら、ごく普通に娼婦《しょうふ》として採用されていただろう。

もしそうなっていたら、待ち受けていたのは信じられないほど悲惨な末路だったに違いない。

妃の運命は、地獄と紙一重のところにあった。感受性の強い王弟には、その地獄がはっきりと想像出来たのだろう。だからこそ、普段の姿からは想像が出来ないほどひどく動揺していたのだ。

「……妃殿下は、急に怖くなったと、おっしゃっていました。それから——」

このままでは王弟が壊れてしまう。そう判断し、ラッテはすべてを話す事に決めた。

ずっと憧れていた、ソッフィオーネの古塔遺跡。

広大な草原の先、切り立った崖の手前にそびえ立つ塔の前で、ミュレは歓声を上げていた。

「すごく素敵！　とても何百年も前の建築物とは思えないわ」

「魔法もそうだけど、こういった建築技術も古代の方が優れている部分もあるからね」

ミュレは傍《かたわ》らの夫を見上げた。サングラスは歯車を限界まで絞り、真っ黒になっているためオーロラの瞳がよく見えない。

「これは鐘楼なのよね？　海辺に建っているのに、どうして灯台ではないのかしら」

ミュレの疑問に、すかさずクラールハイトが答える。

「今は草原になっているけど、この鐘楼が建てられた当時はここに小さな村があったんだよ。戦争や火山の噴火で村は地図から消える羽目になったけど、村の象徴だけがこうして残ったってわけ。で、記録によると灯台守が鐘を鳴らすと同時に、この塔全体が発光し灯台の役割も果たしていたらしい」

「あ、それって……」

「音響魔法だろうね。鐘、という楽器を使って光魔法を展開していたんだろう」

「響鳴奏士の原点、という感じなのかしら。その光景を見てみたかったわ」

ミュレは海風を浴びながら、そっと両目を閉じてみた。

——灯台守が力強く鐘を鳴らし、塔に音魔法を流していく。船はその灯《あか》りを頼りに港へ帰り、遊びに興じる子供達は鐘の音で我が家に帰る。それはとても、幸せで温かい時間だったに違いない。

「こんな素敵な場所に連れてきてくれてありがとう、クラールハイト様」

「どういたしまして。俺もミュレちゃんとようやく来られて嬉しいよ」

微笑むクラールハイトの手を、ミュレはぎゅっと握った。

「お二人共、一度車にお戻りください。この後はホテルで昼食をとっていただきますから」

ツヴェルクに促され、二人で魔導車に向かう。

「ねぇ、クラールハイト様。食事のあとは、どんな予定になっているの？」

「午後は特に何も考えていないよ、二人でゆっくりしようと思って。明日は丘の上の古城を見に行く予定だけどね」

ならば、とミュレは胸に浮かんだ願いを口にした。

「それなら、またここに戻ってきても良い？　色鉛筆と画用紙は持ってきたの。景色が良い場所があったら絵を描いてみたいな、って思っていたから」

魔導車を降り塔まで歩いてくる途中、何人かの観光客が本格的な画材道具を抱えているのを見た。考える事は同じなのだな、と少し嬉しくなった。

写真機という便利なものもあるが、この景色は絵で残しておきたいと思わせてくれる何かがある。

「それでしたら、午後からこの地への立ち入りを禁止しましょう。画材道具もこちらで手配いたします」

横から声をかけてきたのは、ミュレ達を警護しているソッフィオーネ軍の部隊長だった。

ミュレはしばし動きを止めた後、瞬時に我に返る。

「い、いいえ、結構です。ごめんなさい、今の話は、その、冗談ですから」

――なんて迂闊だったのだろう。

今だってミュレ達が塔を見ている間、ソッフィオーネ軍が周囲を厳重に警備している。そのせいで、一般の観光客達は少し遠巻きに見ているのだ。

画家でもない自分が大して上手くもない絵を描くためだけに、わざわざ出かけてきた観光客に不自由を与えるなどわがまま以外のなんでもない。

「本当にごめんなさい。どうか、お気になさらないで」

「いえ、また何かございましたら、我々に遠慮なくお申しつけください」

ミュレは無言のまま、かろうじて笑みを返した。

これからは考えて発言すると、昨日誓ったばかりなのにまたやってしまった。

情けなさと後悔で、先ほどまでの楽しい気持ちはあっという間に霧散してしまった。食欲も一気に失せていったが、それを口にすると今度はホテル側に迷惑がかかってしまう。

ミュレは決めた。自分は不器用だし、クラールハイトのように頭が切れるわけではない。言って良い事と駄目な事を瞬時に判断するのは、非常に難しい。

ならば、喋らなければ良いのだ。話しかけられた時だけ返事をするようにしておけば、誰にも迷惑をかける事はない。

クラールハイトはワイングラスを傾けながら、向かい側に座る妻をじっと見つめていた。

視線に気づいたのか、肉を切る手を動かしながらミュレがこちらを向き小さく笑みを浮かべる。

その笑みにはいつもの明るさがない。まるでディアーブル時代に戻ったかのような、どこか暗い笑顔だった。

（……まさかミュレちゃんの真面目さが、足枷《あしかせ》になるとはね）

ミュレの護衛、ラッテから聞かされた話は正直なところかなりの驚きだった。同時に、クラールハイト自身深く反省をした。

王室に対する支持率は確かに大切だ。それを守るために少々強引な手段を選ぶ場合もある。

聖女事件の後で、ルリジオンが選択した方法のように。

だがクラールハイトは、ミュレにそういった王室の〝闇の部分〟といったものを説明する必要はないと思っているし、今後も言うつもりはない。

反省する部分といえば、ミュレが王子妃教育を望んだ時、本人の望む通りにさせなかった事だ。

半年と言わず、もう少し時間をかけていればミュレを無駄に悩ませるような事態にはならなかったはずだ。まったく、悔やんでも悔やみきれない。

確かに、自身のちょっとした発言が国家単位で影響を及ぼすのが王族だ。

だから発言や振る舞いには細心の注意を払う。だが王族とて所詮は人間なのだ。うっかり失言をしてしまう事もある。先ほどのミュレの発言は失言と呼べるものですらなかったが、確かに要求を押し通すには警備上の問題やその他を考えると少々厳しい部分があった。

けれどミュレは状況を判断し即座に発言の撤回をしていた。

つまり、彼女は『王族』としてきちんと対応が出来ていたのだ。

「ミュレちゃん、料理は美味《おい》しい？」

「えぇ、どれもすごく美味しいわ」

「それは良かった。あぁ、特に気に入った料理があったら言って？　明日はすぐに戻ってこられない場所に行くから、昼食は持っていく予定なんだよ。せっかくだから、ミュレちゃんのお気に入りの料理を持っていきたいと思ってるんだよね」

途端に、護衛達の非難が視線となって自身に突き刺さるのを感じる。クラールハイトがわざとこういう訊き方をしたのだと、二人には伝わったのだろう。

案の定、ミュレは必死に考えている。その胸の内がクラールハイトには手に取るようにわかった。

彼女は今、『どの料理にしようか』ではなく『特別気に入った料理があると言った方が良いのか』と悩んでいる。

可愛らしい顔をしかめながら、懸命に考える妻の愛くるしい様子を十分に堪能した後、クラールハイトはようやく助け舟をいれた。

「ミュレちゃん」

「な、なに？　ちょっと待って、考えているから」

「……無理に選ばなくても良いよ。だってミュレちゃん、どれも同じくらい美味しいって顔をしていたからね」

ミュレは視線を左右に泳がせ、わかりやすく狼狽《うろた》えている。

「そ、そんな事ないわ。そうね、全部美味しかったのは確かだけど、えぇと、そうね……」

クラールハイトは腕組みをしながら、深い溜息を一つついた。

「ミュレちゃんが全部の料理を美味しいと思ったのなら、そう言ってくれて良いんだよ」

「で、でも、選ばないと料理人さんが困る……！」

「困らない。むしろそんなに料理を気に入ってくれたんだって喜ぶと思う。ミュレちゃん、昨夜から様子がおかしいと思っていたけど、今日の昼間で確信したよ。ミュレちゃんは自分の発言が周囲に与える影響を、怖がっているんだよね？」

——本当は、ラッテから聞いた事だ。

だが、葛藤しながらもミュレの本心を教えてくれたラッテを裏切るわけにはいかない。

「そ、それは……」

「うん、王族になるっていうのは、そういう事ではあるんだよ。俺もその辺の話をちゃんとしようとしなかった。ミュレちゃんとの結婚に浮かれていたのもあるけど、一番はやっぱり、俺が生まれた時から王族だからだろうな。不安な気持ちをわかってあげられなくて、本当にごめん」

「……ううん。私こそ、相談すれば良かったんだわ。でも頭の中がぐるぐる回ってしまって、わけがわからなくなって……。クラールハイト様を信じていないわけじゃないの。愛されているって、ちゃんとわかっているの。だけど……」

目を伏せ、ぽつぽつと内心を吐露するその姿にクラールハイトはひとまず安堵した。

ラッテから話を聞いた時に言われたのだ。

『妃殿下が囚《とら》われている思いは、ある意味王族になる試練みたいなものじゃないですか。ですので、こればかりはご本人が乗り越えるしかないと思うんです。殿下はとにかく、ご自身がいかに妃殿下を必要としているか、を伝え続けるしかないのでは』

少なくとも、ミュレに愛情は伝わっている。だが、今度は別の問題が持ち上がってきた。ミュレにではない。クラールハイトの方だ。自分の愛はミュレの元にある。それははっきりと確認出来た。

――けれど、ミュレの愛は。

「……ミュレちゃんは、俺との結婚を――」

そこで、大きな咳《せき》ばらいが聞こえた。ラッテだ。クラールハイトはそこで我に返った。あの時、もう一つラッテから言われた事を思い出した。

『ところで殿下、絶対に〝結婚を後悔しているか〟なんて言っちゃだめですよ？　〝元婚約者と結婚した方が良かったか〟とかもう、最悪に駄目です』

『はぁ？　言うわけがないだろ!?　……まぁ、参考までに一応聞いておくけど、なんでなんだよ』

『あのですね、やたらと浮気を疑ってくるヤツほど自分が浮気している、もしくは浮気願望があるってご存じです？　ですから、逆に妃殿下が不安になってしまうと思うんです。もしかして殿下が後悔しているから、何度も訊いてくるのかな、って』

『……それなら、一回訊く分には問題ないだろ』

『一回で安心する自信あります？』

――正直なところ自信はない。

結婚に関してはともかく、元婚約者の存在はいまだに引きずっている部分がある。ミュレを悩ませている問題も、元婚約者との間には発生するはずがないものだった、と考えてしまう。

(気にするのは仕方がないだろ。ミュレちゃんが、〝誰よりも愛していた〟なんて言うから……！)

かつて彼女が言っていたように、過去のミュレと現在のミュレは違う。それはわかっている。

それでも、彼女の口から〝誰よりも、元婚約者よりも愛している〟と言って欲しい。

もちろん、さすがにこの言葉《のぞみ》を告げるつもりはない。

けれどその思いは、常にクラールハイトの胸の片隅にこびりついて離れないのだ。

「クラールハイト様？」

気づくと、ミュレが不思議そうな顔でこちらを見つめていた。

「あのね、ミュレちゃん。俺は素直なミュレちゃんが好きだよ。素直ってのは、言いなりになるっていう意味じゃないよ？　ミュレちゃんは自分できちんと言動を振り返る事が出来るだろ？　これって簡単なようで、案外難しいんだよね」

「……うん」

ミュレはこくりと頷いた。その顔からは、強張《こわば》りがすっかり抜け落ちている。

「それから、これだけは覚えておいて欲しい。俺はミュレちゃんが側にいてくれるだけで、世界で一番幸せな男になれる。だから絶対に、俺から離れないでくれる？」

「わ、私、クランから離れようなんて思った事はない！　……あ、違う、クランじゃなくてクラールハイト様だった……！」

あわあわと狼狽える妻を宥めながら、クラールハイトは泣きたくなるような幸福感に包まれる。

「……愛してるよ」

——欲張る必要はない。この柔らかな幸せが、ずっと側にいてくれるのなら。

そして迎えた、クラールハイトの誕生日当日。

ミュレは朝からバタバタと忙しく動き回っていた。

誕生日会の計画を話した時に初めて聞いたのだが、クラールハイトは十七歳で成人して二十六歳になる今日まで、誕生日会を開催していなかったらしい。

婚約者候補に取り囲まれて鬱陶《うっとう》しい、という理由で固辞していたらしく、それまで行っていた誕生日会にもあまり良い思い出がないと言っていた。そこで二人きりが良かった、と不満そうな夫を説き伏せ、大袈裟《おおげさ》にしない事を条件に開催を許可して貰った。

出来るだけ規模を小さくするために、ミュレとクラールハイト、それから護衛の二人を交えた四人だけでひっそりとお祝いをしようと決めた。

——こうまでして、本人が乗り気ではない誕生日会を強引に開催したのには理由がある。

クラールハイトは周りに誰がいようとも、ごく普通に愛を伝えてくれるが、ミュレは二人きりの時しか愛の言葉を口にしていない。

その事が、クラールハイトを不安にさせていると最近ようやく気がついた。

だから恥ずかしいのを我慢し、自分達以外の誰かがいるところで自分の素直な気持ちを伝えようと考えていた。

「妃殿下、贈り物はどこに置きましょうか」

ラッテは両手に贈り物をたくさん抱えている。

「えぇっと、ここのテーブルに置いてくれる？　いただいたカードも一緒にしましょうか」

国王ミルヒヴァイスからは細長い箱が届いていた。他にも、王妃ザフィーアからは花籠、王太子タークと第二王子アーヴェントからは蓋の部分に武装楽団の紋章『竪琴《アルプ》とヤマアラシ』が彫られたオルゴールが届いていた。

下絵を描き彫り上げるところまで弟アーヴェントが担当し、奏でる旋律は兄タークが作曲したという唯一無二のオルゴール。

両親からは、綺麗に包装された平たい箱を受け取った。

父エフォールは先日アグリオラディィキ帝国全土を巡る巡業公演から戻ってきたが、今日から極東の島国『布知奈国《フチナ》』に向けて出発する。その前に、母と共にわざわざ離宮まで持ってきてくれたのだ。

『王弟殿下のおかげで私達の大切な娘が幸せに笑う姿を見る事が出来た。殿下には感謝してもしきれない』

そう言いながら、両親はミュレをかわるがわる抱き締めてくれた。

「クラールハイト様、喜んでくださるかしら」

ミュレは窓を開け、空を見上げた。クラールハイトは昨日から、機空戦艦に乗って軍の慰問に行っている。昼前には戻ってくると言っていたから、そろそろ帰ってくる頃だろうか。

「妃殿下、殿下がお戻りになられました」

「はぁい、今行きます」

メイドに風呂の用意を頼み、ミュレは急ぎ玄関へと向かった。


クラールハイトは軍服を脱ぎ、ゆったりとしたシャツと黒のスラックスで食堂に現れた。

食堂の鏡に映る髪は、本来の乳白色が混じった黒に戻っている。髪をかき上げると、まだほんのわずかに濡《ぬ》れているのがわかった。

「もう、クラールハイト様ったら。ちゃんと乾かさないと風邪をひいてしまうわよ?」

目ざとく気づいたミュレが、小走りに駆け寄ってくる。

「ちゃんと乾かしたって。でもミュレちゃんが来てくれなかったから、不十分だったかもしれないな」

——結婚してからは、いつもミュレが髪を乾かしてくれる。その前までは、クラールハイトは子供の頃からずっと自分で乾かしていた。

若いメイドに限って、首筋や頬にやたらと触れてくるからだ。

幼いながらも、自分を籠絡《ろうらく》しようとする浅ましい手つきにも目つきにも耐えられなかった。

子供で、おまけに国王夫妻に関心を持たれていない第二王子だからと侮っていたのかもしれない。

だが、そういった下品なメイドはすべて、クラールハイトが自ら解雇した。

「ごめんなさい、お花を自分で飾りたかったから……。でも、夜は私が乾かしてあげる」

ミュレは上目遣いでこちらに向かって手を伸ばし、ふわりと髪に触れてきた。

彼女に触られると、心は穏やかになるのに別の場所が穏やかではなくなる。クラールハイトは妻の手をやんわりと掴み、細い手首に唇をそっと押しつけた。

「クラールハイト様、今日は私のわがままにつき合ってくれてありがとう。でも、どうしてもお誕生日に贈りたいものがあるの」

「それは楽しみだなぁ」

贈りたいものとはなんだろう。ミュレの存在以上に欲しいものなど特にないが、少女のように瞳をキラキラとさせている妻は文句なしに可愛い。

「はい、ここの席に座って」

ミュレは巨大な長テーブルの真ん中を指した。その席を見た、クラールハイトの胸に動揺が広がっていく。

「ミュレちゃん、これ……」

「びっくりした？　いつもは向かい側に私がいるけど、今日はラッテ達が座るのよ」

――クラールハイトの視線の先には、並んで座り困惑したような表情を浮かべているツヴェルクとラッテがいた。

いつもはミュレ達が食事をしている間、彼らは横か背後に立って控えている。主に何かあった場合、すぐ守れるように。けれど、この巨大なテーブルだと向かい側とはかなり距離がある。

「うーん、ミュレちゃん。この配置だと、万が一の事があった時にちょっと困るかもしれないんだけどなぁ」

苦笑を浮かべるクラールハイトに合わせるように、ツヴェルクもうんうんと頷いている。

けれど、ミュレに怯《ひる》む様子は見られない。

「大丈夫。ほら、目の前に飾っているお花をよく見て？」

クラールハイトはカトラリー脇の一輪挿しに視線を移動させた。そこには、濃い青紫の桔梗《ききょう》が飾られている。桔梗には、白地に黒の細かい模様が入ったリボンが結ばれていた。

「このリボン、本当は白いの。それに防御魔法の文言を書いて封印して貰ったのよ。何かあったら、お花を放り投げれば魔法が発動するから」

一輪挿しは各々の目の前に置かれている。

「そう言われればわずかな魔力を感じるな……。ミュレちゃん、こんな高度な魔法、一体誰が？」

「ほら、あのカシェ・コントラさん。お忙しいみたいだけど、お願いしたらすぐに書いてくれたの」

「カシェだと!?　ヤツに会いに行ったのか!?」

――〝あの〟カシェ・コントラ。

ダンドリオン王家の命令で、ミュレ達オベルジーヌ家の面々に封紋を施した封印師。

「コントラさん、魔力操作はかなり上達なさったみたい。でも魔力文字を媒介する方法なんて思いも寄らなかった、これならもっと色々な応用が出来るかも、って喜んでいたわ」

「どうして俺に黙ってそんな……！　ラッテ、お前もなんで止めなかった!?」

湧き上がる感情のまま、ラッテに怒りをぶつけた。ラッテは椅子から飛び上がるようにして驚いている。

「ラッテを怒らないで。私が勝手に外出したとでも思ってる？　ほら、あの方の封印技術はすごいでしょ？　だから魔法を物体に封じ込める事も出来るのではないかな、と思って魔法局に電話をかけてお願いしたの」

ミュレは澄ました顔でクラールハイトの腕を引き、半ば無理やり椅子に座らせてきた。そして彼女自身も横に座る。

「……リボンの受け取りは？」

外に出ていないのなら、一体どうやって受け渡しをしたのだろう。

「離宮に来て貰って、直接書いていただいたの。二十分くらいで終わったかしら。せっかくお茶を用意したのに、すぐお帰りになったのよね」

クラールハイトは絶句した。向かいの席で、ツヴェルクも頭を抱えている。

「……ミュレちゃん。俺はミュレちゃんを束縛したいわけじゃないんだよ。いや、したくないわけでもないけど、問題はそこじゃない。もし、カシェがミュレちゃんに逆恨みで危害を加えようとしたらどうするつもりだった？」

——視界の端に、数々の贈り物が映る。きっとミュレが色々と尽力してくれたのだろう。それは嬉しいし、本当は叱りたくなんかない。だが、それにより彼女が危険な目に遭うのは本末転倒なのだ。

「……確かにカシェは真面目に働いている。だからミュレちゃんはヤツを信じたいのかもしれないけど、それはすごく危険なことであって——」

「あら、違うわ」

ミュレはとんでもない、という風に首を横に振っている。

「彼が私達に封紋を施したのは王家からの命令。それはわかっているけれど、やっぱり恐怖感はあったわ。だからラッテが彼の側にいて、私は離れたところで見守っていたの」

「……正確には、自分は封印師の背後にいました。後ろから、こう、後頭部に銃を突きつけて」

ラッテが隣のツヴェルクの後頭部に、指をとん、と当てる。

「ラッテ。お前……」

ツヴェルクが呆れたような声を出した。

「妃殿下をお守りするためです。でも封印師、ぜんぜん気にせず書いていましたよ」

「そうね、堂々としてらしたわ。きっと、やましい気持ちがなかったからでしょうね」

ミュレとラッテは顔を見合わせ、ニコニコと笑い合っている。

そういう問題ではない、とは言えないまま、クラールハイトは額の汗をそっと拭った。

食事を終えた後、ミュレは贈り物の箱を開ける夫を黙って見守っていた。

「お前達からは何もないのかよ」

クラールハイトは国王ミルヒヴァイスからの贈り物を開けながら、護衛二人に意地悪げな顔を向けている。

「僕からは、ほら、忠誠心とかですかね」

「自分からは妃殿下の笑顔です。これからも自分がお守りするので」

立場的に、二人は王族に物を贈る事が出来ない。わかっているくせに、あえて部下を揶揄《からか》う夫にミュレは苦笑を浮かべた。

「陛下からは万年筆か。これ、俺が欲しかったやつかも」

国王ミルヒヴァイスからの贈り物は万年筆だった。それも香木を削り出して磨き上げ、金で細かく模様が描いてある最高級品。

「あ、それ陛下とお揃《そろ》いですね」

ツヴェルクが、冷やかすように言う。

「うわ、嘘だろ。なんで、兄弟でお揃いなんか……」

クラールハイトは渋い表情をしてはいるものの、その顔は優しい。

「えーと、次は……。義姉上の花籠も綺麗だな。……あ、底に香水瓶が入ってる」

籠の底を覗き込み、長い指で美しい香水瓶を摘まみ上げている。ミュレの瞳の色によく似た茄子色の瓶を、クラールハイトは愛しげに撫でていた。

「王子殿下お二人のオルゴールもすごいですね。本体も音楽も手作りなんてすごいです」

流れる曲を聴き、うっとりと目を閉じるラッテ。

「あの二人は才能の塊だからな」

どこか誇らしげな夫に、思わずミュレは頬を綻ばせる。

「こっちの箱は、オベルジーヌ夫妻からですね」

クラールハイトは丁寧《ていねい》に包装紙を開けている。やがて、中から藍宝石《アウイナイト》を縁《ふち》にあしらった写真立てが現れた。

この青く透明な石は、世界中でレーヴェンツァーンでしか産出されない超稀少宝石だ。

「さすがオベルジーヌ夫妻。目のつけどころが違いますね」

「自分、藍宝石なんて初めて見ました。これが最初で最後な気がします」

護衛達の感嘆の声を聞きながら、ミュレは写真立てを掴む夫の手にそっと自らの手を重ねた。

「ん？　どうかした？」

「……写真」

「あぁ、結婚式の写真をこっちに移し替えようか」

ミュレはううん、と首を振る。

「家族の写真を入れて飾りたいな。私、四人家族になるよう頑張るから」

――レーヴェンツァーンでは、王弟の子は国王の子の数と同等、もしくは上回ってはならない。だから本来は一人しか子を持てないはずだったが、王妃ザフィーアの懐妊により子を二人持つ事が許されるのだ。

「ミュ、ミュレちゃん？　どうしたの？」

クラールハイトが上ずった声をあげた。驚いたのだろう。これまでミュレは、いくら信頼をしている護衛といえども、他人がいる場面でそういった言葉を口にした事がなかったからだ。

「……クラールハイト様。私がお誕生日に贈りたいものが何か、わかる？」

ミュレは一度重ねた手を外して立ち上がり、再び夫の手を取った。

「そうだなぁ、ピアノを弾いてくれるとか？」

「それはもう一つの贈り物。夜、二人きりの時に弾いてあげる。私が贈りたいのは、言葉。貴方に、どうしても伝えたい言葉があるの」

戸惑う夫の顔が、次第に不安に彩られていく。

ミュレは夫の手を持ち上げた。常に前向きな夫は、ミュレに関してはなぜか後ろ向きになってしまう。そこがどうしようもなく、愛しくて可愛いと思う。

「クラールハイト様」

夫と手を繋いだまま、ミュレは夫の眼前に跪《ひざまず》いた。驚愕に見開かれる、二つのオーロラ。

揺らめく双眸《そうぼう》をしっかりと見つめながら、ミュレは素直な言葉を紡《つむ》いでいく。

「私はずっと、わけのわからない罪を着せられて周りに信じて貰えなくて、世の中にも自分自身にも、何もかもに絶望していたわ。でも、今ならわかるの。それは貴方に出会うための運命だったんだって」

そこで言葉を切り、夫の手首にそっと口づけ、また言葉を続ける。

「私のクラールハイト様、貴方を心から愛しています」

上目遣いで見上げると、夫の顔は見た事もないくらい真っ赤に染まっていた。

「今、私はとっても幸せです。貴方が側にいるだけで、私は世界で一番幸せな女でいられるの」

——伝えたい思いをすべて伝えたあと、ミュレは立ち上がり夫の頭をふわりと抱き締めた。

「……お誕生日おめでとう、クラールハイト様」

数秒後、伸ばされた両腕がミュレの腰に回された。クラールハイトはミュレの胸に顔を埋め、無言のまま何も言わない。

ただ、震えるその手が夫の気持ちをすべて、物語っていた。

一ヵ月後。

離宮の大広間で、ミュレはピアノを弾いていた。

現在時刻は十四時半。

ちょうど十五時のお茶の時間に、演習を終えたクラールハイトが戻ってくる。

――誕生日会の後から、クラールハイトが授業を邪魔してまでミュレにまとわりついてくるような事は一切なくなった。

ツヴェルク曰《いわ》く、夫は〝やっと安心出来た〟状態らしい。

強引な誕生日会の開催には不安もあったが、「愛してる」の一言だけでは伝わらない気持ちもあるのだと、思い知る事が出来て良かったと思っている。

「妃殿下！　今、連絡があったんですけど、殿下がもうすぐお戻りになるそうです！」

ラッテの声に、慌てて時計を見た。帰宅予定時間まではまだ三十分ほどあるが、予定を聞き間違えたのかもしれない。

急いで楽譜を片づけ、玄関に走る。玄関先では、ラッテが片手をかざしながら遠くを見つめていた。

「あれ、おかしいなぁ。電話だとすぐ戻る、みたいな感じでしたけど、魔導車の影すら見えない……」

「電話は誰からかかってきたの？　それで、なんとおっしゃっていたの？」

「それが殿下ご本人からだったんですけど、やっぱり変ですよね。自分の勘違いかもしれません」

二人で首を傾げていると、少し離れたところで轟音《ごうおん》が響いた。悲鳴を上げる間もなく、ラッテが素早く覆いかぶさってくる。

「きゃあっ!?　なに!?」

「ただいま、ミュレちゃん」

――聞き慣れた低く甘い声に、軍靴が砂利を踏みしめる足音。

おそるおそるラッテの腕から抜けだすと、そこには指揮棒で肩をトントンと叩いている夫、クラールハイトが立っていた。

「クラールハイト様!? まさか、上から飛び降りたの!?」

「そうだよ、ミュレちゃんに早く会いたくて」

クラールハイトは指揮棒を腰に戻し、ミュレに向かって両手を広げた。

「ほら、おいで」

「……もう、クランったら。また怒られても知らないから」

オーロラと共に、幸せが空から降ってきた。

そんな風に思いながら、ミュレは愛する夫の腕の中に飛び込んでいった。

あとがき

こんにちは、杜来リノと申します。

「人間不信の捨てられ聖女は恋する心を見ないふり」を手に取っていただき誠にありがとうございます。メリッサ様は憧れのレーベル様ですので、お話をいただいた時は本当に嬉しかったです。このお話は「響鳴奏士」という職業が出て来たり、異世界ファンタジーですが電話も写真機も飛空艇もある〝近代寄りの異世界ファンタジー〟になります。

少し軽薄な雰囲気ながらも実は熱いものを持っているヒーローと、諦念に塗れながらも健気に生きるヒロイン。二人の恋愛模様も楽しんでいただけたら嬉しいです。

最後に、このような機会を与えて下さったメリッサ編集部様、支えていただいた担当様に校正様、美しすぎるイラストを描いて下さったサマミヤアカザ先生。そしてお手に取っていただいた読者様。皆様に心よりのお礼を申し上げます。

本当にありがとうございました。

また別の作品でもお目にかかれるよう、これからも頑張っていきたいと思います。

人間《にん》《げん》不《ふ》信《しん》の捨《す》てられ聖《せい》女《じょ》は恋《こい》する心《こころ》を見《み》ないふり

杜来リノ

2023年10月5日　初版発行

著者　杜来リノ

発行者　野内雅宏

発行所　株式会社一迅社
〒160-0022 東京都新宿区新宿3-1-13　京王新宿追分ビル5F
電話　03-5312-7432（編集）
電話　03-5312-6150（販売）
発売元：株式会社講談社（講談社・一迅社）

印刷・製本　大日本印刷株式会社

DTP　株式会社三協美術

装丁　AFTERGLOW

ISBN978-4-7580-9584-6

●本書は「ムーンライトノベルズ」（https://mnlt.syosetu.com/）に掲載されていたものを改稿の上書籍化したものです。

MELISSA